五十嵐貴久

マーダーハウス

実業之日本社

実業之日本社文庫

目次

プロローグ 7
第一章 サニーハウス鎌倉 11
第二章 オリエンテーション 46
第三章 アクシデント 82
第四章 それぞれの想い 118
第五章 卒業 155
第六章 予感 189
第七章 蜂 225
第八章 調査 262
第九章 雨 297
エピローグ 337

マーダーハウス

プロローグ

空は暗かった。日没まで二時間ほどあるが、厚い雲がかかっている。昼過ぎから降り始めていた雨が、いつのまにか霙《みぞれ》になっていた。広い庭がうっすらと白くなりかけている。予報通り、明日の朝まで降り続けるとすれば、一面の雪景色になるだろう。

両手で二つの大きな黒いビニール袋を引きずりながら、庭を横切った。途中で小枝が引っ掛かり、ビニールが数センチほど裂け、そこから三本の指が覗《のぞ》いた。細く赤い線が、歩いている自分を追いかけるように続いた。

ガムテープで補修して、そのまま歩き、扉を開いた。バラバラに解体していたが、人間の二本の腕、足は意外に重い。

二度に分けて運ぶべきだったと思ったが、それも面倒だった。悪い癖だ、と苦笑が漏れた。

壁のスイッチを押して明かりをつけた。並んでいる棚に、いくつもの黒いビニール袋が置かれている。吐いた息が白くなったのは、中を改造して冷凍庫にしているためだ。

外は霙、中は冷凍庫。この寒いのに、と乱暴に持っていたビニール袋を空いていた棚の中段に押し込んだ。どうしてこんなことをしなければならないのか。

全部こいつらのせいだ、と吐き捨てた。こいつらが馬鹿だからだ。何もわかっていないからだ。これは報いだ。

右手で持っていたビニール袋の口が開き、そこから赤黒い肉の断面が見えた。思わずため息をついて、庭から建物に戻った。

地下に続く階段を降り、ランドリールームに向かった。洗濯機の上に、切断した首があった。

両目を見開いている。生きているような目だった。

恨み、恐怖、怯《おび》え、戸惑い、さまざまな感情が籠もっている目。瞼《まぶた》を押さえたが、手を放すと開いてしまう。何かを訴えるような目。

(気味が悪い)

乾燥機の横に常備している工具箱からドライバーを取り出し、両方の眼球を抉《えぐ》り取った。思っていたより出血は少なかった。

垂れた血をタオルで拭うと、それで終わった。もう視線は感じない。

用意していた黒いビニール袋に頭部と眼球を押し込んだ時、チャイムが鳴った。午後四時半。

そうだったとつぶやいて、急ぎ足で階段を上がった。今日、新しい入居者が来る予定になっていた。

インターフォンのボタンを押すと、モニターに髪の長い痩《や》せた男が映っていた。革ジャンを着て、肩にギターケースを下げている。足元には大型のキャリーバッグがあった。

「あの、今日からこちらでお世話になるキヌガサっていいます」

今行きますと答えて、玄関に向かった。ドアを開けると、男が両手で長い髪についた雪を払い落としていた。

「いや、寒いっすね」失礼します、と入り込んだキヌガサが後ろ手でドアを閉めた。「聞いてはいましたけど、こんなにバス停から遠いとは思ってなくて……あの坂道はキツいっすね。滑るし、雪は降ってるし、最悪っすよ……すいません、勝手にべらべら喋《しゃべ》っちゃって。オレ、衣笠健人《きぬがさけんと》っていいます。ヨロシク」

手を差し出した衣笠が、それはと指さした。生ゴミ、と黒いビニール袋を床に置いた。だから臭うんすね、と衣笠が曖昧に笑った。

「ウエルカム・トゥー・サニーハウス」

中へどうぞと言うと、マジすげえな、と衣笠が大声で言った。

「ホームページ以上っすね。ホント、テレビのアレみたいだ……信じられねえな、これで家賃四万五千円って……そうだ、名前を聞いてなかったすね」

黒いビニール袋を抱えて、キッチンのゴミ箱に捨ててから向き直った。

「自己紹介しまーす」

名前と年齢を言うと、衣笠が手を叩《たた》いた。雪が振り続けていた。

第一章　サニーハウス鎌倉

1

トートバッグを肩から下げ、大きなスーツケースを抱えてステップを降りた。ひとつクラクションを鳴らして遠ざかっていくバスに目をやってから、藤崎理佐《ふじさきりさ》は歩きだした。

神奈川県鎌倉《かまくら》市、梶乃《かじの》町三丁目のバス停。広い通りだが、他に車は一台も走っていない。こんな感じなんだ、と整った唇からつぶやきが漏れた。

もっと鎌倉は都会だと思っていたが、それは観光の中心であるJR鎌倉駅周辺だけなのだろう。梶乃町に電車の駅がないことは調べてわかっていたが、生まれ育った新潟とほとんど変わらない。想像していたより田舎《いなか》っぽい、というのが正直な感想だった。

別にいいけど、と理佐はスーツケースを引きずりながら歩き続けた。車道はアスファルトで舗装されているが、歩道は土で、石もごろごろ転がっている。逸《はや》る気持ちを抑え切れなかった。

歩きにくかったが、いつの間にか速足になっていた。

手の中に、プリントアウトしていた地図がある。バス停から徒歩十五分、約一キロ。そこそこの距離だが、足取りは軽かった。

三月二十六日、月曜日の午後一時。よく晴れていて、スーツケースさえなければ気分は散歩だ。空気が澄んでいて、気持ちが良かった。

数百メートル歩くうちに、数人の男女ジョガーとすれ違ったが、ジョギング用のコースでもあるようだ。鎌倉にはそういう道路が多いと、新潟の書店で買ったガイドブックにも書いてあった。

左右には鬱蒼《うっそう》とした林が続いている。右手の林の奥には有名な源義《げんぎ》公園があるはずだ。その他、名所旧跡は数え切れない。

鎌倉に来たんだなあ、と足を止めて額の汗を拭った。心地《ここち》よい風が吹いて、ガウチョパンツの裾を揺らした。

今歩いている道が梶乃通りと呼ばれていることは知っていた。鎌倉市の西、深山《ふかやま》地域にある梶乃町は、地理的に言えば鎌倉の中心部より藤沢《ふじさわ》市の方が近い。

梶乃通りはその二つの市を結ぶ道路だが、林の奥に人家が点在しているだけで、はっきり言って不便な場所だった。

バス停からまっすぐ五百メートル進んだところに、小さな地蔵堂があった。赤い朽ちかけた屋根の下に、三十センチもない地蔵が立っている。どこかユーモラスなその表情に、心が和んだ。

ここを左、と理佐は地図を確認した。正面の林が二つに分かれ、なだらかな坂が続いている。

幅は三メートルほどだ。砂利《じゃり》道か、とトートバッグから取り出したペットボトルの水をひと口飲んだ。

蛇のように曲がりくねった道を上がっていくと、汗が背中を伝っていった。けっこうキツい、とため息が漏れた。

両サイドは林で、街灯ひとつない。今は昼だからいいが、夜になると一人で歩くのは怖いだろう。いつ痴漢が出没してもおかしくないし、叫んだところで周りに人家はない。

「ヤバいかも」

立ち止まって息を整えながら、思わずつぶやいた。時間がなかったとはいえ、現地を見ないまま決めてしまったのは、失敗だったかもしれない。

角を曲がると、いきなり視界が開けた。林が切れ、目の前に大きな洋館が建っていた。

マジですか、と声が漏れた。ホームページで見た写真で想像していたより、遥《はる》かに大きい。

8LDK、二階建て、地下一階というスペックは読んでいたが、これほどとは思っていなかった。

ホームページには築十年とあったが、そうは見えなかった。パステルブラウンの壁、濃い茶色の屋根。南フランスの別荘ですと言われたら、そうでしょうねとうなずいていただろう。

やっぱり正解だったと小さくうなずいて、スーツケースを引っ張りながら門に近づいた。

『Sunny House Kamakura』

イタリックの書体で小さく記されたプレートが門柱にかかっている。その下にあったインターフォンを押すと、はいはーい、という明るい男の声がした。

「すいません、今日からこちらでお世話になる——」

来た来た、という男の声と同時に、鉄製の門がゆっくり開き始めた。電動なのだろう。

幅は五メートルほど、高さは三メートル近い。ハリウッドセレブの豪邸を思わせるものがあった。

トートバッグを抱え直し、スーツケースを引きずって中に入った。十メートルほどの石畳のスロープを歩くと、そこが玄関だった。

ノックしようと手を伸ばすと、いきなりドアが大きく開いた。背の高い色黒の男と、もう一人アシンメトリーの長髪の男が広い玄関に並んで立っていた。

「ようこそ、藤崎理佐ちゃん」色黒の男が白い歯を見せて笑った。「入って入って。朝から待ってたんだよ」

ウエルカム・トゥー・サニーハウス、と微笑《ほほえ》んだ長髪の男がスーツケースを持ち上げた。二人とも若い。タイプは正反対だったが、どちらも端正な顔立ちをしていた。

遠かっただろ、と色黒の男が先に立ってウエイティングルームの奥のドアを開いた。

「ここはさ、それだけが欠点っていうか。でも、きっと気に入るよ。何てったって――」

カズ、と長髪の男が口を開いた。少し低いが、深みのある声だった。

「お喋りは後でいいだろ。リビングでお茶でも飲もう」

へいへい、と色黒の男がうなずいた。理佐はトートバッグの持ち手を握り直した。

今日から新しい生活が始まる。楽しくなる、という予感しかなかった。

2

通されたリビングは、四十畳ほどの広さだった。あっちがダイニングキッチン、と色黒の男が指さした。

「理佐ちゃんは何飲む？　暑いから、冷たい方がいいよね。ワタさんは？」

　ペリエでいい、と長髪の男が答えた。同じでいいです、と理佐は色黒の男の背中に声をかけた。

「あの、あたし、藤崎理佐といいます。日額院《にちがくいん》大学の史学部に……」

　聞いてるよ、と長髪の男が三人掛けのベージュのカウチソファに腰を下ろした。壁に沿って同じソファが二つ並び、その前に低いガラスのテーブルが置かれている。

　立っていた理佐に、お好きなところへどうぞと長髪の男が言った。初対面の男の隣に座るわけにもいかない。置いてあったクッションを挟んで、ひとつ間を空けて座った。

　クラッシュアイスの詰まったグラスと、ペリエの瓶を二本、そして自分のためにコロナビールのボトルを載せたトレイを色黒の男が運んできた。

　すいませんと頭を下げて、理佐はトレイからグラスと瓶をテーブルに並べた。優しいなあ、と色黒の男がコロナビールを直接瓶から飲んだ。

「ようこそ、サニーハウスへ」

　長髪の男がグラスにペリエを注《つ》いだ。炭酸が弾《はじ》ける音がリビングに広がった。

　ありがとうございますと言って、理佐はペリエに口をつけた。爽やかな風が吹いてくるようだった。

「史学部か。凄《すご》いね」長髪の男が優しく微笑んだ。「日額院は普通の私大だけど、史学部だけはレベルが違うからな。歴史好きなの？　将来は研究職？」

学部は違うけど、オレの後輩ですからね、と色黒の男がもうひとつのカウチソファに座って足を組んだ。

「理佐ちゃんのケアはオレがしますよ。ワタさんは黙っててください」

日額院なんですか、と理佐は向き直った。商学部だよ、と色黒の男がうなずいた。

「オレは中田和彦《なかたかずひこ》、二十三歳の四年生。カズさんでもカズくんでも、好きに呼んでよ」

四年生って、と理佐はカズを見つめた。体にぴったりフィットした紺のタンクトップ、下は白のショートパンツだ。

真っ黒に日焼けしている体によく似合っていたが、今は三月だ。卒業していないのだろうか。

してないんだよ、と長髪の男が笑った。理佐の視線で、何を考えているかわかったようだ。

「この四月から、カズは二回目の四年生だ。本人は就職留年とか言ってるけど、はっきり言えばサボりが原因だな」

僕は綿貫信也《わたぬきしんや》、と長い髪を掻《か》き上げた。人のこと言えないでしょ、とカズが口を尖《とが》らせた。

「二十六歳のフリーターなんて、自慢できる経歴じゃないですって。理佐ちゃん、気をつけた方がいいよ。ワタさんは確かにイケメンだけど、湘南《しょうなん》でサーフィンやって、あとは女の子をナンパするだけなんだ」

綿貫がクッションを投げ付けた。仲のいい兄弟のようだ、と思わず理佐は微笑んだ。

「いつまでここに居座る気ですか？　居心地がいいのはわかりますけど、もう三年ですよね？　サニーハウスのヌシになろうっていうんじゃないんでしょ？　いい加減……」

ストップ、と綿貫が片手を上げた。

「そんな話は後でいい。今は彼女だろ」

そうでした、とカズがカウチソファに正座した。

「大家さんからメールがあってさ、理佐ちゃんが今日来るのはわかってた。ここにはあと五人住んでるけど、みんな楽しみにしてたんだぜ」

「新潟なんだって？」

尋ねた綿貫に、そうですとうなずいた。二人が知っている理佐の個人情報はそれだけのようだった。

うちの大学のこと、よく知ってたねとカズがクッションを抱えた。

「古いけど、全国区ってわけじゃないし……まあ、史学部が私大でトップクラスなのは本当だけど」

歴史に興味があるのかい、と綿貫が首を傾《かし》げた。

「もしかして、歴女ってこと？」

歴女ってわけでもないですけど、と理佐はもうひと口ペリエを飲んだ。

「好きなのは好きです。あと、鎌倉にも憧れがあって……一浪しちゃったけど、どうしても日額院に行きたかったんです」

歴史好きなのは、父親の影響だ。小学生の時、一緒に遊んでいた『源平ウォーズ』というゲームにはまり、そこから興味を持つようになった。

中学に入ると部活で忙しくなり、それどころではなくなったが、高校二年の進路指導で、大学では歴史を勉強したいと担任に話すと、それなら日額院を受けてはどうかと勧められた。鎌倉市に大学があると聞いて、心が動いた。

そこから受験勉強を始めたが、理佐の成績では厳しく、一年目はあっさり落ちた。それから新潟市内の予備校に通って猛勉強し、二月に合格が決まった。あの時の嬉《うれ》しさは忘れられない。

「でも、どうしてサニーハウスへ？」カズが周りに目を向けた。「いや、今はシェアハウスなんて普通だけど、一人暮らしっていう選択肢もあったんじゃないの？」

考えたんですけど、と理佐はソファに手を当てた。冷たいレザーの感覚が心地よかった。

「あたしは新潟生まれ、新潟育ちで、一人暮らしの経験なんてもちろんないし、県内ならともかく、知らない土地でアパート暮らしなんて、できるのかなって……一人っ子で、どちらかと言えば甘やかされて育った方だと思うんです。日額院に合格したことも、鎌倉に住めるのも嬉しかったんですけど、不安もあったんです」

確かにお嬢さんっぽいもんなあ、とカズが大きな口を開けて笑った。高校の友達から、シェアハウスって手があるよ、みたいな話を聞いたんです、と理佐は言った。

「理佐は寂しがりだから、シェアハウスが向いてるかもって……知らない人達とひとつ屋根の下で暮らすっていうのも、不安っていえば不安なんですけど、でもそれもいい経験かもしれないって。ネットで鎌倉市内のシェアハウスを検索してたら、巡り巡ってサニーハウスのホームページを見つけたんです。いい感じだなって思って」

実際のところは少し違う。シェアハウスでの暮らしを選んだのは、主に経済的な理由だった。

理佐の父親は普通のサラリーマンで、母親は専業主婦だ。決して余裕があるわけではない。日額院の入学金、授業料などを考えると、贅沢《ぜいたく》は言えなかった。

日額院、特に史学部の学生の大半は関東近県出身で、アパートやワンルームマンションなどを借りて生活することになるが、そうなると家具であったり、電化製品をある程度買い揃《そろ》えなければならない。

無理をすればできないことはなかったが、他にうまい手はないものかと思っていた。そんな時、友人からシェアハウスについて教えられた。ストレートで東京の女子大に通っていたその友人も、シェアハウスで暮らしていた。

メリットはたくさんある、とその友人は言った。まず、家賃が一人暮らしより二、三割安くなる。そしてキッチンなど共有スペースがあり、茶碗《ちゃわん》や皿、フォークやスプーンに至るまで、食器ひとつ買う必要もない。

冷蔵庫、洗濯機のような大きな電化製品もあるし、ハウスによってはベッドやソファ、デスクなど備え付けの家具をそのまま使える物件もあるという。

シェアハウスに帰れば、必ず誰かがいるというのも大きいと友人は言った。実感があるのだろう。言葉に重みがあった。

明かりのついていない部屋に帰るのは寂しいし、気が重くなる。女性の場合、痴漢や覗きに遭うというリスクもある。その点、シェアハウスなら安全だ。

誰かとお喋りしたり、時には食事を一緒に作ったり、テレビを見て過ごすこともできる。逆に言えばプライバシーが損なわれることになるが、一人になりたい時は自分の部屋に戻ればいいだけだ。そこは完全なプライベート空間だから、誰も無断で入ってこない。

いいかもしれない、と理佐も思った。心のどこかに、テレビで見ていたバラエティ番組のことがあった。

まったく知らない六人の男女が一軒のシェアハウスで暮らし、一緒に遊んだり、食事を作って食べたり、時には悩みを相談したり、もちろん恋愛関係に発展することもある。テレビの中の彼ら彼女らは輝いて見えた。

もちろん、それはテレビの中だけのことだとわかっている。現実には、美男美女ばかりが集まって暮らすシェアハウスなどないだろう。

でも、羨ましく思えた。新潟のような田舎とは違い、そこには都会の生活があるのではないか。

さっそくネットで検索すると、シェアハウス物件は数多くあった。ただ、難しいのは日額院への通学の足だった。

日額院キャンパスは梶乃町五丁目と六丁目をまたぐ形で建っている。最寄《もよ》り駅は藤沢市の湘南モノレール湘南町屋《まちや》駅だ。

学生は基本的に、駅からバス通学をすることになる。鎌倉駅から直通のバス便はない。

強くこだわるつもりはなかったが、できれば鎌倉市内に住みたかった。ただ、それを条件にすると、いい物件を探すのは難しかった。

家賃が高かったり、あまりにも古過ぎたり、部屋が狭かったり、こちらを立てればあちらが立たずという感じで、決めることができなかった。

時期が良くなかったのも本当だ。どこでもそうだが、三月から四月は転勤、入学シーズンで、条件のいい物件は既に埋まっていたし、新しい物件も出にくい。

探し始めて一週間、もう無理かと諦めて、普通のアパートやワンルームマンションを探そうと思った時、パソコンの画面に映ったのが、梶乃町三丁目のシェアハウス、サニーハウス鎌倉のホームページだった。空き室が出た、という情報がそこに載っていた。

トップページに、小高い丘の上に建つ美しいパステルブラウンの壁、茶色い屋根の洋館が映っていた。軽井沢《かるいざわ》などにあるペンションにありがちな、安っぽい感じではない。南仏風、という表現がよく似合う洋館だ。

外観は正面、そして左右から撮影されており、二階建てでかなり大きな物件だとわかった。その他に各部屋の写真、共有スペース、庭の写真もあった。どれも美しく、オシャレだった。

ただ、写真だと具体的な広さなどはつかみづらかった。そこは実際に自分の目で見てみないとわからないだろう。

こんなところに住むことができるのは、金持ちだけだろうと思いながらクリックしていくと、信じられないほど望んでいた条件と合っていた。

鎌倉市内のワンルームマンションの平均的な相場は六万五千円だが、サニーハウスは光熱費込みで四万五千円だった。見間違いではないかと、何度も確認したほどだ。

サニーハウスのスペック説明文は、暗記するほど読んでいた。今も頭に思い浮かべることができる。

『――サニーハウス鎌倉は敷地面積五〇〇平米、建物の総床面積六〇〇平米、ひと部屋は三〇平米のワンルーム、ベッド、デスク、チェア、その他ひと通りの家具が備え付けられており、最低限必要なものさえあれば、その日からでも暮らすことができます』

三〇平米というと、約十八畳の広さだ。実家の自分の部屋は六畳だから、その三倍になる。しかも室内にあるバスルームは別だという。まさに夢の物件だ。

その他、庭には十メートルのプール、ジャグジー、サンデッキがあり、地下一階にはシアタールームも完備されていると書いてあった。むしろ妙だ、と思ったほどだ。

こんな都合のいいシェアハウスなど、あるはずもない。何が目的かわからないが、ある種の詐欺なのではないか。

だが、ホームページを管理している不動産会社に電話で問い合わせると、事情がわかった。担当者の説明によると、サニーハウスは引退した静岡の老資産家夫婦が別荘として十年前に建てたものだった。

部屋数が多いのは、息子、娘夫婦とその孫のためで、五年前までは実際に一年の半分ほど住んでいたという。

その後、息子夫婦がロンドンへ転勤することになり、老夫婦も一緒に行くことになった。静岡の実家は娘夫婦が暮らすようになったが、困ったのはサニーハウスの管理だった。

息子夫婦の海外赴任がいつまで続くか、はっきりしていなかったこともあり、老夫婦はサニーハウスの売却について消極的だった。だが、誰かが住んでいないと家が荒れるため、息子の提案でシェアハウスにして貸し出すことになった。

営利目的ではなく、家の維持と管理のためなので、安い家賃で貸しているということだったが、それならわかると理佐は思った。

父の実家がまったく同じで、祖父母が亡くなってから誰も住まなくなったその家は、数年で廃屋のようになっていたが、サニーハウスも同じなのだろう。

担当者は親切で、急に空き室が出たのでホームページにアップしたが、好条件なので、既に複数の応募者から申し込みがあったことを教えてくれた。順番として十番目になるので、あまり期待しないでくださいと言った担当者に、理佐は自分の事情を話した。

日額院の学生であることを伝えると、大家である老夫婦に掛け合ってみましょうと約束してくれた。もともと老夫婦の側にも、大学生を援助したいという考えがあったという。

すぐに両親に話して了解を取り、保証人になってもらった。ホームページ上の申し込み書に記入し、身分証明書代わりのパスポートのコピーを添付して送ると、二日目にメールで返事があった。

抽選の結果、サニーハウス202号室を一年間お貸ししますという内容に、思わず飛び上がってしまった。

十日で慌ただしく荷造りを済ませ、布団など大きな物は宅配便で送り、友人たちとのフェアウェルパーティを済ませ、両親に見送られて今朝の新幹線で東京へ出て、大《おお》船《ふな》経由で湘南町屋駅に着いた。

そこからバスで三十分、トータル四時間以上かかったが、とにかくサニーハウスに着いた。長旅だったが、それ以上に喜びの方が大きかった。

ここ、凄いだろとカズが笑いながら言った。

「びっくりしたんじゃない？　いるもんだよなあ、金持ちって。こんなところを月々四万五千円で貸してくれるなんて、太っ腹というか何というか」

不便は不便なんだ、と綿貫が肩をすくめた。

「丘の上の一軒家で、梶乃通りまで降りるのも一苦労だ。そこからバス停は五百メートル先だし、コンビニもない。四万五千円っていうのも、その意味じゃ妥当なんじゃないかな」

「だけど、車も用意してくれてるじゃないですか」

カズが外を指さした。車、とおうむ返しに理佐は尋ねた。聞いてないのか、と綿貫が小首を傾げた。

「地下のガレージに二台あるんだよ。大家さんの息子名義なんだけど、自由に使ってくれって。もちろん、ガソリン代なんかは俺たちが払うんだけどさ」

免許は持ってるのと聞かれて、いいえ、と首を振った。そりゃそうだろうな、と綿貫がクッションを宙に放った。

「大学に合格したばかりじゃ、免許どころじゃなかっただろう」

早めに取った方がいいよ、ともっともらしい声でカズが言った。

「ワタさんの言う通り、夜は車がないと動きが取れない。ちょっとコンビニまでって言ったって、歩いては行けないし。まあ、他のみんなが免許持ってるから、乗せてもらえばいいだけのことなんだけどね」

チャイムが鳴り、玄関の扉が開いた。入ってきたのは派手な柄のワンピースを着た美しい二十代の女性だった。

「お帰り、エミさん」

「彼女が新入り？」エミと呼ばれた女が、つば広の帽子を取った。「よろしくね、あたし、遠山英美《とおやまえみ》。ナースやってるの」

差し出された手を理佐は慌てて握った。外国人のようだと思う間もなく、強くハグされて息が止まりそうになった。

「大歓迎！　サニーハウスへようこそ……ところで、名前何だっけ？」

綿貫とカズが手を叩いて笑った。理佐も笑顔になっていた。

3

夜勤明けだというエミはテンションが高かった。冷蔵庫から出した缶ビールを水のように一気に飲んで、理佐ちゃんも飲むよねと言ったが、彼女はまだ未成年だぞ、と綿貫が止めた。

「十九歳なんだ。エミみたいなヤンキー上がりと一緒にするんじゃないよ」

それは言っちゃダメでしょ、とエミが綿貫の肩を押した。親しさが伝わってくるような触れ方だった。

「ゴメンね、理佐っちが来るのはわかってたんだけど、さすがに早上がりってわけにはいかなくてさ。大丈夫？　こんな変なオッサン二人に囲まれて、怖くなかった？セクハラとかされてない？」

何ちゅうことを言うんだ、とカズがソファからずり落ちた。

「エミさん、勘弁してくださいよって。俺らのイメージ落として、どうするんすか」

あたしは可愛《かわい》い子の味方だもん、とエミが理佐にほおずりした。

「でも、マジで可愛いよね。新潟だっけ？　色、白いよねえ。秋田美人だから？　違った？」

そんな、と理佐は手を振った。

「それに、新潟と秋田は違います」

マジメでよろしい、とまたエミがハグした。

「それにしても、キミたちはラッキーだよねえ。この前の女が入居しないって出て行ったから、理佐っちが来たんだよ？　強運ですなあ」

この前の女の人って、と尋ねた理佐に、半月ぐらい前、新しい入居者が来たんだ、とカズが説明した。

「別に悪い人じゃなかったんだけどね。ただ、三十半ばの人でさ」

本人は二十八って言ってたぞと笑った綿貫に、そりゃ自己申告でしょ、とカズが冷たく言った。

「それがいけないってわけじゃないんだけど、三日ぐらいここにいたのかな？　ノリが合わないってわかったんだろうね。他のシェアハウスに行きますって、出て行ったんだ。正直、こっちもやりにくかったからさ、コミュニケーションもうまくいかなかったし、あれはしょうがないんじゃないの」

そうだったんですね、と理佐はうなずいた。空き室あり、と急にホームページに情報がアップされたのは、その女性が突然出て行ったからなのだろう。

案内はしたの、とエミがワンピースの裾を強く下に引っ張った。それだけで、体のラインがくっきり見えた。同性の理佐の目から見ても、肉感的な体つきだった。

まだだ、と綿貫が立ち上がった。

「一応、女子がいた方がいいと思ってね。どっちにしても、部屋の説明をしなきゃならないし、そこまで俺たちがやるとまずいだろう」

一階がＬＤＫなの、とエミが立ったまま言った。

「リビング、ダイニング、キッチン。朝は食べる派？　自炊だから、トーストとか簡単なものになると思うけど、キッチンにある物は何でも使っていいから。食器とかは適当に洗って、後は食洗機に入れておけばいい」

奥が男子部屋、と指さした。男女は一階と二階に分かれているんだ、とカズがうなずいた。

「もちろん、お互いオッケーなら部屋に入っても構わない。でも、あんまり行き来はしないね。男同士でもそうだし、女子だってそうだろ？　どこかで、プライベートな空間を守ろうって考えてるんだろうな」

リビングかダイニングで話したりする方が圧倒的に多い、と綿貫が言った。

「いい悪いってことじゃなくて、シェアハウスってそういうところをはっきりしておかないと、難しいと思うよ。ほどよい距離感っていうのかな、その辺がグズグズになっちゃうと、昔の学生寮みたいになるからね」

掃除は毎日、とエミが開け放したままになっていたドアに向かった。

「自分の部屋は自分の勝手でいいけど、共有スペースは順番を決めて、男子女子それぞれ一人ずつが毎日掃除する。その辺もシェアハウスあるあるかもしんない。ルールは守ろうよってこと。わかるよね？」

そのまま、ウエイティングルーム脇にある階段を降りていった。地下も共有スペースなんだ、とカズが電気をつけた。

「ここがシアタールーム。どうよ、凄くない？　ＢＯＳＥの５・１chホームシアターシステムに、二〇〇インチのプロジェクタースクリーンだぜ」

　間接照明に照らされたシアタールームは三十畳ほどだった。スクリーンを数台のスピーカーが取り囲み、ソファとカウチがセッティングされている。

「一人で映画を見るのもありだし、時々だけどみんなで集まって、借りてきたDVDを見たり、そんなこともある。全員揃ってってことはあんまりないかな？　タイミングもあるし、その辺は適当だね」

　説明を続けているカズを無視して、隣はラウンジ、とエミが指さした。十畳ほどの部屋に、クッションがいくつか置かれていた。

「男子同士、女子同士、男子と女子。二人だけで話したいことや相談とかあるでしょ。そういう時はこの部屋を使えばいい。めったにないけどね」

　他はどんな時に使うんですかと質問した理佐に、告白ルーム、とエミが笑いながら言った。

「男女四人ずつ、ひとつ屋根の下で暮らしてたら、そりゃいろいろあるって。なきゃおかしいっつうの。部屋だと、いろいろマズいでしょ？　そのままエッチなことされたら、周りも引くしさ。だから、ここで告白するのが暗黙のルールになってる。でも、最近は誰も使ってないけど」

　そのまま奥に進むと、洗濯機が四台、乾燥機が二台設置されていた。左側が女子用で、右側が男子用、とエミが言った。

「自分の洗濯物は自分で洗う。順番待ちがあるとすれば、ここぐらいかな？　お風呂は部屋についてるし、トイレは一階と二階にそれぞれ二つずつあるから、そんなに待たないよ」

突き当たりのドアを綿貫が押し開けた。ガレージだよ、とカズが言った。促されて進むと、二台の車が停《と》まっていた。両方とも国産車で、セダンとワゴンだった。

信じられない、と理佐はつぶやいた。これではテレビの番組とまったく同じだ。

「マジで車がないとヤバいんだ」あの番組とは違うよ、とカズが早口になった。「新潟もそうだろうけど、地方は車社会だろ？　オシャレなカマクラシティだって同じさ。集団生活だから、食料品の買い出しだってあるし、そこそこの量にもなる。サニーハウスでは、車がないと何にもできないんだ」

落ち着いたら、みんなで湘南へドライブに行こう、と綿貫がワゴンのボディを叩いた。

「湘南っていうと夏のイメージだけど、俺は春の方が好きだな。人もそんなにいないし、風がいいんだよ」

誘いなさいよ、とエミが胸を突き出すようにした。

「何で理佐ちゃんばっかり？　あたしだって、海に行きたいんですけど」

みんなでって言ったじゃないか、と綿貫が苦笑した。

ここから庭に出よう、とガレージの通路を先に歩いていたカズが前を指した。オープンガレージなので、上がっていくとそこが庭だった。

広い、とつぶやいた理佐に、まったくまったく、とカズがうなずいた。同じ言葉を二度繰り返すのは、カズの癖のようだった。

「丘の上の一軒家だし、交通の便が悪いから、土地の値段はそんなに高くないと思うけど、こうやって見ると立派なもんだよな。ダートじゃなくて、芝生《しばふ》だったらもっと良かったんだけど」

誰がメンテするんだ、と綿貫が笑った。

「二〇〇平米以上あるこんな広い庭の芝生を管理するのは、素人《しろうと》には無理だよ。俺の親父《おやじ》は建築会社に勤めてたから、その辺は詳しいんだ。庭師に頼んだら、いくらかかるかわからない」

本当に広いですね、と理佐は辺りを見回した。地面は赤っぽい土で、その上に砂利が敷かれているだけだ。雨が降るとぬかるむんだよ、とカズが口元を歪《ゆが》めた。

「だけど、晴れてりゃバーベキューだってできるし、俺とワタさんなんかはワンオンワンのフットサルをやることもある。フリスビーとかバドミントンとかね」

庭は高さ一メートルほどの柵で囲われていた。その奥は崖だという。

庭の隅にプレハブの小さな小屋があったが、大家さんのトランクルームだと綿貫が説明した。

「物置だよ。ドアにカギがかかってるから、俺たちは使えない。大家さんもカギをどこに置いたか忘れたらしい」

ボケてるのよ、とエミが少し甲高い声で笑った。

前を進むカズについて、家の裏手に回ると、そこにあったのはプールだった。縦十メートル、横五メートルほどで、大きくはないが、それなりに立派な造りだ。

ステキとか思ってるでしょ、とエミが頬を膨らませた。

「そうでもないんだな、これが。テレビとは違って、自分たちで掃除しなきゃならないし、まめに水を入れ替えないとボウフラが涌《わ》くし。現実って、ロマンチックじゃないんだよねえ」

どっちにしても今は使っていない、と綿貫が指さした。プールに水は張られていない。底に落ち葉が溜《た》まっていた。

「解禁日は五月初旬ってところかな。それまでは寒くてプールには入れないよ……さて、じゃあ二階に行こうか」

玄関から中に入り、ウエイティングルームを挟んだ反対側の階段をエミが上がっていった。お先にどうぞとカズが言ったのは、女性の聖域という意識があるのだろう。

廊下を挟んで向かい合わせに、二つずつ部屋が並んでいた。奥の部屋の前に、大きな段ボール箱が二つ積まれている。送ったのは理佐自身だ。

二階に上げておいたよ、と綿貫が段ボール箱に触れた。

「荷物、これだけかい？　布団とか、洋服だろ。他には？」

何を持ってくればいいのかよくわからなくて、と理佐は答えた。完全な一人暮らしということならともかく、シェアハウスでは必要ない物もあるはずで、その辺りは落ち着いたら考えようと思っていた。

ちょっとお二人さん、とエミが声をかけた。

「理佐ちゃんの荷物、部屋に入れてあげなさいよ」

いやあ、とカズが頭の後ろをこするようにして掻いた。綿貫も一歩下がった。

「女子部屋に入るのは、それなりにハードルが高いんだよね」

カズが言ったが、問題ないでしょ、とエミがその腕を摑《つか》んだ。

「まだ理佐ちゃんは暮らしてないんだし、引っ越し業者のつもりで入ればいいでしょ。あたしもいるんだし」

それもそうだな、と綿貫が段ボール箱に手を掛けた。入りなよとエミに言われて、理佐はドアを開けた。

広い、とため息が漏れた。今日、何度目だろう。でも、他にどう言えばいいのかわからなかった。

県内の大学に通っている高校の友人と一緒に、他県から来た同級生が住むワンルームマンションへ遊びに行ったことがある。六畳ほどの広さで、ベッドと机を置くと空きスペースは一畳か二畳しかなかった。女子三人でベッドに並んで喋ったが、飲み物を置く場所さえなくて、困ったことを覚えている。

　それと比べて、この部屋は三倍近く広かった。備え付けのベッド、デスク、ミニサイズの冷蔵庫、それに加えてソファと小さなテーブルもあり、それでもスペースは余っていた。

　わかるよ、とエミがソファに腰を下ろした。

「シェアハウスって、キッチンが共同だから、部屋の中にないでしょ？　それだけで、ゴチャゴチャしなくなる。食器とかも部屋に置かなくていいし、そういう意味じゃ便利だよね。ここが普通より全然広いのも、ホントなんだけどさ」

　テレビは置かないよねと言ったカズに、そのつもりですと理佐は答えた。実家でも部屋にテレビはなかった。見たい番組はノートパソコンで見ていたし、ＤＶＤなどもそうだ。

　最近ではパソコンさえ持たず、すべてをスマホで済ませてしまう者も多い。ノートパソコンはスーツケースに入れてあった。いずれは回線に接続しなければならないだろうが、今は必要ない。

　段ボール箱を部屋の隅に置いた綿貫とカズが、下にいるよと言い残して部屋を出て行った。二人から聞いたと思うけど、とエミがソファに足を投げ出した。

「サニーハウスに大きなルールはないけど、やっぱりマナーはある。部屋はセパレートだけど、馬鹿みたいに大きなボリュームで音楽流すとか、そんなことをしたら迷惑になるでしょ？　マナー以前の常識っていうか」

わかります、と理佐はうなずいた。わかっていない人もいるんだよね、とエミが苦々しい表情を浮かべた。

「ノックもしないで、ちょっといい？　ってずかずか入ってきたりとかさ。結局、ここじゃ部屋だけがプライベート空間だから、そういうことされると土足で踏み込まれたみたいで、嫌な感じになるんだよね」

そういう話は聞いたことがあります、と理佐はまたうなずいた。シェアハウスのメリットデメリットは、友人からも直接聞いていたし、実例もネットに数多く上がっていた。大体のことはわかっているつもりだ。

「まあ、お互いあんまり踏み込まないようにするのが、うまくやってく秘訣《ひけつ》なんじゃない？」足を下ろしたエミが大きく伸びをした。「その辺、気分っていうか、空気が読めないとシェアハウスってキツいかもしんない。合う合わないはやっぱりある。合うんならそれでいいし、合わないなって思ったら、出て行けばいいだけなんだけど」

眠くなっちゃった、と立ち上がったエミが目をこすった。

「細かい話はまた後でするね。たとえば友達を呼んでもいいけど、泊まりは禁止とか、そんなこと。泊まっちゃうと、いつまでも話し込んでるから、周りのメーワクになっちゃうんだよ。そういうルールって、自然にできるもんなんだよね。男の人が部屋に入るのも、本人がオッケーならいいけど、その時はドアを開けておくこと。入室禁止ってわけじゃないけど、やっぱ空気が悪くなるからね。エッチは外でやってくださいって話で」

そんなことしません、と理佐は首を振った。ムキにならなくていいよ、とエミが大声で笑った。

「理佐っちも、あの番組を見たことあるんでしょ？　ヤラセとかそういうこともあるかもしんないけど、うちらぐらいの年齢の男女が同じ家で暮らしてたら、そりゃ恋愛もあるって。むしろない方が不自然っていうか。うちに言われたくないだろうけど、節度は守ってねってこと」

んじゃまたね、と手を振ってエミが出て行った。小さくため息をついてから、理佐は段ボール箱のガムテープを剝がし始めた。

4

ノックの音に、理佐は目を開けた。段ボール箱に入っていた洋服類をクローゼットにしまったところまではよかったが、その後力尽きて眠ってしまった。

昨夜もよく寝ていなかったし、今朝は六時起きで新幹線に乗っていた。睡眠不足だったから、寝入ってしまったのは仕方ないだろう。

はい、と顔を拭って返事をすると、ドアからエミが顔を覗かせた。

「他の連中が帰ってきたよ。みんな、理佐っちに会いたいって。降りてきなよ、ご飯食べない？」

腕時計に目をやると、夜七時を回っていた。言われて気づいたが、お腹《なか》が空《す》いていた。新幹線の車内でサンドイッチを食べただけだったのを思い出した。

身支度を整えて一階へ降りていくと、拍手が聞こえた。キッチンとダイニングの壁に、Ｗｅｌｃｏｍｅ！　というボードが貼ってあった。

いつの間にこんなことをしていたのかと思ったが、嬉しくて思わず最後の二段を飛び降りた。

「初めまして、新潟から来た藤崎理佐です」ぺこり、と頭を下げた。「四月から日額院大学の新入生ですけど、よろしくお願いします」

マジでカワイイな、と小柄な男がカズの肩を強く叩いた。小柄といっても、理佐よりは少し背が高いから、百六十五センチほどだろう。引き締まった体格から、アスリートだとひと目でわかった。

「こいつ、鈴木勘太郎《すずきかんたろう》。湘南体育大学の三年で、レスリング部のキャプテン」カズが鈴木の肩を抱いて紹介した。「ジイさんみたいな名前だろ？　今時、カンタロウって何なんだよって」

オレがつけたわけじゃないしなあ、と鈴木がのんびりした声で言った。湘南体育大学といえば、オリンピックの金メダリストを輩出している有名な大学だ。キャプテンという以上、レスリングの実力は日本代表レベルなのではないか。

「あたしは永松洋子《ながまつようこ》」スタイルのいいスレンダーな女性が座ったまま体を向けた。「今、サニーハウスでは一番年上かな？　二十七歳、鎌倉駅の近くにある会社で、ウェブデザイナーをしている」

よろしく、と握手を求めてきた。ショートカットに黒縁の眼鏡《めがね》がよく似合っている理知的な美人だ。

あたしもヨロシク、とキッチンでボウルを掻き混ぜていた背の低い女の子が片手を上げた。

「太田麗奈《おおたれな》、鎌倉女子学院に通ってて、今度二年生になるの。レナって呼んでね」

理佐です、と頭を下げた。二年ということだが、年齢は同じになるのだろう。

鎌倉女子学院といえば、日本三大お嬢様大学のひとつで、レナの雰囲気もそれらしかった。無邪気で明るく、育ちの良さが伝わってくる。男子受けするタイプだ。

美男美女揃いであることに、理佐は感心していた。カズも綿貫もエミも鈴木もヨーコもレナも、それぞれ雰囲気は違ったが、容姿が整っているという点は共通していた。本当にテレビの番組を見ているようだ。

エミとカズがキッチンに入り、レナの手伝いを始めた。あたしもと言った理佐を、今日はウエルカムパーティだから、と綿貫がヨーコの隣に座らせた。

「みんな、理佐ちゃんのために早く帰ってきたんだよ。タイミングも良かった。エミは夜勤明けだったし、ヨーコさんもいつもより早く帰れたし」

オレは練習抜けてきた、と鈴木が手酌でグラスに缶のビールを注いだ。

「OBも来てたんだけど、絶対早く帰った方がいいって、カズが何回もLINE寄越すからさ」

正解だっただろ、とキッチンからカズが大皿を運んできた。オードブルの盛り合わせが載っていた。

「いやあ、カズちゃん超感謝」ビールを飲みながら、鈴木がカナッペを口にほうり込んだ。「可愛い可愛いってスタンプ送ってきたけど、カズは女の子なら誰でも可愛いっていうから、信用できなかったんだ。でも、びっくりしたね。ハーフのモデルが来たのかと思ったよ」

色、白いよねとヨーコがうなずいた。新潟出身なので、と理佐は照れ臭さをごまかすために舌を出した。

本当のところ、肌の白さには自信があった。髪を染めずに黒で通しているのも、肌の美しさを強調するためだ。

日本人形みたいだよね、と高校のクラスメイトに言われていたが、それは黙っておくべきだろう。

エミとレナが次々に料理をテーブルに載せた。ローストチキンやキッシュなどは、買ってきた総菜を皿に移しただけのようだが、他の数品はエミたちが作ったものだとわかった。

餃子《ギョーザ》の皮を使った小さなピザや、生麩《なまふ》とアボカドのピンチョス、フリルレタスと生ハムのサラダ。すごいですねと囁《ささや》くと、そうでもないんだよとレナがエプロンを外した。

「意外とカンタン。ネットのレシピ見て作っただけ。どうする、何飲む?」

メインはこれ、とエミが十種類ほどの手巻き寿司《ずし》用に盛った刺し身の大皿を二つテーブルに並べた。

「トルティーヤにしようかなって思ったんだけど、せっかく理佐ちゃんの歓迎会なんだから、魚の方がいいかなって。あれ、だけど、新潟だったら魚は食べ飽きてる?」

そんなことないです、と理佐は首を大きく振った。

「嬉しいです、こんなに気を使ってもらって……何か、申し訳ないっていうか」

最初だけだよと言った鈴木に、全員が笑った。改めて乾杯しようか、とカズがグラスを手にした。

綿貫とエミは白ワイン、ヨーコとレナはカクテル、カズと鈴木はビールだ。理佐は未成年ということもあって、オレンジジュースを選んだ。

綿貫くん、とヨーコが目配《めくば》せした。了解、とうなずいた綿貫が立ち上がった。

「というわけで、今日からサニーハウスに新しい住人が入ることになった……鈴木、食べるのやめろ。今から乾杯するんだぞ」

すんません、と鈴木が短い髪をがりがりと掻いた。

「彼女が藤崎理佐ちゃん、新潟から来て、四月からは日額院の一年生だ。今までは実家暮らしだったけど、親元から離れて生活するのは初めてだし、ましてやシェアハウスなんて考えたことも――」

ストップ、とヨーコが腕を引いた。

「そんなことは本人から聞く。ワタは話が長い」

失礼、と頭を下げた綿貫がグラスを高く掲げた。

「理佐ちゃん、ようこそサニーハウスへ。みんな、君を歓迎している。乾杯！」

乾杯、と全員が唱和した。食べよう食べよう、とカズがピンチョスをつまんだ。

どうしたの、とエミが理佐の手を握った。

「何、泣いてんの？　こういうの嫌い？」

そうじゃないです、と理佐は目元を拭った。

「本当は、いろいろ不安で……綿貫さんがさっき言った通り、親元を離れるのも初めてだし、ひと月前までシェアハウスなんて考えたこともなかったんです。もちろん憧れはあったんですけど、うまくやっていけるかなって……こんなに歓迎してくれるなんて、本当に嬉しいです。ありがとうございます」

他人行儀だなあ、とサーモンの手巻き寿司を口にほうり込んだカズが笑った。

「そりゃ、ビビるのはわかるよ。オレだって、そうだったからね。だけど、もう理佐ちゃんは仲間なんだからさ、いちいちありがとうとか、そういうの止《や》めようよ。オレたち、うまくやっていけると思うんだ。そうだろ？」

カズにしてはいいこと言うな、と綿貫が肩を叩いた。

「お互いに気は使う。でも、使い過ぎない。理佐ちゃんはそれができる子だって、ひと目でわかったよ。大丈夫、楽しくやろう」

はい、と理佐は笑顔でうなずいた。ちょっと飲んじゃいなよ、と悪戯《いたずら》っぽい目付きでエミが言った。

「三歳の子供だって、甘酒ぐらい飲むでしょ？　今日は特別。ウエルカムパーティなんだから、主役の理佐ちゃんも少しぐらいいいでしょ」

そう言って、理佐のオレンジジュースに赤ワインを注いだ。無理しなくていいとヨーコが言ったが、少しなら飲めますと理佐はグラスに口をつけた。

感じのいい子だなあ、と鈴木が三本目の缶ビールのプルトップを開けた。

「誰かさんとは大違いだ」

止めとけ、と綿貫が首を振った。どういう意味なのかと左右を見回した理佐に、今ここにいない奴《やつ》の話だよ、と鈴木が呂律《ろれつ》の回らない舌で言った。

「ワタさん、ハザマさんは何とかなんないですかね？　社会人が忙しいのはわかりますけど、今日ぐらい早く帰ってきたっていいじゃないですか」

俺に言うなよ、と綿貫が肩をすくめた。ハザマさんってと尋ねた理佐に、もう一人の住人、とエミが囁いた。

「鎌倉の山野辺《やまのべ》町にある文具メーカー営業所の営業マン。悪い人じゃないんだけど、うちらとはちょっと合わないっていうか……」

そんな話は止めよう、と綿貫がワインクーラーから新しいボトルを取り出した。

「今夜は全員パーリーピーポーになって、楽しもう。だろ？」

ダサい、とレナがつぶやいた。ひどくないかと泣きまねをしながら、綿貫がワインを全員のグラスに注いでいった。夜は始まったばかりだった。

第二章　オリエンテーション

1

ウエルカムパーティを仕切っていたのはカズだった。全体のバランスを見ても、カズが場を回すポジションだったたし、本人も嫌いではないようだ。

コロナビールの瓶をマイク代わりに持ったカズが、質問タイムといこうじゃないですか、と理佐に片目をつぶった。

「オレらのことも話すけど、まずは理佐ちゃんだ。もうちょっと濃いパーソナルデータを教えてよ。ずっと新潟だったんだよね？」

そうです、と理佐はうなずいた。お互いのプライバシーに踏み込み過ぎないのがシェアハウスの原則と聞いていたが、ひとつ屋根の下で暮らす以上、何も話さないのはむしろ不自然だし、失礼ですらあるだろう。

理佐自身、自分のことを知ってもらいたいという気持ちがあった。

「五月で二十歳になります。一浪してるんで」

俺は二浪だよとぼそりと言った鈴木に、全員が笑った。高校は共学だったの、とレナが尋ねた。

「そうです。公立だったんで……市内ですけど、クラスメイトのほとんどが小学校から一緒、みたいな」

「部活とかは？」

一応、チアリーディング部にいましたと答えると、三人の男たちが同じタイミングで、そりゃすごいと拍手した。

「マジで？　どっちかっていうと、理佐ちゃんって文系の感じがするんだけど」

イメージが違うってよく言われます、と理佐はこめかみの辺りを人差し指で掻いた。

「文学少女とか、マンガ少女とか、そっち系なんじゃないのって。もちろん、本だってマンガだって読みますけど、体を動かすのも好きなんです」

信じられないなあ、と綿貫がグラスにワインを注いだ。二年半やって、レギュラーにもなれなかったんですけど、と理佐は言った。

「選手としては全然で。でもそれなりに楽しかったなあって……あと、趣味っていうか、やっぱり歴史好きなところはあると思います。日額院の史学部にどうしても入りたかったし、鎌倉にも憧れがありました」

オレの後輩ですからね、とカズが全員の顔を順に見つめた。

「オレが理佐ちゃんのケアをします。いいっすね?」

ダメ、とエミがカズの肩を突いた。

「カズくんみたいなおバカに任せておけない。女子は女子同士、うちらで理佐っちの面倒は見るって」

諦めろ、と鈴木がカズの肩に手を回すと、残念だ、とカズが天井を仰いだ。

「ジェンダーレスの時代に男だ女だって、そんなの関係ないだろ? まあ、しょうがないけど……それでどうなの、理佐っちって彼氏とかいるわけ? いないわけないか、こんだけ可愛いんだから」

全員が答えを待っている。恋愛話に男も女もない。

付き合っていた人はいましたけど、と理佐は照れながら答えた。

「でも、男女交際っていうんじゃなくて、仲のいい人、みたいな……同級生の男の子だったんですけど、彼は卒業して長野の大学へ行ったし、あたしは浪人生だから、それ以上どうにもならなくて……」

別れちゃったんだ、とレナが同情するように言った。自然消滅って感じかな、と理佐は答えた。

新潟と長野は隣県だが、それなりに離れていて、浪人生活を送っていた理佐に、毎週会う余裕はなかった。はっきり別れ話をしたわけではないが、日額院に合格した時、メールを送った以外は、もう半年以上連絡していない。

大丈夫だって、とエミが理佐の手を握った。

「若い時はいろいろあるよ。経験も大事。うちに任せなさい、いい男見繕ってくるから」

若い時って、エミさんも二十五じゃないですかあ、とレナがしがみついた。二杯のワインを飲んだだけで、顔が真っ赤になっている。

「二十五になったら、もうオバサンだよ。やだやだ、つまんなくなっちゃった」

エミがオフショルダーのブラウスの位置を直した。剝《む》き出しになっている両肩のラインが美しかった。

その後順番に、一人ずつ自己紹介的をした。三人の男たちについては、雰囲気でだいたいのことはわかっていた。

むしろ気になったのは女性たちの方だ。東京でシェアハウスに暮らしていた友人からも、気を使わなければならないのは女性だと言われていたし、経験上それは間違いなかった。

シェアハウスにおいては、男性よりも女性との関係性が深くなる。そして女性同士には、独特なマウンティングがある。

シェアハウスに住むかどうか、最後まで悩んでいたのはそこだった。理佐は女性とのコミュニケーションの取り方があまりうまくない。

レナについては大丈夫だ、と最初から思っていた。高校にもよく似たタイプの子は少なくなかった。

無意識のうちに妹のポジションを取り、周りにいじられても気にしない。自分にもそういうところがあった。年齢も同じだから、気を使う必要はないだろう。

逆に、エミのことは少し怖かった。気分屋で、機嫌がいい時は優しいだろうが、どこに地雷が埋まっているかわからない。

気分を害することがあれば、いつまでもねちねちと絡んでくるだろう。チアリーディング部の副キャプテンがそうだったが、一度嫌われると後が面倒になるタイプだ。

最年長のヨーコのことは、それほど気にならなかった。男性たちも含め、サニーハウスの住人の中で、最も落ち着いた印象がある。

頼れるお姉さん、といったところだろうか。自立した女性だとひと目でわかった。

三人の女性たちに共通しているのは、タイプこそ違うが、それぞれ美しいことだった。レナはまだ十九歳だし、ベビーフェイスなので美しいというより、可愛らしいルックスだが、アイドルグループのメンバーと言われても違和感はない。

エミは逆に色気があり、別の意味で男性受けするだろう。本人も明らかに意識しているようだが、露出度の高い、ボディラインがはっきり見える服を身につけている。着こなせるスタイルなのは本当で、特にバストの大きさが目についた。

ヨーコも美人だった。整っているという意味では、誰よりも上だし、メイクやヘアスタイル、ファッションなども統一感がある。自分自身を知っていないと、あんな着こなしはできないだろう。

二十七歳だというが、肌のきめや美しさはエミよりよほど上だ。かなりケアに気を使っているのではないか。

ファンデーションの下に薄い染みが見え隠れしていたが、二十七歳なら年相応だし、それもヨーコの魅力になっていた。

ワークアウトなどにも熱心なのかもしれない、いわゆる〝意識高い系〟の女性だ。

頭の中に人間関係の相関図を思い浮かべながら、大丈夫だと小さくうなずいた。

あたしはうまくやっていける。この人たちとなら、サニーハウスで楽しく暮らしていけるだろう。

食事を終え、リビングに移動し、ソファや床の上に直接座って、お喋りを続けた。

どういう流れからか、三人の男たちがテーブルで腕相撲《うでずもう》を始めた。

体格こそ一番小さかったが、鈴木の強さは圧倒的で、綿貫とカズが何度挑んでも、鈴木が簡単に腕を押さえ込んでいった。両手で挑戦させてくれと酔っ払ったカズが言った時、ドアが開く音がした。

一瞬、全員が黙り込んだ。入ってきたのは、背広を着た背の高い男だった。

2

遅いよハザマさん、と立ち上がったカズが文句を言った。

「もう十時だぜ？　今日、サニーハウスに新しい住人が来るのは聞いてたはずだろ。忙しいのはわかるけど、今日ぐらい早く帰ってきても良かったんじゃないの？」

残業だったんだ、と小さくため息をついたハザマが、ショルダーバッグを肩から降ろした。二十八歳と聞いていたが、疲れ切った横顔は中年男のそれだった。

まあ座って、とエミがソファを空けた。

「紹介するね。彼女が藤崎理佐ちゃん、理佐っち。四月から日額院の一年生。理佐っち、この人は羽佐間《はざま》さん。さっき話したでしょ、山野辺町の文具メーカー営業所の営業マン」

よろしくお願いしますと立ち上がって頭を下げた理佐に、よろしくとだけ答えた羽佐間がショルダーバッグを抱え直して、背中を向けた。

「ちょっと、それだけ？　もっと何かあるでしょ？」

疲れてるんだと言った羽佐間が、自分の部屋に入っていった。姿が見えなくなるのと同時に、カズと鈴木、そしてエミが両手の親指を下に向けた。

「何とかならんのかね、あの人は」鈴木が下唇を突き出した。「シェアハウスに住む意味、ないんじゃないの？　何であんな人がいるわけ？」

協調性がないよね、とエミが文句を言った。まったくまったく、とカズが大きくうなずいた。

「どういうつもりなんだろうな。そりゃシェアハウスっていったって、いろんな考え方があるんだろうし、個人主義の人がいてもいい。だけど、あんな人がいると、こっちもやりにくいよな」

綿貫とヨーコ、そしてレナは何も言わなかったが、それぞれ不満があるのだろう。羽佐間が浮いているのは、初対面の理佐にもすぐわかった。

出てってくんないかな、とカズが吐き捨てた。

「あんなオッサンより、大学生とか、もっと若い奴の方がここには合ってる」

その辺で止めておきなさい、とヨーコが制した。

「シェアハウスなんだから、それぞれ事情がある。みんなで楽しく過ごせるのはテレビの中だけで、リアルは違う。ああいう人がいても、あたしは仕方ないって思うけど」

大人の意見だ、と綿貫が拍手した。それからしばらく話したが、会話は盛り上がらなかった。

三十分ほど経《た》つと、まずヨーコ、そしてカズが部屋へ戻っていった。終わりにしようかと綿貫が立ち上がると、残っていた鈴木とレナが皿洗いを始めた。

あたしも手伝いますと言った理佐に、順番だからいいんだ、と綿貫が首を振った。

「そこらへんのルールは守らないと、昨日は俺も手伝ったのにとか、自分がやらなくても誰かがやってくれるとか、そんなことになる。トラブルが起きるのは、結局つまらない理由なんだよ。だけど、ルールをきちんと決めておけば、そんな問題は起きない」

理佐っちも疲れたでしょ、とエミが二階を指さした。

「最初から飛ばすと、すぐスタミナが切れるよ。今日は早く寝た方がいいって」

すいません、と理佐は頭を下げてエミと階段を上がり、部屋に戻った。ドアを閉めると、それだけで一人きりの空間になった。

はあ、とため息をついてベッドに横になった。目をつぶると、すぐに眠気が襲ってきた。

着替えなきゃと思ったが、そのまま眠りの底に引きずり込まれていった。

3

翌日からの一週間は、あっと言う間だった。

シェアハウス最大のメリットは電気、ガス、水道などについて、自分で契約する必要がないことだが、いわゆる一人暮らしだったらどうなっていたか、理佐にもわからなかった。手続きや立ち会いだけでも、相当な時間をロスしたのではないか。

友人の話では、茶碗ひとつ、皿一枚いらないということだったが、さすがに箸やグラスなどまで共有することはできない。備え付けのベッドなど、部屋の家具はそのまま使うしかないが、シーツやベッドカバー、枕などはやはり自分の物を使いたかった。

その他、生活に必要な物はいくらでもあった。どうしても、ということではないが、あった方が便利な物を買うために出かけなければならなかったが、どうせなら鎌倉市の中心部にある店で買いたかった。百均ショップのような安売りの店も、梶乃町にはない。

そうなると、サニーハウス最大の欠点、アクセスの悪さが問題だった。バスや電車を乗り継いでいくと時間もかかるし、荷物が多くなると一人では持ち帰れない。

車を出してもらうしかなかったが、綿貫とカズがあっさり了解してくれたので、その点では助かっていた。

入学式の前日、四月一日日曜日、食料品の買い出しに行くから、一緒に来ないかと綿貫に声をかけられた。カズとレナも一緒だという。

もちろん、買い出しもあるのだろうが、理佐の買い物に付き合うというニュアンスを感じて、嬉しくなった。想像していた以上に、シェアハウスの人達は優しく、暮らしは快適だった。

毎日朝早く家を出て、夜遅く帰ってくる羽佐間は別として、他の六人は理佐に優しく接していたし、女性たちは特にそうだった。

エミもレナもさまざまな面でケアしてくれたし、最年長であるヨーコは一歩引いているが、何か困ったことがあればいつでも相談して、と微笑みながら言った。

親元を離れて暮らすのが初めてだった理佐にとって、一人暮らしにしてもシェアハウスにしても、不安は変わらなかったが、シェアハウスの場合重要なのは人間関係で、うまくいかなかったら最悪だが、何も問題はなかった。

よく晴れた日曜日だった。最終的には鎌倉駅近くのショッピングモールへ行くことになっていたが、こんなに気持ちのいい日はめったにないという綿貫の提案で、由比《ゆい》ガ浜《がはま》を廻《まわ》ってドライブすることになった。

新しくできたイタリアンの店があるんだ、と運転しながらカズが言った。

「先月オープンしたばかりで、地元の人間しか知らない。今のうちに行っておかないと、ガイドブックに載ったりしたら入れなくなるよ」

安いって聞きました、とレナがうなずいた。

「友達で行った子がいて、雰囲気もサイコーだし、海もよく見えるって。行きたいな」

決まりだ、と綿貫が指を鳴らし、江ノ電《えのでん》の長谷《はせ》駅を経由するコースで由比ガ浜へ向かった。

潮の匂いがする、と窓を全開にしたレナが鼻をひくつかせた。

「鎌倉って不思議だよね。緑も多いし、山もたくさんある。梶乃町なんか、山と林ばっかりじゃない？　全然海って感じじゃないけど、ちょっと走っただけで景色ががらって変わっちゃう」

ホントだね、と理佐はうなずいた。源頼朝《みなもとのよりとも》が鎌倉に幕府を開いた頃、現在の梶乃町辺りに戦のための指揮所を置いていたという伝説が残っていたが、敵が攻めてきた時には守りやすかったはずだ、と何かの本に書いてあったのを思い出した。

セダンが国道134号線、通称湘南道路を走っている。右手に海が見えていた。照り返しが眩《まぶ》しいほどだ。

「いや、マジですげえな」カズが軽くクラクションを鳴らした。「見ろよ、こんなにきれいな海、オレも初めてかもしんない」

確かに、と綿貫とレナがうなずいた。レナはちょうど一年前、大学に入学した時に鎌倉に来たためか、初めて初めてと何度も同じ言葉を繰り返していたが、綿貫は三年前にサーフィンをするため埼玉から鎌倉へ来ている。

初めてというのはおおげさに言っているだけなのだろうが、これほど美しい海を見ることがめったにないというのは、本当のようだった。

新潟の海とは違いますね、と理佐も窓を大きく開けた。

「光が違うっていうか……日本海だと、どうしてもどこか暗いんです。でも、鎌倉の海はすごく明るい感じがする」

日曜日だったが、由比ガ浜の海水浴場に人はほとんどいなかった。快晴といっても、まだ肌寒いせいだろう。

由比ガ浜四丁目の角を左折し、海を背にしばらく走ると、路地を入ったところでカズがセダンをパーキングに停めた。プラムロッジ、という木の看板が正面にあり、そこが目指していたイタリアンレストランだった。

二階のオープンテラスに席を取ると、そこから海が一望できた。鎌倉に来てよかった、と改めて理佐は感じていた。

風が心地良い。これほどリラックスできる場所は、他にないのではないか。

名物だという手打ちパスタのランチセットを食べながら、四人で話した。話題の中心は明日に控えていた理佐の入学式だった。

日額院は比較的小さな大学で、学部も五つしかない。学生数は全部で約六千人、単純計算で一年生は約千五百人ほどだ。入学式は大学の講堂で開かれることになっていた。

別にたいしたことないから、とカズが言った。

「理事長だか学長だかの挨拶とか、新入生代表宣誓とか、そんなもんだよ。終わるとどっかの学部の教授が記念講演をやるんだけど、あんなのは出なくたっていいし」

式そのものは一時間もかからないという。ただ、日額院ではその後新入生オリエンテーションがある。週末の金曜までに履修登録をする必要があり、その方が大変だと訳知り顔でカズが言った。

「よその大学の話を聞くと、普通オリエンテーションって別の日にやるんだろ？　一日で全部済ませようってことなんだろうけど、もうちょっとちゃんとしてくださいよって」

変わってるかも、とレナがパスタをフォークに絡めた。校風ってことなんだろう、と綿貫がウーロン茶を飲んだ。

「どうなの、理佐ちゃん。サニーハウスに来て一週間ぐらい経ったけど、何か困ってることとかある？」

特には、と理佐は冷製の桃のパスタを食べながら言った。パソコンはＷｉ－Ｆｉなので、回線を繋《つな》ぐ必要もなかったし、ウェブデザイナーのヨーコが手伝ってくれたので、設定は簡単に終わっていた。暮らしそのものには、何の問題もない。

「あるとしたら、ベッドの位置かなって。ちょっと窓に近すぎるんで、動かそうと思ったんですけど……」

脚が固定されてるからな、とカズが別に頼んでいたコブサラダを自分の皿に取り分けた。

家具の配置は最初から決まっていて、動かすことはできなかった。三十平米の広さとはいえ、ベッドの位置を変えられない以上、机や備え付けのミニ冷蔵庫なども、今の場所に置くしかない。

不便には思わなかったが、女子としてはレイアウトを変えたい気分もある。不満といえば、それぐらいだろうか。

「あと、結構風の音が聞こえてくるんだなって……たまにですけど、夜中にかさかさって、何か変な音がしますけど、他の部屋もそうなんですか?」

庭か林の木の枝がこすれる音なんじゃないの、とカズが言った。

「オレは一回寝ちゃうと、何があっても起きないから、気にしたことないけど、たまに庭の方からそんな音がするよね」

あたしの部屋もそう、とレナがうなずいた。

「でも、しょうがないかなって。サニーハウスの周りって、何にもないでしょ? ちょっとした音でも聞こえちゃうのは、どうしようもないっていうか……最初のうちは気になったけど、もう慣れた。理佐っちもすぐ慣れるよ」

サニーハウスのことじゃないんですけど、と理佐は三人の顔を順に見つめた。

「羽佐間さんって、いつもあんなに遅いんですか? 十時十一時とか当たり前だし、一昨日なんか、帰ってきたのは夜中の二時でした。あの人、ドアを結構強く閉めるじゃないですか。それで目が覚めちゃって……」

注意はしてるんだ、と綿貫が言い訳するように言った。

「仕事で忙しいのはわかるけど、遅く帰ってくる時は静かにしてほしいってね。本人も気をつけると言ってたけど、癖みたいなもんなんだろう。今度、俺の方からまた言っておくよ」

どういう人なんですか、と理佐は数本だけ残っていたパスタをフォークでつついた。

羽佐間とはサニーハウスに来た日に挨拶しただけで、その後は言葉ひとつ交わしていない。顔を合わせたことも、一度か二度しかなかった。

よく知ってるわけじゃないんだ、と綿貫が言った。

「俺がサニーハウスに来たのが三年前なんだけど、その後半年ぐらい経った頃に入居してきた。その時はさすがに少し話したよ。キートンって文具品のメーカーがあるだろ？　東京の大学を卒業して、あそこに就職したそうだ。大学生の頃は、新聞奨学生だったとも言ってたな。実家がやってる居酒屋がうまくいってないらしい。昔風に言えば苦学生だな」

そうなんだ、とレナが目を丸くした。詳しい話は聞いたことがなかったらしい。

「キートンは一部上場の会社だし、就職先として悪くないと思うよ。でも、入社数年で神奈川支店に飛ばされて、更に鎌倉の営業所に回された」

ちょっとしたブラック企業だって、オレも聞いたよとカズが言った。

「本人も辞めたいらしいんだけど、実家に金を送らなきゃならない事情があって、そうもいかないんだって。それ以上詳しいことは聞けなかったけど……サニーハウスに来たのも、家賃を抑えたいって考えたからみたいだ」

暗い話になったな、と綿貫が苦笑を浮かべた。一回、夜中にリビングで出くわしたことがあって、とレナが風で乱れた髪を直した。

「結構酔っ払ってたと思うんだけど、いきなりサービス残業がどうの、上とうまくいかない、営業は向いてないんだとか、ずっと愚痴ってた。溜まってるんだなあって思ったけど、レナには何もできないし」

確かに愚痴は多いよな、とフォークを置いたカズが大きく伸びをした。

「オレも鈴木も何度か捕まったよ。面倒臭いから、適当に流して、それじゃお先にって。それで終わるから、性格が悪いとは言わないけどさ、とにかく暗いんだよ、早く出てってくんないかな」

社会人にはそれなりの苦労があるんだと言った綿貫に、ワタさんがそれ言っちゃマズいでしょ、とカズがテーブルを叩いて笑った。

「お気楽フリーターに言われたくないと思いますよ。まあ、それはオレらも変わらないんですけどね。仕送りで暮らしてる大学生にはわかんないっていうか。まあ、どうでもいいすけど」

話、変えようよとレナが言った。何を買いに行くのと尋ねた綿貫に、古着屋はありませんかと理佐は聞いた。

オレ、知ってるとカズが手を上げた。

4

サニーハウスに戻ったのは夜七時過ぎだった。日曜だから、ヨーコと羽佐間はいるはずだが、リビングに姿はなかった。二人とも部屋にいるのだろう。

エミは夜勤、鈴木はレスリング部の練習、と連絡用のホワイトボードにそれぞれが書き残していた。

メシどうしますかとカズが言ったが、疲れたなと綿貫が答えた。帰りにどこかへ寄ってもよかったのだが、一日二回の外食は財布にダメージが残る。

適当にやりますかとカズが言って、四人は自分の部屋に戻った。

買いおきのスナック菓子を食べながら、理佐は買ってきた古着の整理を始めた。ラッキーだったな、とつぶやきが漏れた。

カズが教えてくれた古着屋はセール中で、予定していた予算の半分で欲しい服を手に入れることができた。捜せばもっといい出物があっただろう。今度は一人で行ってみようか。

クローゼットに古着をしまい、ひと段落ついたのは八時だった。気づけばポテトチップ一袋を全部食べていた。自己管理、とため息が漏れた。

シェアハウスとはいえ、一人暮らしなのだから、自分の食生活は自分で管理しなければならない。好き勝手にジャンクフードを食べていれば、いくら若いとはいえスタイルを維持できなくなるだろう。

今日はもう何も食べないと決めて、バスルームに入った。実家にいた頃もそうだったが、半身浴で少しでもカロリーを消費するつもりだった。

バスタブは普通のサイズなので、湯はすぐに溜まった。着ていた服を脱ぎ捨て、一度シャワーを浴びてから湯に下半身を沈めた。

抱えていたのは一冊のファッション誌だ。重量があるから、負荷をかけるのにも都合がいい。

持ち込んでいたスマホからお気に入りの音楽を流し、何も考えないままページをめくっていった。代謝がいいので、すぐ額に汗が滲《にじ》んできた。

大家である資産家の老夫婦も、バスルームにまで凝るつもりはなかったのか、機能的な造りだが、内装はよくあるタイプのそれだった。バスタブ、シャワー、そして小さな鏡とシャンプーなどを置く金属製の台。

湯の注ぎ口にライオンの顔のカバーがかかっていて、口から湯や水が出てくるが、デザインが可愛いわけでもない。あまり気に入っていなかったが、そのままにしておくしかないだろう。

また忘れた、と声が漏れた。洗面器だけは買っていたが、体や髪を洗う時に使うバスチェアを買い忘れていた。

百均ショップで売っているのはわかっていたし、サニーハウスに来てから二度行っていたが、入浴する時しか使わないこともあって、ついつい頭から飛んでしまう。

やっぱり、ないと不便だ。次は絶対買わないと。

理佐は両親の方針もあって、クレジットカードを持っていなかった。高校生にはまだ早いというのが父の口癖だったし、新潟にいた頃は必要を感じなかった。

同級生の半分近くがそうだったはずで、別に構わなかったが、クレジット決済が必要な通販サイトなどが使えないのは痛かった。大学生になったのだから、そのうち申請しよう。

もっとも、バスチェアレベルの安価な物なら、通販サイトで購入するとかえって高くつく。倹約第一、とつぶやいてファッション誌に目を戻した時、かすかな音が聞こえて顔を上げた。

今までも、何度か聞いたことがあった。かさり、という何かがこすれるような音だ。綿貫たちは庭か林の木が風で擦れ合う音だと言っていたし、理佐もそう思っていた。そう言われればそんな気もしたし、本当に小さな音だ。深く気にすることではない。

ただ、これまでは深夜に聞こえていたが、今は違う。九時にもなっていない時間だ。

立ち上がって、バスルームの上部にある換気口から外を覗いた。風の音がしていたが、強風ということではない。庭にはそこかしこに樹木が植えられていたが、そこからの音ではないようだ。

まあいいか、ともう一度湯に下半身を沈めた。庭でも林でも、どこから聞こえてきたとしても関係ない。風を止めることはできないのだから、慣れるしかなかった。

重いファッション誌を抱えたまま、半身浴を続けている自分の姿が曇った鏡に映っている。修行僧みたいとつぶやいて、理佐は次のページをめくった。

5

翌朝、七時に起きて入学式のために気合を入れてメイクした。

カズによれば、入学式そのものはどうでもいいということだったが、新入生として初めて大学の門をくぐるわけだし、知っている者は一人もいない。

日額院は関東近県から入学してくる学生が多く、新潟から来た田舎娘と思われたくない、ということもあった。

入学式の後、オリエンテーションがあるという説明は、大学からメールで送られてきた説明用の資料にも記載されていた。

初対面の人達とうまくコミュニケーションが取れるかどうか不安だったし、自分から声をかけることができるタイプでもない。印象を良くしておけば、向こうから声をかけてくれるのではないか、という期待もあった。

入学式用に実家から持ってきていた新しい紺色のスーツに袖を通すと、それなりに収まりは良かったが、内心ちょっと不満だった。白いブラウス、ナチュラルベージュのストッキング、これではまるでリクルーターだ。

仕方ないか、と首を振った。大学から入学式に出席する際のファッションに指定はなかったが、一部の女子大のように、白やピンクのワンピースというわけにはいかない。そういう校風だと聞いていたし、派手な服を着て行くのは違うとわかっていた。

もちろん、入学式が終われば、何を着ても構わない。今日一日だけのことだとつぶやいて、レディース用のビジネスバッグを肩から下げた。

ヨーコが貸してくれた物で、オリエンテーションではかなりな量の資料配布があるというから、重宝するだろう。

一階へ降りると、ダイニングで鈴木がカップラーメンとバナナというバランスの悪い朝食を取っていた。おす、と片手を上げた鈴木が、そうかとうなずいた。

「今日は入学式なんだね。あれだねえ、スーツを着ると全然違って見える。いいじゃん、似合ってるよ」

ありがとうございますと微笑んで、冷蔵庫から取り出した牛乳をグラスに注いだ。

何か食っていった方がいいよ、と二本目にかぶりついた鈴木が、一本どうぞとバナナを押しやった。

「詳しいわけじゃないけど、入学式の後すぐオリエンテーションがあるらしいじゃん。あれ、結構時間がかかるぜ。今日中に全部決めろってことじゃないんだろうけど、説明とかも長いしさ。腹減って倒れたりしたら、卒業まで馬鹿にされるよ」

理佐は棚のシリアルの箱を取って、ボウルにグラノーラを盛った。何か食べておいた方がいい、という鈴木のアドバイスはその通りだろう。

「みんなは？」

ワタさんとエミさんはベランダ、と鈴木が大きな窓を指さした。マグカップを手にした二人が煙草《たばこ》を吸っていた。

サニーハウス内は禁煙だが、ベランダか庭に出れば、喫煙しても構わないことになっている。二人が煙草を吸うのは、理佐も知っていた。

「何か、恋人みたいですね」シリアルに牛乳をかけ、スプーンで混ぜながら理佐は言った。「ちょっと、大人な雰囲気」

感じはあるけど本人たちは否定してる、と鈴木がカップラーメンのスープを一気に飲み干した。

「あの二人がお似合いなのはホントだよ。別にどうでもいいんだけどね……カズは何をしてるのかな。まだ寝てんのか？」

おはよう、という声が階段の上から聞こえた。振り向くと、Tシャツにショートパンツ姿のレナが目をこすりながら降りてきた。

「おお、入学式じゃん。おめでとー！」

似合ってるとスーツに触れたレナが、オレンジジュースのパックを振って、まあいっかと直接口をつけて飲んだ。羽佐間氏はとっくに会社に行った、と鈴木が言った。

「相変わらず忙しく働いてるよ。ヨーコさんは？」

知りませーん、と答えたレナがクロワッサンをトースターに入れた。

「コーヒーいれるけど、飲む？」

あたしが、と立ち上がった理佐に、まあまあとレナが手を振った。

「理佐っちは入学式を控えた身なんだから、今日はおとなしく座ってなよ。スーツにコーヒーこぼしたりしたら、シャレになんないっていうか」

ゴメンねと言った理佐に、気にすんなって、とまたレナが手を振った。

この一週間の間に、年齢が同じということもあって、レナとはずいぶん親しくなった。会話も自然で、それだけで気が楽になった。

気配に気づいたのか、窓ガラスを開けた綿貫とエミがダイニングルームに入ってきた。入学式かあ、と二人が同時に笑った。

「懐かしい。うちが短大入ったのは、もう七年も前なんだね」若いっていいわあ、と芝居がかった口調でエミが言った。「何かさ、晴れ姿っていうか、そんな感じ？　いいねえ、男の子がバンバン声かけてくるよ」

カズはどうした、と綿貫が辺りを見回した。

「同じ大学の後輩なんだ。あいつが面倒を見なきゃまずいだろう……鈴木、起こしてこいよ。どうせ寝てるんだろ」

カズが起きてくるわけないじゃないですか、と鈴木がプロテインシェーカーを振り始めた。

「どっかの国からミサイル撃ち込まれたって、そのまま寝てますよ。眠り病なんじゃないのかな、あいつ」

しょうがないなと苦笑した綿貫が、緊張しなくていいと理佐を見つめた。

「極端な話、入学式なんて出なくたっていいんだ。あんなの、形式だけなんだから」

そうかも、とエミがうなずいた。何があるというわけではない。とはいえ、記念すべき行事なのは確かだ。

「そろそろ出た方がいいんじゃない？」クロワッサンを齧《かじ》っていたレナが言った。「九時からでしょ？　入学式に遅刻するのは、さすがにヤバいっしょ」

車で送っていこうかと綿貫が言ったが、そこまで甘えるわけにはいかない。来週からは授業も始まる。毎日綿貫やカズに送らせることなど、できるはずもなかった。

「梶乃町からだと、バスしかないからな」そこがサニーハウスの辛《つら》いところだ、と鈴木が言った。「梶乃通りまで降りるだけでも十五分、日額院まではバスで二十分ぐらいだろ？　バスの本数は少ないし、待ち時間も含めると、結構かかるよ」

じゃあ行きます、と理佐はグラスとボウルを軽く水洗いして、食洗機に突っ込んだ。

気をつけて、とその場にいた全員が玄関まで送りに出た。

「考えてみると、何か変だよな」綿貫の言葉に、笑いが起きた。「たかが入学式なのに、みんなで見送りに出ることもないような気もする」

でも、こういうのもいいじゃない、とエミが言った。

「理佐っちにとっても、いい思い出になると思うよ。女の子って、こういうこと忘れないから」

そうかもしれない、と理佐はうなずいた。普通なら家族に見送られるか、そうでなければ一人きりで大学へ向かうところだが、四人が見送ってくれている。何となく嬉しかった。

「じゃあ、行ってきまーす！」

気をつけて、頑張れ、という声に背中を押されて玄関を出た。空は真っ青で、雲ひとつない。

最高の門出かもとつぶやいて、理佐は石畳のスロープを降りていった。

6

聞いていた以上に、入学式は退屈だった。お喋りをする雰囲気ではないし、相手もいない。一時間もかからずに終わっていたが、それ以上の時間が保《も》つとも思えないイベントだ。

引き続き行われたオリエンテーションの方が面倒だった。資料配布に始まり、図書館の案内、ウェブ履修登録の説明、海外プログラムの講習、単位認定説明会、それ以外にも学生全員が使用するパソコンのセットアップ講習会など、メモを取る手が追いつかないほどだった。

すべてが終わったのは夕方四時で、昼食休憩こそあったものの、大学の学食がどこにあるかもわからないし、近くにある店も知らないから、構内をぶらぶら歩いて時間を潰すことしかできなかった。シリアルだけでも食べておいてよかった、と心から思った。

それでも何とか無事に終わったし、同じ史学部の新入生の女子たちと話すこともできた。

日額院には付属の高校がないので、基本的に学生はお互いを知らないから、かえって声をかけやすいところもあり、気が付けば初対面の女子たちとわからなかったことを尋ね合うなど、自然と話していた。その場でＬＩＮＥのＩＤを交換した者もいたほどだ。

史学部は他の学部と違い、入学した一週間後に基本的な専攻コースを決めなければならない。教養科目とは別に個別の教授につく形で、一年生からゼミに入るようなものだ。

それは日額院独自の制度で、一年生から専門課程を受講することができる。日額院史学部のレベルが高いのは、そのためだと言われていた。

ただし、決めるのは翌週月曜日で、それまでに専攻コースの内容説明、教授たちとの面談がある。明日から始まるが、史学部の学生にとっては、その方がむしろ重要だった。

一年の時に決めた専攻コースは、三年まで変えられない。選択を間違えました、と簡単にコース変更するわけにはいかない。

慎重に考えなければならなかったし、できれば先輩の意見も参考にしたかった。サニーハウスに戻って、カズに史学部の友人を紹介してもらおうと思いながら、大学正門前のバス停から帰途についた。

梶乃町三丁目でバスを降り、一キロの道を歩いてサニーハウスに帰ると、さすがに疲労感があった。

ただいま、と言いながら玄関のドアを開けると、話し声が聞こえた。聞き覚えのない声だ。誰かの友達が来ているのか。

「——キヌガサケントさんのことなんですが」

リビングのドアをそっと開けると、そこにいたのは綿貫とエミ、カズの三人、そして中年の男と三十前ぐらいの痩せた女性だった。二人ともスーツ姿だ。

お帰りお帰り、と立ち上がったカズを目で制した綿貫が、衣笠のことは知ってますよと唇を尖らせた。

こちらの方は、と中年男が理佐に視線を向けた。ここをシェアしている住人の一人です、と綿貫が説明した。

「でも、彼女は一週間前にここへ来たばかりなんで、何も知りませんよ」

状況が飲み込めないまま、理佐は小さく頭を下げた。失礼しています、と中年男がジャケットの内ポケットから取り出した手帳を縦に開いた。

上に写真つきのIDがあり、野島聖二《のじませいじ》という名前と巡査部長という肩書、そして下には金色のバッジのような物が貼り付けられている。正面にPOLICE、神奈川県警という文字があった。

「西鎌倉署刑事課の野島です。彼女は渡辺《わたなべ》巡査」

女性が無言でかすかな笑みを浮かべた。綿貫たちに目を向けた理佐に、オレらもよくわかんないんだよ、とカズがクッションを抱えたまま答えた。

「一週間前からこちらに住まわれているわけですね？　でしたら結構です。話はこちらの三人にお伺いしますので」

別にいいでしょ、とエミが座っていたソファを軽く叩いた。

「理佐っちも座りなよ。刑事さんと話すことなんてめったにないんだし、面白くない？　いいでしょ？」

手招きされて、理佐はエミの隣に座った。別に構いません、と野島が言った。

「先ほどもお伝えしたように、形式上のことですから……こちらのシェアハウスに、一年前まで衣笠健人さんという方が住んでいたのは、間違いありませんね？」

そうですよ、とぶっきらぼうに綿貫が答えた。

「ケントはここにいました。ぼくがサニーハウスで暮らすようになったのは、三年ほど前ですけど、彼はその少し前から入居していたと聞いています」

オレが入ったのは一年ぐらい前で、ケントさんとはすれ違いみたいな感じでした、とカズが言った。

「ワタさんより一個上でしたっけ？　だから、今二十七とかなのかな。サラリーマンって聞いてましたけど、あんまり話したことがないから、それ以上はよくわかんないっすね」

あなたは、と渡辺が口を開いた。うちは一年半前からここに住んでるとエミが答えた。

「だから、ケントさんと重なっていた時期もあった。どこだっけ、藤沢の楽器店で働いてたんだよね？　本人はミュージシャンになるとか、そんなこと言ってたし、時々ここでもギター弾いたりして……上手だったけど、プロはどうなんだろうねって、みんなで話したのを覚えてます」

途中から言葉遣いを変えたのは、刑事が相手だという意識があるからだろう。藤沢市の白澤《しらさわ》楽器店です、と野島がメモに目をやった。

「楽器店勤務の傍ら、バンド活動も並行してやっていたそうです。本人も含め、バンドはプロ志向で、実際にオーディションを受けたこともあったようですね」

そこまでは知りません、とエミが首を振った。衣笠さんのご両親から、先月捜索願いが署に提出されました、と野島がメモ帳を閉じた。

「衣笠さんは栃木県出身で、ご両親も宇都宮《うつのみや》在住です。横浜の私立大学を卒業後、白澤楽器店で働くようになったのはご存じですか？」

あまり自分のことは話さない奴でしたから、と綿貫が言った。そうですか、と野島が一人言のようにつぶやいた。

「楽器店の店長に話を聞きましたが、衣笠さんは契約社員だったそうですね。バンド活動を優先するためだったようです。残業をしなくていいので、時間が自由になったんでしょう。ただ、金がないとこぼしていたのは店長、それにバンド仲間も聞いています。こちらのシェアハウスで暮らすことにしたのも、家賃が安かったのが大きかったようですね」

捜索願いってどういうことですか、とエミが質問した。実は我々もよくわかっていないんです、と野島が鼻の頭をこすった。

「衣笠さんは今年二十七歳で、栃木の実家を出てから十年ほど経ちます。大学生の時は正月や夏休みに帰省していたそうですが、卒業する頃には連絡もほとんどなかった、とご両親が言っています。わからなくはありません。二十二の男が、毎日実家に電話をするはずもありませんからね」

ぼくもそうですと言った綿貫に、私もですよ、と野島が笑いかけた。

「こちらには二年ほど住んでいたようですが、一年前に出て行ったわけですね？　理由は聞いてますか？」

バンドを辞めてちゃんとした仕事に就き、ガールフレンドと二人で住むとか、そんなことを言ってました、と綿貫がこめかみに指を当てた。野島と渡辺が目を見交わせてうなずいた。

「実家にも、そういうメールが送られてきたそうです。落ち着いたら連絡するし、彼女も紹介するという内容でした。こう言っては何ですけど、ご両親も衣笠さんのことは半ば諦めていたといいますか、無事に暮らしていればそれでいい、ぐらいに思っていたそうです。何しろ二十七歳ですし、プロのバンドマンを目指していたわけですから、何を言っても聞くわけがないと思うのは、親として当たり前なのかもしれませんね」

親ってそういうもんじゃないですか、と綿貫が肩をすくめた。

「ぼくも親とは三年近く連絡を取っていません。二十六でフリーターやってる息子のことなんか、気にもしていないでしょう」

そんなことはないと思いますが、と野島が視線を逸《そ》らした。

「その後、何度かメールがありましたが、半年前からそれもなくなったそうです。ご両親に直接伺いましたが、あまり考えていなかったと……」便りの無いのは元気な証拠、ぐらいに思われていたそうですと野島がうなずいた。「ですが、今年の二月に衣笠さんのお祖母《ばあ》さんが亡くなられて、葬儀を行うことになったそうです。親戚一同が集まって、葬式という運びになったのですが、当然孫の衣笠さんも参列しなければなりません。最初はメールで、次に電話で連絡を取ったんですが、返事はなかったそうです」

そういうところはあったかも、とエミが言った。

「ケントさんはハウスルールとか守れない人でした。掃除は交代制なんですけど、忘れちゃって帰ってこなかったり……ミュージシャンってルーズだよねって、みんなで文句言ったりしたんですけど」

バンドのメンバーもそう言ってました、と野島が大きくうなずいた。

「練習時間には遅刻してくるし、約束していた詞も書いてこなかったり、酷《ひど》い時にはライブ会場に現れなかったこともあったそうです。結局、連絡がつかないまま葬儀が終わり、その後母親がそれこそ何百回も電話をしましたが、電源を切っているのか、とにかく繋がらない。メールも同じです」

そりゃさすがにおかしいっすねとカズが言った。ご両親もそう考えたようです、と野島が話を続けた。

「高校や大学の友人に連絡して、話を聞いたそうですが、彼らも一年近く衣笠さんと話していないことがわかっただけでした」

このシェアハウスを出た直後、バンドを辞めるとメンバーにＬＩＮＥがあったそうです、と渡辺が言った。

「メンバーの人たちも怒っていました。辞めるにしても、LINE一本ってことはないだろうと……他のバンドから引き抜かれたと書いてあったそうですけど、メンバーとしては納得できなかったでしょう。彼はメインのギタリストでしたからね。一度会って話し合おうと何度もLINEを送ったが、すべて既読スルーされて、だったらもういいと新しいギタリストを入れたそうです」

バンド事情はどうでもいいんですが、と野島が話を引き取った。

「要するに、親や友人、バンド仲間が連絡しても返事がない状態が一年近く続いていたわけです。はっきりしているのは、一年前までここに住んでいたこと、出た後の消息がまったくわからないということです。我々がこちらへ伺ったのは、皆さんの中に何か詳しい事情をご存じの方がいらっしゃるかもしれないと考えたからなんですが」

どうだったっけ、とカズがクッションを何度も叩いた。

「いつ出て行ったのかも、よく覚えてないんですよ。三月の終わりだったような気がするけど、ワタさん、覚えてる？」

「去年の春だろ？　俺はあの頃、ひと月近くハワイでショートステイしていたから、ケントが出て行った時はいなかったんだ」

うちは何となく覚えてる、とエミが手を上げた。

「ホワイトボードに、お世話になりましたとか、そんなふうに書いてあった。出て行くみたいな話は何度か聞いてたから、ああそうなんだ、今日だったんだって、ヨーコさんと話した記憶があります。ちゃんと言ってくれれば、それこそ送別会でも何でもしたのにねって」

「彼がここを出て、どこへ行くつもりだったとか、聞いたことはありませんか？」

顔を見合わせた三人が、なかったと思います、と揃って首を振った。ガールフレンドのことは、と渡辺が尋ねた。

「バンドのメンバーに確認したところ、衣笠さんには何人か熱心なファンがいたそうですが、特定の相手と深い関係にあったわけではなかったということでした。白澤楽器店の店長や同僚も、彼女がいたという話は聞いていなかったそうです。衣笠さんはご両親に、ガールフレンドと暮らすとメールしていますし、こちらを出るきっかけもそれだったわけですよね。まだ調べ始めたばかりなので、何とも言えませんが、本当に特定の相手がいたのかどうか、いたとすればどういう女性だったのか、知ってることはありませんか？」

そういう話をしたがらない奴だったんです、と綿貫が言った。

「その辺、バンドマンっぽくないっていうか……モテるんだぜとか、そんなことは言ってましたけど、そういう奴に限って本当は相手がいなかったりするじゃないですか。ケントはちょっと見栄《みえ》を張るところがありましたね。それは確かです」

別のバンドに行ったんだとしたら、女のせいにするしかなかったんじゃないすか、とカズがクッションを宙に放った。それは違うでしょう、と渡辺が首を振った。

「あなたたちとは直接の利害関係がなかったわけですから、事実を話しても何の問題もないはずです。バンドのメンバーには別のバンドに行くと伝え、両親には彼女のためにバンドを辞めるとメールしていますが、わたしが彼だったら、逆に伝えたでしょうね」

確かにそうっすね、とあっさりカズがうなずいた。それで三月の頭に、ご両親が宇都宮署に捜索願を出したわけですと野島が言った。

「正直なところ、二十七歳の男性と連絡がつかないというだけでは、なかなか警察も動きにくいのですが、衣笠さんの父親が宇都宮署の署長と大学の同級生で親しかったこともあり、神奈川県警の方で確認だけでもしてほしいと要請がありましてね……事情はそういうことなんですが、何かご存じありませんか?」

理佐は三人の顔を順番に見つめたが、全員が当惑した表情を浮かべていた。何も知らないのだろう。

変な話ですよねと囁くと、変な人だったんだよ、とエミが答えた。

リビングのドアが開き、入ってきたレナが、お客さんなのと尋ねた。誰も答えなかった。

第三章　アクシデント

1

二人の刑事がサニーハウスを後にしたのは、それから一時間ほど経った頃だった。

その間に帰ってきていたレナ、ヨーコ、そして鈴木にも野島と渡辺が話を聞いたが、綿貫たちと同じレベルでしか衣笠について知らないとわかったようだ。

事件性はないと思っています、と玄関を出たところで野島が振り返った。

「捜索願が出ているだけで、衣笠さんに何かあったとはご両親も考えてませんし、実は警察もそうなんです。捜すといっても、正直なところどこを捜せばいいのかもわかっていませんし……お騒がせして申し訳ありませんでした」

ドアが閉まるのと同時に、ビックリしたよと鈴木がトレーニングウェアを脱いでTシャツ姿になった。

「警察だっていうからさ、てっきりカズを逮捕しに来たんじゃないかって」

カンベンしてくれよ、とカズが頬を強くこすった。気をつけろよ、とその肩に触れた綿貫が、コーヒーでも飲むかと言ったが、いらないとヨーコが首を振った。

「着替えてくる。警察です、話を聞かせてくださいって、そんなこといきなり言われたって――」

まだ仕事も残ってるし、と足早に二階へ上がっていった。オレも疲れちゃった、とカズがその場を離れた。

コーヒーいれますね、とレナがキッチンに立った。何なんだろうね、とエミが囁いた。あたしには全然、と理佐は首を傾げた。

そりゃそうだよな、と鈴木がソファに腰を落ち着けた。

「衣笠さんがここを出たのって、ちょうど一年ぐらい前だろ？　名前も知らないんだから、理佐ちゃんは答えようがないよね」

鈴木さんはどうなんですかと聞くと、話すようなことは何もないんだ、と大きく伸びをした。

「おれがサニーハウスに入居したのは衣笠さんの一年ぐらい後でさ。二年前の三月だった。ぶっちゃけ、初対面から気が合わないって思ったのを覚えてる。向こうはロン毛のバンドマンで、こっちは体育会レスリング部だろ？　歳《とし》も衣笠さんの方が上だし、同じ家に住み始めたから、今日から友達ってことにはならないよ」

正直に言いなって、とエミが含み笑いをした。

「しょっちゅうケンカしてたじゃん。一回は殴り合いもしたでしょ？　うちらが止めたから、そんな大きなケンカにはならなかったけど」

殴り合いなんかしてない、と鈴木が口を尖らせた。

「何かで向こうが怒って手を出してきたから、こっちもやり返しただけで……うまくいってなかったのは認めるけど、仲が悪いってことでもなかった。そこまで深く付き合ってたわけじゃないし、それはみんなも同じだろ？」

週の半分以上、衣笠はここにいなかったからな、と綿貫がうなずいた。

「楽器店で働きながら、バンドの連中と練習やライブをやって、友達だってそれなりにいただろう。俺よりひとつ上だったけど、元気だなあって思ってたよ。夜だって遅くまで帰ってこないし、朝帰ってきたと思ったら、昼にはまた出ていく、みたいな……エネルギーが有り余っていたのかな、よくわからないけど」

話を聞いていて、サニーハウスの中に親しい者がいなかったのは、何となく理佐もわかった。

「自分だって、すごく怒ってたことあったでしょ」

綿貫の隣に座ったエミが片目をつぶった。しょうがないだろ、と綿貫がクッションを叩いた。

「さっきも誰か言ってたよな。エミか？　衣笠はハウスルールを全然守らなかった。シェアハウスだから、みんな仲良くしなきゃいけないとは思わないし、そこは個人の考え方だ。でも、あいつは最低限のこともしなかった。ゴミ出しなんか、一度もやらなかったんじゃないか？　食べた皿も洗わないし、飲みかけのペットボトルはその辺に出しっぱなしで……そりゃ注意したくもなるよ」

姑《しゅうとめ》かよ、とエミが大きな口を開けて笑った。コーヒーできました、とレナがトレイに載せたカップを全員の前に並べた。

綿貫とエミ、そして鈴木の三人が衣笠の悪口を言い始めた。理佐とレナは本人を知らないから、聞いているしかない。

シェアハウスには向いてなかったんだ、と綿貫が最後に言った。

「見ず知らずの人間同士が、ひとつ屋根の下で暮らす以上、やっぱり常識は守らなきゃまずいだろう。いつもニコニコ笑って雰囲気を良くしろとか、そんなことを強制するつもりはないけど、一人で暮らしてるんじゃないんだから、好き勝手なことをされても困る。今だから言えるけど、酔っ払って大声で歌ったり、部屋でヘビメタの曲をフルボリュームで流したり……出て行ってくれて、せいせいしたよ」

そこまで言いますか、と鈴木が苦笑した。言い過ぎたかな、と立ち上がった綿貫がおやすみと手を振って部屋に戻っていった。

鈴木とエミがその後に続き、残った理佐とレナでコーヒーカップを洗うことにした。水で流して食洗機に入れておくだけだから、面倒はない。

意外だった、と理佐はレナに囁きかけた。

「綿貫さんって、もっと冷静っていうか、落ち着いた人だって思ってたけど、衣笠さんって人のことはずいぶん悪く言ってたね」

あの人、気分屋だからとレナがコーヒーカップの水を切った。

「シェアハウスって、マジで向き不向きあるからね。理佐っちもあのテレビ番組見てたでしょ？　ちょっと憧れとか、そういうこともあったんじゃない？　あたしもそうだったもん」

「まあね」

だけど、やっぱ現実は違うんだよね、とレナがつまらなそうに肩をすくめた。

「一回こじれると、後がすごく面倒なの。結局、他人でしょ？　つまんないことが気に入らなくて、それだけで口も利かなくなっちゃうとか、よくあるみたい。綿貫さんもさ、時々あんなふうになる。いい感じでやってるように見えるけど、いろいろ溜まってんじゃない？」

「溜まってるって？」

二十六でバイト暮らしなんだよ、とレナが声を低くした。

「プロサーファーになるとか、訳のわかんないこと言ってるけど、そんなの無理に決まってんじゃん。ろくに練習もしない、典型的な陸《おか》サーファーだもん。将来が不安になるのは、当たり前っていうか。今は楽しいだろうけど、あっと言う間に三十だよ。どうすんの、いつまでもここにいるってわけにもいかないでしょ」

そんなこと考えてたんだ、と理佐は食洗機にコーヒーカップを並べて置いた。意外といえば意外だった。

レナは明るい妹キャラで、ある意味何も考えていないように見えたが、そうではないらしい。

背も高いし、イケメンだけど、そんな賞味期限はすぐ切れる、とレナがハンドタオルで手を拭いた。

「理佐っちも気をつけた方がいいよ。二人でドライブ行こうとか、食事に行こうとか、ゼッタイ誘ってくるから。あたしもそうだったもん。女癖悪いのは、何となくわかるでしょ?」

ナンパばっかりしてるって、カズさんも言ってたね、と理佐はうなずいた。

「モテるのはわかるけど。湘南でサーフィンやってますって言ったら、引っ掛かる子はいるよね。でも、サニーハウスでも誘ったりする? ちょっとイメージ悪くなっちゃった」

「エミさんと……そういう関係なのはわかってる?」

やっぱり、と理佐は食洗機の蓋を閉めた。ガールズトークは、どうしてこんなに盛り上がるのだろう。

「付き合ってるとか、そういうんじゃないと思うんだけど、ゼッタイだよ」

顔をしかめたレナに、ヨーコさんはどうなのと理佐は天井を指した。ワタさんのタイプじゃない、とレナが肩をすくめた。

「ヨーコさんのことは怖いんじゃない？　歳も上だし、いつも気を遣ってるよ。でも、裏では悪口言ったりしてるんだよね。メガネオバサンとか、ホントは絶対三十オーバーだとか……とにかく、あの人は若い子好きだから、理佐っちも注意した方がいいよ。狙われてるの、丸わかり」

あり得ない、と理佐は首を振った。綿貫が女子受けするタイプで、女性の扱いにも慣れているのはわかっていたが、逆にそういうタイプは苦手だ。

サニーハウスへ入居してから、綿貫が気を使っているのはわかっていたし、感謝もしている。だからといって、恋愛対象になるわけではない。

理佐ははっきり奥手だし、人見知りな性格だ。高校の時に付き合っていた高瀬《たかせ》弘《ひろし》とも、手を繋《つな》いだことはあったが、キスさえしていなかった。

弘のことを好きだったし、彼の方も気持ちは同じだったはずだ。遠距離恋愛になってしまったため、関係は自然消滅していたが、まだ忘れてはいない。綿貫に何を言われても、心が動くはずがなかった。

嫌いで言ってるんじゃないんだよ、と慌てたようにレナがまばたきを繰り返した。

「みんな優しいし、いい人だし、不満とかそういうんじゃ……ただ、いろいろあるんだよって言いたかっただけ」

大丈夫、と理佐は階段へ向かった。レナは綿貫のことが好きなのだ、と勘でわかった。

毎日、ずっと綿貫のことを見ているから、何となく彼のことがわかるのだろう。もしかしたら、レナが告白して、ふられたのかもしれない。

でも、本音に触れないのは女子同士の暗黙のルールだ。本人が言い出さない限り、こちらから何も言ってはならない。

階段を上がっていくと、後ろでレナが明かりを消した。サニーハウスは静かだった。

2

翌日の火曜日から週末まで、目が回るような忙しさだった。

オリエンテーションもすべてが終わったわけではなかったし、一年から入る専攻コースを決めるための教授との面接会もあった。

それぞれの教授が自分の授業内容を説明するのだが、選択を誤ると後で大変なことになる。漫然と聞いているわけにはいかなかった。

新潟で理佐が通っていたのは市立高校で、毎日の時間割は学校側が決めていたが、大学では必修以外の一般教養科目は選択制だ。

毎日のスケジュールは自分で決めなければならない。慣れていないから、余計に神経を使った。

その他にも、フェイスブックを通じてサークルに勧誘され、それにも返事をしなければならなかった。

理佐の方は名前も顔も知らないが、共通の友人を介してネット上の友達になっていた者たちで、ほとんどが新潟県人だった。最近ではそういうふうに勧誘されることも多いよ、と鈴木が教えてくれた。

サークルに入る気は最初からなかった。日額院に入ったのだから、勉強にウエイトを置きたかったし、時間的にも経済的にも余裕がない。

両親から仕送りは受けていたが、無理しているのはわかっていた。家賃はともかく、生活費は自分で何とかしよう、と入学前から決めていた。

週末、金曜の夕方、大学から帰ると鈴木とエミ、そしてレナがリビングでくつろいでいた。

ちょうどいいと思って、アルバイトのことを三人に相談すると、うちはパス、とエミが両手を上げた。

「これでもナースだからさ、バイトのことなんか考えたことないわけよ。心当たりもないし」

あたしもバイトしてないからな、とレナが首を振った。レナは名門のお嬢様大学、鎌倉女子学院に通っている女子大生だ。はっきり聞いたことはなかったが、両親はそれなりに裕福なのだろう。

仕送りの額も多いはずだし、オールラウンド系のサークルに入って、毎日を楽しんでいる、いわゆるリア充だ。アルバイトする必要はない。

サニーハウスに住んでいるのも、本人も言っていたようにテレビ番組に憧れたからで、今すぐではないにしても、いずれ出て行くと決めているのは、何となくわかっていた。

デザイン会社勤務のヨーコ、文房具メーカーの営業マンの羽佐間も、バイトについて考えることはないはずだ。

機会があれば聞いてみようと思っていたが、エミと同じように、よくわからないという答えが返ってくるのではないか。

綿貫はバイト暮らしだが、フリーターに近い。あまり当てにはならなかった。

そうなると、頼りになるのはカズと鈴木だ。二人とも現役の大学生だし、それなりにいいバイト先を知っていてもおかしくない。

役に立てるかな、と鈴木が首を傾げた。レスリング部の活動がメインなので、不定期に警備員のバイトをしているだけだという。

女の子には向いてない職場なんだ、と申し訳なさそうに鈴木が言った。

「その辺はカズが一番詳しいよ。あいつはいろいろ掛け持ちでバイトしてたこともあったみたいだし、大学の友達も多い。日額院の学生課でも紹介してくれると思うけど、カズに相談するのが一番いいんじゃないかな」

そうですね、と理佐はうなずいた。カズは同じ日額院の先輩でもある。世話好きな性格だし、いろいろ教えてくれるはずだ。

「サニーハウスの最大の問題がバイトなんだよな」プロテインをひと口飲んだ鈴木が口元を拭った。「単純に言えば、条件のいいバイト先は鎌倉の中心地に固まってる。梶乃町も鎌倉市だけど、市の端っこだからね。店も少ないし、大学の授業が終わってからだと、夕方以降ってことになるだろ？　サニーハウスへ帰ってくるのは、かなり遅い時間になる。女の子一人だと、やっぱりちょっと危ないから、そこは考えた方がいいだろうな」

うちは夜勤もあるよと言ったエミに、お姉様のことは心配したことないっす、と鈴木が敬礼ポーズを取った。

「痴漢に襲われたって、エミさんならボコっちゃって、それで終わりでしょ？　でも、理佐ちゃんはそういうわけにいかないから」

失礼過ぎると笑ったエミが、ヤバいと立ち上がった。

「今日、うち夜勤だったんだ。支度しないと」

丘の上だもんね、とレナが部屋に戻っていくエミの背中に目を向けながらうなずいた。

「バスも九時台が最終だし、市内から戻ってくるのはちょっとキツいかも。あたしも遅くなる時は、誰かに送ってもらったり、友達のところに泊まっちゃうこともある。

サニーハウスは理想的なシェアハウスなんだけど、そこが大きな欠点だよね」

「どうしようもなくなったら、連絡してくれれば誰かが車で迎えにいくけど、毎日っていうんじゃ理佐ちゃんの方が負担だろ？」鈴木が飲みかけのプロテインシェーカーをテーブルに置いた。「こっちは迷惑だなんて思わないけど、どうしたって申し訳ないみたいな気持ちになるよね。現実的なアドバイスをするとしたら、土日とか授業のない日にできるバイトに絞って、捜した方がいいんじゃないかな」

授業がない日がないいんです、と理佐はスマホのスケジュール表を開いた。

「史学部は出席が厳しいって、カズさんが言ってました。一年生だから、教養科目も多いし……三年になれば、そこそこ時間も空くみたいなんですけど」

ますます厳しいね、と鈴木がうなずいた。

「ぼくもレスリング部の後輩とか、知り合いに聞いてみるよ。湘南体育大は体育系の大学だから、いろんなコネがある。日額院とは違って、結構無理が通ったりするんだ。女子大生、土日、平日の夕方までっていうのも、よくある条件だよ。なるべく時給のいいところを捜しておくから」

何か優しくないですかあ、とからかうようにレナが言った。

「理佐っちに肩入れしてません？　あたし、そんなに鈴木さんに優しくされた覚えないんですけど」

そんなことないよ、と鈴木が鼻から息を吐いた。

「ワタさんやカズと違って、ぼくは体育会の人間だからね。後輩が困ってたら、面倒を見なきゃいけないって考えるのが癖になってるんだ。厳しく、そして優しい先輩ってわけ。体育会は上下関係が命だからね」

そのまま空になったシェーカーを摑んで、部屋に戻っていった。照れてたね、とレナがおかしそうに笑った。

「鈴木さん、理佐っちにちょっとアレだと思うな。見る目が違うもん」

そんなわけないでしょと手を振ったが、思い当たる節もあった。綿貫やカズ、そして女性たちも優しく接してくれているが、鈴木は少し違う。

恋愛感情、ということではないのだろう。困っている者が気になってしまう性格で、しかも理佐が年下だから、放っておけないのだ。妹の心配をする兄、というのが一番近いかもしれない。

その意味で、理佐の方も鈴木が一番話しやすかった。羽佐間は論外だが、綿貫は男を前面に出してくるところがあるし、カズは軽すぎる。

サニーハウスの四人の男性の中で、体育会の鈴木が一番男っぽいが、あまりそれを感じさせなかった。いい意味で、男臭さがない。

さっぱりした性格だから、それも理佐にとって話しやすい理由のひとつだった。

「あたしはバイトとかよくわかんないけど、ヨーコさんにも聞いてみたら？　それなりに友達だっているだろうし、何てったってオバさんは頼りになるもん。ワタさんだってカズさんだって、何もないってことはないと思うし」

聞いてみる、と理佐はうなずいた。窓から外を見ると、辺りが暗くなり始めていた。

3

エミは夜勤のため病院へ、鈴木はレスリング部の夜間練習に行った。リビングでレナとテレビを見ながら話していると、カズとヨーコが帰ってきた。

「どうしたどうした女子大生コンビ」カズがいつものように明るい声で言った。「二人だけ？　他のみんなは？」

レナがホワイトボードを指さすと、皆さん忙しいですな、とカズが理佐の隣に座った。

「結構結構。ねえ、メシどうする？」

どうしますか、と問い返した。カズたちが何時に帰ってくるかわからなかったので、夕食の相談をレナと始めたところだった。

あたしが作ろうか、とミネラルウォーターを飲んでいたヨーコが言った。今日は早かったですねと言ったレナに、そんな日もあるよと笑って、冷凍庫の扉を開けた。

「この前買ったラム肉があるから、グリルにしよう。理佐ちゃん、手伝ってくれる？　マカロニサラダが食べたくなって、材料買ってきたんだけど、とりあえずそっちから取り掛かることにしますか」

はい、と理佐はヨーコの隣に並んだ。何を話してたの、とカズがレナの肩をつついた。

「理佐っちの悩み相談」冗談ですよ、とレナが微笑んだ。「あれ、だけどちょっとマジかな？　理佐っち、アルバイト捜してるんですよ。だけど、梶乃町だと何もないでしょ？　カズさん、どっかいいとこ知りません？」

何にもないってことはないさ、とカズがソファの背もたれに肘を載せた。

「少し遠いけどコンビニだってある。あそこはいつだってバイト募集中だよ。大学の周りにはカフェだってファミレスだってあるし、適当に捜せばいいんじゃないの？」

コンビニは無理でしょ、とラム肉を電子レンジに入れたヨーコが解凍ボタンを押した。

「サニーハウスからだと、二キロ近くある。理佐ちゃんは免許もないし、往復するだけで一時間ぐらいかかるでしょ。それじゃ疲れちゃって、バイトも何もない」

そうかもしんないっす、と素直にカズがうなずいた。大学の近くなら店もたくさんあるんですけど、と理佐は冷蔵庫から出したレタスを二つにカットした。

「思ってたより一年生って授業が多くて、空き時間がないんです。夕方からバイトすると、下手《へた》したらバスもなくなっちゃうし、サニーハウスに帰れません」

男の人にはわからないでしょうけど、とヨーコが手際よく香辛料の瓶を並べた。

「最終のバスに乗ったら、三丁目のバス停に着くのは九時半よ。この辺は真っ暗だし、サニーハウスまで一キロ以上ある。しかも地蔵堂から先は上り坂で、林の中には街灯もない。そんなところを女の子一人で歩いていて、何かあったらどうするの？　それとも、カズくんが毎日迎えに行ってくれるわけ？」

無理っすとカズが頭を掻いた。サニーハウスの住み心地はいいけど、交通難民なのは否めない、とヨーコが解凍したラム肉に粗挽《あらび》きのコショウをたっぷりかけた。

「あたしだって、夜道はやっぱり怖い。家主さんがここに家を建てたのは、夜に家を出ることはめったにないってわかってたからで、お年寄りだから、本人たちは不便に思わなかったでしょうけど、あたしたちはね……だから家賃が安くなってるのも本当で、どっちが優先されるのって話なんだけど」

どこか知りませんか、と手でレタスをちぎりながら理佐はそれぞれの顔を覗き込んだ。なくはないけど、とカズが大きく伸びをした。

「結局、大学の近くか鎌倉の中心部になっちゃうんだよな。オレも日額院の学生だから、一年の授業が多いのはわかってる。授業終わりにバイトするってことになると、やっぱり飲食店になると思うんだけど、そうすると結構遅い時間まで働かされるからなあ。平日は諦めて、土日に絞ったら？　それなら市内の店にも通えるし、夕方にはここへ帰ってくることもできるんじゃない？」

ドアが開く音がして、お帰りなさいとレナが声をかけると、暗い顔をした羽佐間が、ただいまと低い声で答えた。

　どうしたんすか、とカズが中腰になった。

「珍しいですね、ハザマさんがこんな時間に帰ってくるなんて……まだ七時過ぎですよ？」

　早く帰ったらいけないのか、と羽佐間が笑わずに言った。そういう意味じゃないですけど、とカズが腰を下ろした。

「羽佐間さん、食事は？　一緒にどう？」

　ヨーコが声をかけると、羽佐間が無言で鞄《かばん》に手を入れた。出てきたのはコンビニ弁当だった。

「帰りに買ってきた。部屋で食べる」

　そう、とヨーコがうなずいた。部屋に向かおうとした羽佐間に、ちょっといいすかとカズが立ち上がった。

「理佐ちゃんがアルバイト捜してるんです。どこか知りませんか？　山野辺町なら、市内よりは近いし、店なんかもありますよね」

　アルバイトか、と羽佐間が振り向いた。

「いいよな、大学生は。人手不足の世の中だ。バイトなんか、いくらでもあるだろう。こっちは自分の仕事で手一杯で、そんなこと考えてる暇はない」

　そういう話じゃないでしょう、とカズが声を尖らせた。止めなさい、とヨーコがラム肉を裏返した。

「あたしもそうだけど、会社で働いてると、そういうことに疎くなる。バイト募集の貼り紙なんか自分とは関係ないって、頭から無視する。あたしもバイトのことはよくわからない。自分の会社が募集してれば、また違うんだろうけど」

無言のまま、羽佐間が部屋に入っていった。ドアが閉まる音と同時に、気分悪いよなとカズが言った。

「いや、わかりますよ。社会人のヨーコさんとか羽佐間さんが、バイトに詳しかったら、その方が変ですからね。だけど、あんな言い方はないんじゃないすか？　親身になって考えてくださいとは、こっちだって言いませんよ。でも、あれじゃ――」

気にしない気にしない、とヨーコが沸かしていた鍋の湯でマカロニを茹《ゆ》で始めた。

「人それぞれってこと。あの人は自分のこと以外、どうでもいいって思ってる。それを怒ったって、意味ないでしょ。それより、カズくんが理佐ちゃんのことを考えてあげるべきじゃない？　大学の後輩なんだから、あなたがケアするのが普通でしょ」

とりあえず検索しますか、とカズが取り出したスマホの画面をスワイプした。ヨーコがラム肉をフライパンに載せると、肉の焼ける匂いがリビングに漂った。

4

意外と難しいんだな、と部屋に戻った理佐はバスタブに湯を張りながらつぶやいた。

ネットで調べると、梶乃町にも飲食店などバイトを募集している店はいくつかあった。大学周辺、あるいは鎌倉中心部となると、数え切れないほどだ。

ただ、時給や勤務時間などを考えると、どれも帯に短し襷《たすき》に長しで、都合のいいバイト先はなかった。土日というだけで限定されてしまうし、夜遅くなる仕事もできない。

昼間の時間帯は時給が安い。贅沢を言える身分ではないとわかっていたが、少しでも条件のいいアルバイトを望むのは、大学生なら誰でも同じだろう。

十時前に帰ってきた綿貫が、理佐ちゃんぐらい可愛い子なら、ガールズバーで働いたらと提案した。冗談だよと笑っていたが、理佐は笑えなかった。

同じ高校のOGの中に、東京や他県の大学へ進んだものの、厳しい暮らしを送っている者がいることは知っていた。

その中にはガールズバーやキャバクラ、あるいはパパ活までしている者もいるようだ。そこまでしなければならないのが、女子大生のリアルな現実だった。

彼女たちがヤンキーや不良だったというなら、まだわかる。そうではなく、大学に進学しているぐらいだから、それなりに成績も素行もよかった。それでも、どうしようもなく水商売や風俗へ足を踏み入れる者がいる。

さまざまな事情があってのことだろうから、簡単にいい悪いという話ではない。ただ、自分はそうなりたくなかった。楽にお金を稼げるかもしれないが、何か違う気がする。

理佐の実家もそうだが、貧乏ということではない。裕福とは言えないかもしれないが、普通の暮らしを送っている。

それでも娘を大学へやり、入学金や授業料を払い、家賃や生活費を仕送りするのは、大きな負担だろう。

格差社会だなあとため息をついた時、部屋のドアがノックされた。十一時近い時間になっていたが、今までもよくあることだから、気にならなかった。

ドアを開くと、トレーニングウェアを着た鈴木が立っていた。三人の女性のうちの誰かだと思っていたので、驚いて声が出てしまった。

ゴメンゴメン、と鈴木が両手を合わせた。

「大学で練習してて、今帰ったところなんだ。遅い時間に悪かったね」

いいえ、と理佐はドアを少し大きく開けた。鈴木のトレーニングウェアに汗の染みがあった。

「すぐ済む話だから……ほら、さっきおれがここを出る前、理佐ちゃんがバイトのことを言ってただろ？ それで、練習に来てた部員に聞いてみたんだよ。どこかいいバイト先を知らないかって」

　すいませんと頭を下げた理佐に、本屋さんはどうかなと鈴木が言った。

「本屋さん？」

「後輩の大川《おおかわ》って奴の友達が、そこでバイトしてるんだ。名前は何て言ったっけな……まあいいや、とにかくそいつは結構がっつりシフトとかも入っていて、平日はほとんど毎日本屋で働いてるんだって。何しろ体育大学だからさ、ろくに授業に出ない奴なんかごろごろいる。体育会系の部活をしてない奴は、みんな暇を持て余してるんだ」

　そんなことないでしょうと笑った理佐に、ホントなんだってと情けなさそうに鈴木が頭を掻いた。

「同好会レベルはもちろん、サークルに入ってない奴もたくさんいるからね。おれたちみたいに部活ばっかりっていうのもどうかと思うけど。レスリング部なんか、日曜以外は二十四時間体制で練習してるんだぜ。ブラック部活だよ」

　話が逸れちゃったね、とまた鈴木が頭を掻いた。

「とにかく、その本屋さんが土日のバイトを捜してるそうだ。時給は千円、高いわけじゃないけど、そんなに安いってことでもない。時間も相談できるって話だ。どうかな？」

本屋さんならぜひ、と理佐はうなずいた。もともと読書好きだし、新潟にいた頃は学校帰り毎日のように寄っていた。もちろん客とバイトは立場が違うが、馴染《なじ》みやすい気がした。

明日も一日練習なんだよ、と鈴木が首を左右に傾けた。信じられないほど大きな音が鳴った。

「だけど、日曜は午前中だけ自主トレして、その後はフリーだからさ。大川には明日話しておく。日曜の昼に待ち合わせて、一緒に本屋さんに行こう」

そこまでしてもらわなくても、と理佐は首を振った。

「あたし一人で行きます」

気にしなくていいよ、と鈴木が白い歯を見せて笑った。

「その本屋さんはうちの大学の近くにあるから、手間でも何でもない。紹介する手前、おれがいないと大川に示しがつかないからな。上下関係って難しくてさ、後輩は上の命令に従わなきゃならないけど、こっちのフォローがないと、あの人何なんだってことになる。理佐ちゃんはどう思ってるか知らないけど、おれだって本屋には行くんだぜ。まあ、マンガしか読まないのも本当だけどさ」

じゃあお願いします、と理佐はもう一度頭を下げた。任せろ、と鈴木が両腕で力こぶを作った。

「大川には友達も連れてきてくれって頼んでおく。たぶん一時ぐらいになると思うけど、詳しいことが決まったら明日ＬＩＮＥするから」

サニーハウスの住人たちと、ＬＩＮＥのＩＤは交換済みだった。遅い時間にゴメン、と鈴木が一歩下がった。

「本屋さんの方も、急ぎで捜してるらしくてさ。早くしないと別の誰かが決まっちゃうかもしれないっていうから、とにかく確認だけしておきたかったんだ。もう寝るところだったんだよね？」

そんな感じです、と理佐は答えた。明日ＬＩＮＥする、と言った鈴木が顔だけを近づけた。

「あのさ、これはつまり、その……理佐ちゃんさえよければだけど、本屋さんのバイトの件が決まったら、その後お茶とか、何ていうか……メシでもどう？」

顔を見合わせて、同時に吹き出した。理佐に対し好意を持っていることを、鈴木は隠すつもりだったのだろうが、照れてしまったのか、逆にわかりやすく伝わってしまった。

本人も自覚しているのだろう。だから笑ってしまった。

正直なところ、理佐はそこまで鈴木のことを意識していなかった。まだサニーハウスに来て、ひと月も経っていない。大学も始まったばかりだ。

新しい環境に慣れることで頭がいっぱいで、鈴木に限ったことではなく、そこまでの余裕がなかった。

ただ、好意を持って接してくれることは嬉しかった。タイプでいえば、そこまで好みではないが、苦手ということでもない。むしろ、親しみを感じていた。

「あたし、湘南体育大の方は行ったことないし、全然詳しくないんで、お任せになっちゃいますけど、それでよかったら喜んで。本屋さんのバイトが決まったら、お礼にあたしが――」

何言ってんだよ、と鈴木が手を大きく横に振った。

「年下におごってもらうのは、ポリシーに反する。店は探しておくよ」

明日LINEする、と囁いた鈴木が階段を降りていった。おやすみなさいとつぶやいて、理佐はドアを閉めた。

5

土曜日の朝、一階へ降りていくと、ヨーコとカズ、そしてレナが思い思いの朝食を取っていた。サニーハウスの住人たちは、大学生もいれば働いている者もいる。綿貫のようなフリーターもいた。

ヨーコと羽佐間のように定時に会社へ出勤する者と、ナースのエミのようにシフトが日によって変わる者では、生活の時間帯が違った。

エミ以外の七人は基本的に土日が休日だが、過ごし方はそれぞれだ。三人が同じテーブルについているのは珍しかった。

おはようございますと朝の挨拶をして、冷蔵庫からヨーグルトのパックを取り出した。トースト食べないか、とカズが声をかけた。

「何かすげえ腹が減って起きちゃったんだけど、残り物のチャーハン食って、それでも足りない気がしてトースト二枚焼いたら、突然食欲がストップしちゃってさ。手はつけてないから、良かったらどうぞ」

大丈夫です、と理佐は小さく首を振った。遠慮しているのではなく、朝はシリアルとヨーグルトと決めていた。高校生の時からの習慣だ。

ヨーコはコーヒーとオレンジジュース、スクランブルエッグとサラダを食べていた。それもいつもと同じだ。

メニューが決まっているのは、全員似たようなものだった。いちいち考えるのが面倒くさくなってしまうのだろう。

バターとジャムをたっぷりつけたクロワッサンを齧っていたレナの隣に座り、スプーンでヨーグルトをかき混ぜた。エミさんは昼まで仕事だって、とレナが言った。

「ナースも大変だよね。夜勤だと、昼に帰ってきたって、疲れちゃって何にもできないってこぼしてた」

他の人はと尋ねると、ワタさんは海、とカズが窓の外を指さした。

「波をみてくるとか言ってたけど、笑いを堪《こら》えるのに苦労したよ。何カッコつけてんだって……鈴木は大学へレスリングの練習に行った。ハザマ氏は寝てる」

コーヒーカップに口をつけていたヨーコが、眼鏡を外して目元を拭った。

「いつもは土曜も出が多いけど、今日は休みなのかな？　カズくんがこんな時間に起きてくるのも珍しいし、今日は雨が降るかも」

雪かもしれないですね、と真面目《まじめ》な顔でカズが言った。今日はどうすんのと顔を向けたレナに、履修登録と担当教授を決めないと、と理佐は答えた。

「履修はメールで大学に送れば済むけど、教授の方はちょっと真剣に考えなきゃって……下手したら、それで大学四年間が決まっちゃうかもしれないって聞いた。月曜中に決めなきゃまずいんだけど、それが一番の悩みっていうか」

史学部は大変だよな、とカズが手でトーストを半分に裂いた。食べる気になったようだ。

「看板学部だからなんだろうけど、他の学部と全然違うんだよ。オレは商学部だからさ、アドバイスも何もできないし……それに、理佐ちゃんが勉強したい時代とかもあるだろ？　近世なのか中世なのか、もっと昔の時代とかさ、どの辺りに興味があるのか、学びたいかによってまた変わってくるしね。中世の杉山《すぎやま》教授だけはやめたほうがいいとか、そんな話は伝わってくるけど、それも合う合わないとか、相性の問題もあるし」

近代史担当の栗原《くりはら》教授は評価が厳しいって聞きました、と理佐は小さく舌を出した。

「優は絶対出さないし、良も珍しいって。でも、逆に栗原ゼミ出身っていうと、それだけで信用される、みたいなこともあるらしくて」

結局、理佐ちゃんが何をしたいかってことなんじゃないの、と新聞を二つに折ったヨーコが向き直った。

「鎌倉って土地が好きなのは、その辺りに興味があるってことよね？　源平期から室町時代とか」

そうなんですけど、と理佐はうなずいた。

「ただ、最近急に室町期がブームになってるんですよね。関連本がベストセラーになったのがきっかけらしいんですけど、流行に乗っかるみたいで、それもちょっと嫌かもって」

気にしなくていいんじゃない、とレナが大きなカップ一杯の牛乳を一口で飲んだ。

うなずいた理佐のジーンズのポケットから、小さな音がした。ＬＩＮＥだ。

『大川と話がついたよ。明日一時、湘南体育大正門前のブッチっていう喫茶店で待ち合わせることにした。大川の友達もそこへ来ることになったから、話は早いと思う』

スマイルのスタンプが続けて入った。了解です、と理佐もピースのスタンプを送り返した。

まだ九時を回ったばかりで、ずいぶん早いと思ったが、レスリング部の朝練は六時からだと聞いていた。後輩と話す時間があっただろう。

ポケットにスマホを押し込むと、何かニマニマしてない、とレナが顔を覗き込んだ。

「まさか、大学で運命の出会いでもあった？　史学部の男子？」

マジかよ、とカズが話に割り込んできた。

「理佐ちゃん、これは大事な忠告だから、ちゃんと聞いてくれ。ぶっちゃけ、史学部の男はダメだ。あいつらはみんな歴史オタクで、ひどい奴になると自分のことを拙者とか呼ぶぐらいだ。悪いことは言わない、史学部の男だけは止めといた方がいい」

だったらどこの学部ならいいんですかと質問したレナに、そりゃ商学部だよとカズが胸を張った。そんなわけないでしょう、とヨーコが苦笑した。

「カズくんが留年もしないで四年まで上がれた学部よ。授業だってほとんど出てないんでしょ？　信用できない」

言葉の暴力だとカズが頭を抱えた。シェアハウスっていいな、と理佐は思った。

もし一人暮らしをしていたら、朝もひとりぼっちだ。誰と話すこともなく、だらだら時間を過ごすだけだろう。

実家にいた時もそうだったが、両親と朝食を取ることはめったになかったし、あったとしても会話が弾むわけではない。ぼそぼそとおざなりな会話のラリーを交わし、それだけだ。

何時に寝て、何時に起きるか、その日をどう過ごすかは自分で決めなければならないが、シェアハウスにはどこかに暗黙のルールがあって、それに則《のっと》って行動することになる。流されやすい性格だと自覚していたから、その方が自分に向いてると思った。

ここには仲間がいる。楽しく時間を過ごせる。孤独を感じることもない。

バイト行ってきます、とカズが出て行き、ヨーコとレナは部屋に戻った。食器の後片付けをしながら、明日は何を着ていこうと理佐は考えていた。

6

日曜、昼の十二時半に理佐は旭《あさひ》町にある湘南体育大学前のバス停で降りた。気が急《せ》いたわけではなかったが、遅刻するといけないと思い、早めにサニーハウスを出たら、一本早いバスに乗ることができた。

約束の時間より三十分早く着いてしまったが、待たせるより待つ方が好きだったから、気にならなかった。

鈴木のＬＩＮＥにあったブッチという喫茶店はすぐにわかった。大学正門の真正面にある古い店で、最近ではめったに見ることができない瓦葺《かわらぶ》きの屋根だ。

広い店内に客は数えるほどしかいなかった。ランチタイムだから混んでいるのではないかと思っていたが、ブッチは湘南体育大学御用達の店なのだろう。日曜日の方が空いているのだ。

　窓際の席に案内され、ミルクティーをオーダーすると、ほどなくカバーのかかったティーポットとカップが運ばれてきた。造りは古いが、なかなかオシャレな店だ。持ってきていた本を読みながら、ミルクティーを飲んだ。読書好きに共通するところだが、集中すると時間の感覚がなくなる。気がつくと一時を回っていた。

　念のため、着きましたよとＬＩＮＥを送った。鈴木は今朝も自主トレのために大学へ行っていたから、多少遅れることもあるだろうと思っていた。

　それは構わなかったが、後輩とその友達とこの店で待ち合わせて、そのまま本屋へバイトの面接に行くことになっていたから、あまり遅れると迷惑になるのではないかと、その方が心配だった。

　数分画面を見ていたが、既読はつかなかった。しょうがないなあ、と窓の外に目を向けた。

　これがカズ、あるいは綿貫なら、別に何とも思わないが、鈴木は時間に正確なタイプだと思っていた。

　体育会レスリング部のイメージは、理佐の中で軍隊に近いものがある。五分前集合は当たり前、という世界だ。

　理佐も高校の時はチアリーディング部に入っていたが、華やかな雰囲気と違い、実態は完全な体育会だった。カズや綿貫と比べて、鈴木に親近感を抱くのはそのためもあるのだろう。

だから余計に男性を意識しないのかもしれなかった。部活仲間に男性も女性もない。

仕方なく、また本を開いたが、今度は集中できなかった。一分ごとにホームボタンを押して、LINEの返信がないか確かめているうちに、一時半になっていた。

どうしたんだろう、と店内を見回した。店を間違えたのだろうか。

そんなはずはない。ブッチという名前の店が他にあるはずもないし、湘南体育大学正門前といえばここしかないだろう。

忘れてしまったのかと思ったが、鈴木のキャラクターからは考えにくい。昨夜、サニーハウスで顔を合わせた時も、明日一時ね、と念押しされたぐらいだ。

サニーハウスの住人と二人だけで外で会うのは初めてで、まるでテレビの番組のようだと思っていた。バイト先の紹介といっても、食事の約束をしている。

それなりにメイクも入念にしたし、お気に入りのワンピースを選んだ。楽しい一日になる、という予感があった。

それは鈴木も同じだろう。約束を忘れるとは思えなかった。

やむを得ない事情があって遅れるにしても、連絡はしてくるはずだ。

「あの、すいません。もしかして、藤崎さんですか?」

目の前に二人の男が立っていた。一人はSTUとロゴの入ったウインドブレーカーをはおっている。湘南体育大学の略称だ。

「自分、大川っていいます。湘体大の二年で、鈴木さんのレスリング部の後輩です」こっちは一木《いちき》、と傍らの男を指差した。「こいつは部と関係ないんですけど、自分のツレで」

本屋さんでアルバイトされてる方ですかと聞くと、そうっすとうなずいた大川が、鈴木さんは来てませんかと言った。あたしも待ってるんです、と理佐は向かいの席に目をやった。

「この店で待ち合わせて、後輩と友達を紹介するから、その足でバイトの面接に行こうって……一時の約束だったんですけど、まだ来てないんです」

席に座った二人が、同時にスマホを出した。一時四十分になっていた。

「自分たちもそのつもりだったんです」だよな、と大川が一木に同意を求めた。「自分も鈴木さんも、直《ちょく》で本屋さんと繋がってないんで、それでこいつに間に入ってもらうことにしてたんですけど、おかしいなあ、どうして来ないんすかね」

ボクはいいんだけど、と一木が口を開いた。背こそ高いが、信じられないほど痩せている。声も女性のように高かった。

「店長を待たせちゃってるんだよね。いい人なんだけど、時間にはうるさいからさ……一時半に行くって伝えてあるんだけど、このままじゃマズイよ。店まではここから五、六分かかるし、二時になっちゃったら、面接どころじゃないって」

「鈴木さんに連絡はしたんですか？」

理佐の問いに、大川がスマホの画面を開いた。ＬＩＮＥの画面に〈到着しました！〉という文字がある。送信時刻は十二時四十五分だが、既読になっていない。

大川はまめな性格なのか、それから五分おきに鈴木にＬＩＮＥを送っていた。〈一木も来ました〉、〈お茶飲んでます〉、〈一時になりました〉、〈まだですか〉、〈今どこっすか〉、〈いいんですけど〉。

いずれも既読はついていなかった。どういうことなのか。

あたしもＬＩＮＥしたんです、と理佐も自分のスマホを見せた。隠すようなことはお互い書いていない。

見てないいんすかね、と大川が首を捻《ひね》った。

「そんなはずないんだけどなあ。今日は日曜で、練習だって休みだし……」

朝練に行くって言ってました、と理佐はスマホから手を離した。

「自主トレするって……大学でしょうか」

だと思います、と大川がうなずいた。

「レスリングなんでマットが必要だし、ウエイトの器具なんかもありますからね。それにしても、あの人やっぱおかしいっすよ。どこまでレスリング好きなんだって話で。毎日の練習だけでも、自分ら疲れちゃって、普通だったら日曜なんか一日中寝てますよ。四年生で自主トレしてる人なんて、鈴木さん以外聞いたこと――」

いきなり理佐のスマホが鳴った。番号表示にレナの名前があった。

「理佐っち？　今どこ？」

声が震えていた。湘南体育大学の近く、と理佐は答えた。

「鈴木さんがバイトを紹介してくれることになって、待ち合わせてたの。でも、来なくて……」

落ち着いて聞いて、とレナが声を潜めた。

「あのね、よくわかんないんだけど、ワタさんに警察から連絡があったの」

「警察？」

「わかんないんだけど、鈴木さんが死んだって……」

「……何言ってんの？」

だからわかんないって言ってるでしょ、とレナが悲鳴のような声を上げた。

「大学の部室で死んでるのが見つかりましたとか、そんなふうに言われたって……詳しいことはまだ何もわかってないみたい。ワタさんとカズさんが湘南体育大学へ行くって、ヨーコさんと車で向かった。身元確認を頼まれたとか、そういうことなんだと思う。今、ハウスにはあたししかいなくて、どうしたらいいのか全然わかんなくて――」

あの、と大川が顔を上げた。

「ちょっと聞こえちゃったんですけど……鈴木さんに何かあったんですか？」

待ってください、とスマホを耳に押し当てた。レナのすすり泣く声だけが聞こえている。呼びかけたが、返事はなかった。

「……シェアハウスの方に、警察から連絡があったみたいです」

自分の声が遠くから聞こえてくるような感覚があった。

「はっきりしないんですけど、鈴木さんが部室で死んでいたとか、そんなことを……一緒にシェアしている住人が大学へ向かってるって言ってましたけど、まさかそんな――」

何言ってるかわかんないっす、と大川が首を強く振った。

「レスリング部の部室で鈴木さんが死んでいた？　そんなことあるはずないでしょう。あの人が死ぬなんて、絶対あり得ないっすよ」

そう思います、と理佐はうなずいた。鈴木はレスリング部のキャプテンだ。死ぬことなど考えられない。

電話してみます、と大川が摑んだスマホに着信があった。知らない番号だとつぶやいて、画面をスワイプした。

一瞬浮いた大川の腰が、そのまま席に落ちた。本当なんですかと囁いた声が震えている。警察からの電話だと、理佐にもわかった。

ゆっくりと手を伸ばして、ヨーコの番号を探した。確かめるのが怖い。でも、確かめなければならない。

本当なのか。本当に鈴木は死んだのか。

呼び出し音が十回鳴り、留守番電話に繋がった。どうして、と思いながらリダイヤルしようとした指が止まった。

カズから電話がかかってきていた。

「……理佐ちゃん？」

その声で、本当だとわかった。理佐はスマホを耳に当てたまま、席を立った。

第四章　それぞれの想い

1

店を出た直後、大川のスマホに着信があった。レスリング部の関係者のようだ。うなずいた大川が、すぐ行きますと引きつった声で答えて、スマホをジャージのポケットに突っ込んだ。

「……ホントみたいです。鈴木さんが部室で死んでいるのを、一年生の部員が見つけたって監督から電話がありました」

声が震えていた。一木は無言だ。何が起きているのか、わからないのだろう。

「今日は日曜なんで、部員は誰も大学にいなくて、自分がブッチにいますって言ったら、とにかく部室へ行けって……」

レスリング部の部室は、大学キャンパスの裏手にあるという。入部したばかりの一年生部員だけでは、どう対処していいかわからないだろう。それは理佐にも想像がついた。

「今、監督は横浜《よこはま》の自宅だそうです。すぐこっちへ向かうけど、大学の職員にも連絡しなきゃならないとか、そんなことを言ってました。それまで、とりあえずお前に任せるって。すいません、俺、行かないと……」

あたしも行きます、と理佐は言った。綿貫やカズも湘南体育大学へ向かっている。自分もいた方がいいと思ったたし、それ以上に鈴木の死が信じられなかった。

そんなこと、あるはずない。あんなに元気そうで、明るかった鈴木と、死を結び付けて考えることができなかった。

何ができるわけではないとわかっている。それでも、自分自身を納得させるために、事実を確かめたかった。

バイト先の本屋に戻ると言った一木と別れて、理佐は大川と一緒に正門からキャンパス内に入り、急ぎ足で進んだ。無性に怖かった。

信じられない。信じたくない。何かの間違いだ。

頭が混乱し、何も考えられなかった。大川も何も言わない。唇を強く結んだまま、まっすぐ歩き続けている。

サッカー、ラグビー、そして野球用のグラウンドを越えると、体育館が見えてきた。あの先です、と大川が指さした。

気づくと、低いサイレンの音が聞こえていた。救急車ではない。パトカーも来ているようだ。

体育館の横を抜けると、一本の細い道を挟んで、プレハブの小屋がいくつも並んでいる一角に出た。道路には救急車、そしてパトカーが停まっている。制服の警察官が立っていた。

近づいた大川が学生証を見せて、説明を始めた。無線で確認を取った警察官が、無言で道を空けた。

二階建のプレハブ小屋が十列並んでいる。奥にも同じ造りのプレハブが建っていた。部室村です、と大川が言った。

「自分たちはそう呼んでます。レスリング部の部室は一番奥です」

大川の後に続くと、最奥部のプレハブの辺りに、救急隊員と警察官が並んで立っていた。

大川さん、と呼ぶ声がした。駆け寄ってきたのは小柄な痩せた男だった。身長は理佐とほとんど変わらない。中学生と言われてもおかしくないほど、幼さが残る顔立ちをしていた。

荒船《あらふね》、と大川が声をかけた。死んでいる鈴木を発見した一年生なのだろう。

頬がかすかに痙攣《けいれん》している。大丈夫か、と大川がその肩に手を置いた。くしゃくしゃに顔を歪めた荒船の目から、大粒の涙がこぼれ落ちた。落ち着け、と大川が背中を優しくさすった。

「いったいどうなってる？　何があった？　鈴木さんが死んだっていうのは、本当なのか？」

しゃくり上げていた荒船が、はい、とだけ答えた。どうしてだ、とつぶやいた大川が辺りを見回した。

部室から出てきたスーツ姿の若い男、そして紺のブルゾンを着た年配の男が、小声で話し始めている。視線を感じたが、今は荒船の話を聞く方が先だろう。

「ぼくも全然、何がどうなってるのか……」荒船が何度もまばたきを繰り返した。「今日、ぼくが洗濯当番だったんで、一時前に部室に行ったんです。そしたら、ベンチプレス台にキャプテンがいて、声をかけたんですけど、返事がなくて……何してるんですかって近づいていったら、キャプテンがあんな……」

自分の喉に手を当てた荒船が、苦しそうな呻《うめ》き声を上げた。

「バーベルのシャフトが、キャプテンの喉に食い込んでたんです。目は飛び出してるし、口から舌がはみ出していて……あんな人間の顔、見たことありません。怖くて、どうしたらいいかわからなくて……」

そのまま荒船の膝が折れ、地面に座り込んだ。脇に手を入れて立たせた大川が、深呼吸しろと命じた。

とにかくバーベルを外したんですけど、と呼吸を整えながら荒船が言葉を絞り出した。

「キャプテンは息をしてませんでした。その場で監督に電話したら、すぐ大学に行くから、お前は救急車を呼べって言われて……そんなことさえわからなくなっていたんです。１１９番通報したんですけど、怖くてその場にいられなくて……」

大川の腕を払った荒船が、怖かったんですと叫んで地面に突っ伏した。しっかりしろ、と大川が膝をついてその肩を揺すった。

「大体のことはわかった。一人でベンチプレスをしていて、バーベルが滑ったんだ。気を付けろって、キャプテンはいつも俺たちに注意してた。危ないってわかってたはずなのに、何でそんな……」

事故なんですかと囁いた理佐に、たぶんそうだと思います、と大川が立ち上がった。

「うちの大学では一度もなかったですけど、町のスポーツジムなんかだと、たまにあるって話です。バーベルを支えきれなくなったのか、手が滑ったのか、ラックに架け損なったのか……シャフトが喉を直撃して、窒息死したのか首の骨を折ったのか、そういうことなんじゃないかと思います」

思わず理佐は目をつぶった。頭の中に、無残な鈴木の様子がまざまざと浮かんでいた。

鈴木さんがそんな素人みたいなミスをするなんて、と大川が顔をしかめた。

「うちの部では、補助なしでのベンチプレスは禁止されてました。監督も鈴木さんも、他の器具はいいけどバーベルだけは止めろって、いつも言ってたんです」

テレビで見たことがあります、と理佐は言った。ベンチプレス台に仰向《あおむ》けになり、重いバーベルを挙げているトレーニングを鈴木はしていたのだろう。

腕力は軽量級でもトップクラスでしたから、と大川が歯を食いしばった。

「過信してたのかもしれません。重いプレートを使っていたんでしょう。だけど、あんなに慎重な人が何でそんな無理を……」

わからないです、と荒船が二の腕で顔をこすった。

「救急車が来るまで、誰かいないかって叫んだんですけど、他の部室には人がいませんでした。結局、救急車が来たのは五分か十分後だったと思います。救急隊員が鈴木さんの様子を見て、どうにもならないってつぶやいたのを覚えてます。救命措置とかそんなことをしても無駄だっていうのは、何となくぼくもわかりました」

鈴木さんは病院かと聞いた大川に、いいえ、と荒船が首を振った。

「まだ、部室の中に……ぼくが見た時のままだと思います。よくわかんないんですけど、救急隊員が警察を呼んだみたいで……さっきパトカーが来て、状況を調べるから、君は外で待っててくれって言われました」

どうしてだ、と大川が首を捻った。

「お前の話だと、どう考えても事故だ。そうじゃないのか？」

わかりませんよ、とまた荒船が首を振った。

「ぼくは事故だって説明しましたけど、一応調べなきゃならないって。変死っていうんですか？　そういうことになるそうです。死後一時間ぐらいだろうとか、そんな話をしてるのがちらっと聞こえました。ぼくがもっと早く部室に行ってれば、こんなことにならなかったかもしれないと思うと……」

　お前のせいじゃない、と大川が荒船の肩に腕を回した。

「いいか、お前に責任はない。事故ってそういうもんだろ？　起きちゃいけないことだけど、誰にも防げなかった。お前はよくやったよ。監督にも連絡したし、救急車も呼んだ。ちゃんと状況も説明したんだろ？　どうしようもないことだったんだ」

　だけどと言ったきり、荒船が口をつぐんだ。肩が小刻みに震えている。責任を感じているのが、理佐にも伝わってきた。

　理佐ちゃん、という声に振り向くと、綿貫とカズ、そしてヨーコが立っていた。三人とも顔が真っ青になっている。

　どうなってる、と綿貫が一歩前に出た。

「警察から電話があったんだ。鈴木さんが亡くなられましたって……鈴木のスマホに俺やカズなんかの電話番号と、サニーハウスの住所が残ってたそうだ。警察は片っ端からスマホに登録されていた番号に電話してるって言ってた」

「それで、綿貫さんに連絡が入ったんですね？」

　そうだ、と綿貫がうなずいた。

「湘南体育大学の学生にも連絡を取ろうとしたらしいけど、俺が鈴木とシェアハウスしていて話したら、本人かどうか確認をしたいので、来てほしいって言われて――」

ホントなのか、と綿貫を押しのけたカズが前に出た。

「鈴木が死ぬなんてあり得ないよ。鈴木だぜ？　死ぬわけないじゃん」

あたしもわからないんですと言った理佐の手を、ヨーコが強く握った。気づくと、目から涙が溢《あふ》れていた。大丈夫、とヨーコが理佐の肩を抱き寄せた。

「……鈴木くんが死んだっていうのは、本当なの？」

今、事情を聞いていたところです、と理佐はポケットのハンカチで目頭を押さえた。

「バーベルが首に落ちたとか……事故だったそうです。見つけたのは同じレスリング部の後輩で……」

失礼ですが、とスーツ姿の若い男が近づいてきた。

「同じ大学の方ですか？　鈴木さんのことはご存じですね？」

大学の後輩です、と大川がうなずいた。

「こっちの人は、鈴木さんがシェアしていた家に住んでいて――」

聞いています、とスーツ男が警察手帳を提示した。

「野口橋《のぐちばし》署の末松《すえまつ》といいます。こちらも連絡に行き違いがありまして、本人確認は学生証の写真等で済んでいます。わざわざ御足労いただいたのに申し訳ありませんが、今から遺体を病院へ搬送しますので、今日のところはお帰りいただいて結構です」

本当に鈴木なんですか、と綿貫が末松を見つめた。

「あいつが死んだなんて、考えられません。バーベルが首に落ちたと聞きましたが、そうなんですか？」

事故と思われます、と目を伏せた末松がうなずいた。

「救急の方から、警察にも立ち会ってほしいと連絡がありました。報告を聞く限り、変死扱いになる可能性もあると考え、現場を調べましたが、こちらでは事故だったと判断しています」

マジかよ、とカズが地面を蹴った。補助なしでバーベルを挙げるのは危険なんですが、と末松が目尻の辺りを強くこすった。

「鈴木さんは四年生で、キャプテンだったそうですね。慣れていただけに、油断があったんでしょう。大学の体育会系サークルではめったに起きない事故ですが、死亡にまで至らなくても、負傷や骨折の事例報告は少なくありません」

肩を落とした綿貫が、考えられないとつぶやいた。運が悪かったとしか言えません、と末松が薄い唇に指を当てた。

「今のところ、それ以上は何とも……先ほどレスリング部の監督さんと電話で話しましたが、日曜日の部活は個人練習のみで、大学側としても管理できていないところがあったということです。鈴木さんの自己責任になるのか、大学の管理責任の範疇《はんちゅう》なのか、そこはまだわかりません」

信じられないよ、とカズが叫んだ。声に涙が滲んでいた。

「鈴木はどこなんですか？　顔を見なけりゃ、本当かどうかわかんないですよ！」

見ない方がいいと思います、と末松が低い声で言った。

「少なくとも、今すぐではない方がいいでしょう。とにかく、まず病院へ搬送することが優先されます。どうしてもということであれば、白井町《しらい》の聖光《せいこう》が丘《おか》病院ですので、そちらへ来てもらえますか？　それと、ご両親の連絡先がわかればありがたいんですが。学生課の職員がいなくて、我々も困ってるんです」

サニーハウスに戻ればわかると思います、とヨーコが答えた。本人のスマホに鈴木という名字が七件入ってまして、と末松が苦笑した。

「どれかがご両親の番号だとは思いますが、こればっかりは違う人に連絡するわけにもいきませんので……警察から伝えるべきなのか、監督さんからの方がいいのか、そこも考えなければならないんですが、連絡先がわからないと相談も何もありませんからね……ご両親の連絡先がわかったら、教えてください。今のところ、こちらからはそれだけです」

踵《きびす》を返した末松の合図で、救急車からストレッチャーが降ろされた。信じられるかよ、とカズがつぶやく声がした。

2

数日が混乱のうちに過ぎていった。サニーハウスの住人たちに、鈴木が事故死だったこと、首の骨が折れたことが死因だったと警察から連絡があったが、それ以上詳しい説明はなかった。

ひとつ屋根の下で暮らしているとはいえ、警察の側からすれば、友人という位置付けになるのだろう。事情説明の義務はない。

ただ、大川から理佐に何度かメールが入り、レスリング部の監督、部員、そして学生課の職員に対し、警察が詳しい事情を聞いたと記されていた。

大学の管理責任を警察は調べているようだ。大川自身も事情聴取を受けており、それでわかったこともあったという。

警察が現場を調べたところ、ベンチプレス中に鈴木がラックへバーベルを戻そうとした際、手を滑らせたか、あるいは戻し損ねたためにバーベルのシャフトが喉を直撃し、そのまま死亡したという結論が出ていた。数通目のメールには、大学の責任にはならないようだ、と書いてあった。

休日の練習について、レスリング部の監督は部員の自主性に任せていたが、危険なことをしてはならないと注意していた。それが事実だったことは、大川をはじめ他の部員たちも認めていた。

自主トレの内容は、レスリングの技術の練習というより、部室の器具を使ったウエイトトレーニングがメインだった。危険なことが起こる可能性はほとんどないが、肉離れやアキレス腱《けん》を痛めるような事故は起こり得る。

そのため、無理に重いウエイトを挙げたり、激しい筋トレを一人で行なってはならない、と湘南体育大学レスリング部はルールを定めていた。キャプテンの鈴木も、後輩部員に対し、常に注意していたという。

その本人が筋トレ中の事故で死亡するというのは皮肉な話だったが、六月に行われる関東学生レスリング大会までキャプテンを務めることになっていた鈴木としては、ハードなトレーニングを自らに課さなければならなかったのだろう。責任感の強さが招いた事故、というのが警察の見方だった。

大学からの連絡を受け、東京から鈴木の両親が駆けつけたのは、その日の夜だったという。変わり果てた息子の姿に、両親は泣き崩れ、見ていることしかできないのが一番辛かった、と大川からのメールにあった。

この間、事件性がないか警察が調べていたため、遺体は病院に安置されていたが、最終的に東京へ運ばれることになった。その手配はすべて大学が行ない、搬送は火曜の午後と決まった。

両親は月曜、火曜の午前中とサニーハウスで鈴木の部屋の整理をすることになり、理佐たちもそれを手伝った。

ベッドやデスクなど、大きな家具は備え付けの物で、シェアハウスなので冷蔵庫や洗濯機も共用だ。それ以外の私物についても、特に多いというわけではない。そのため、時間はあまりかからなかった。

月曜、鈴木の両親はサニーハウスの鈴木の部屋に泊まった。鈴木がどんな毎日を送っていたか、理佐たち住人に話を聞きたかったのだろう。気持ちは痛いほど伝わってきた。

一番親しかったカズを中心に、それぞれが鈴木の思い出を語った。鈴木は体育会系の学生らしく、さっぱりとした性格で、誰からも好かれていた。

カズや綿貫はもちろんだが、エミ、レナ、そして理佐にできるのは、両親を慰めることだけだった。

ヨーコさんがいてくれたら、と理佐は思った。仕事の都合で戻れないと連絡があったが、ヨーコならもっとうまく鈴木の両親と話すことができただろう。

名門湘南体育大学レスリング部のキャプテンを務めていたほどだから、部員たちの信頼も篤く、両親は彼らからも話を聞いたという。誰もが鈴木の死を悼んでいた。

火曜の昼、大学が用意した車で鈴木の遺体が東京へ向かった。両親もそれに同乗した。

ヨーコと羽佐間、そしてエミは仕事のために行けなかったが、理佐とレナ、綿貫とカズの四人は聖光が丘病院へ行き、出て行く車を見送った。遠ざかっていく車が見えなくなったところで、帰ろうと綿貫が促し、四人はワゴン車でサニーハウスへ戻ることにした。

三十分ほどの移動中、誰も口を開かなかった。三人には鈴木との思い出がそれぞれにある。さまざまな想いが頭を過《よ》ぎっているだろう。

理佐自身は、鈴木と知り合って二週間しか経っていない。レスリング部の活動に忙しかった鈴木とは、話す時間もそれほど多くなかった。

いい人だったという思いはあるが、それ以上の感情はない。冷たいようだが、それは本当だ。思い出と呼べるものもない。

突然の事故死にショックはあったが、他の三人と比べると少ないだろう。それでも、何も言えなかった。

親しかったカズの憔悴《しょうすい》ぶりは、普段明るい性格でムードメーカーだっただけに目立った。この二日間、両親と話した時を除けば、ほとんど無言を通していた。それだけショックが大きかったのだろう。

ワゴン車の中で、レナのすすり泣く声だけが響いていた。レナは去年の四月からサニーハウスで暮らしているから、一年間の付き合いがあった。思い出もあるだろう。

理佐もそうだったが、レナも同世代の死に慣れていない。それどころか、理佐は肉親の死も経験したことがなかった。

レナもその辺りの事情は同じだろう。一緒に暮らしていた人間の死が辛い気持ちは、よくわかった。

綿貫にとっても、鈴木は弟のような存在だったし、親しくしていた。

同じ大学に通っている者、レスリング部の部員、友人たちとは少し違う。シェアハウスで暮らす者同士は、友人というより家族に近い関係だ。弟が突然亡くなったのと同じ感覚なのかもしれない。

サニーハウスの駐車場にワゴン車を入れた綿貫が、ホントに鈴木は死んじまったんだな、とつぶやいた。

「何ていうか……シェアハウスって、いつかは誰もがここを去っていく。大学を卒業したとか、就職したとか、恋人ができたとか、いろんな理由でここを離れていくことになる。いつまでもみんな仲良く暮らしていけるわけじゃない。それはある種の卒業で、祝うべきことなのかもしれない」

そうっすね、とカズがうなずいた。衣笠もそうだったし、他にも何人も出て行った奴を見送ってきた、とエンジンを切った綿貫が車を降りた。

「だけど、こんな卒業はないだろうって……カズは知ってると思うけど、鈴木は警備会社に内定が決まっていた。オリンピックに出場できるかどうかって言われると、そこはわからないけど、スポーツエリートだったのは確かだ。可能性はあったんだ。そんな奴が死ぬなんて、信じられないよ」

レナが顔を両手で覆って泣き始めた。中に入ろう、と理佐はその肩に手を回した。

3

夜七時、ヨーコとエミが帰ってきた。申し合わせたように、自然と全員がリビングに集まった。

食事を作る気にはなれず、かといって外へ出る気にもなれない。誰もが疲れていた。ピザでも取るかと言った綿貫に、全員が賛成した。金曜に通夜があり、土曜に告別式があると鈴木の両親から連絡が入っていたが、葬儀に参列するかどうか、まだ決めていなかった。それも話し合わなければならない。

宅配ピザ屋に電話をしたカズが、一時間ぐらいかかるってと言った。インターフォンが鳴ったのは、それから三十分ほど経った時だった。

意外と早かったなと立ち上がった綿貫がドアを開けると、そこに羽佐間が立っていた。両手に大きなビニール袋を下げていた。

「ビールを買ってきた」

リビングのテーブルに、羽佐間が缶ビールのパックを積み上げた。

「らしくないと言いたいだろうが、これしか思いつかなかった。鈴木みたいな若い奴があんなことになったっていうのは、俺も何も言えない……親しかったとは言わないが、一緒に暮らしていた人間が死んだんだ。飲みたくもなるさ」

座って、とヨーコが椅子を指した。気を遣わせてすいません、とカズが素直に頭を下げた。

「重かったでしょ。何本買ってきたんですか？　言ってくれれば、車で迎えに行ったのに」

五〇〇ミリリットルの缶ビールが三十本あった。トータル十五キロだ。

そんな気になれなかった、とつぶやいた羽佐間が全員の前にビールを置いた。プルトップを開けたカズが、天井に向かってビールの缶を掲げた。ひと口飲んだエミが、ぬるくなってると笑った。

「歩いて持ち帰るなんて、そんなことするから……でも、きっと鈴木くんも喜んでる。あたしたちが送り出そう。鈴木くんはサニーハウスを卒業していった。そう思えば、少しは気が楽になるっていうか」

ビールを飲んだことで、場が和やかになった。すぐにピザが届き、それから三十分ほどで綿貫とカズ、そしてエミはそれぞれ三缶のビールを空けていた。理佐は飲めなかったが、一人になりたくなかった。

呂律が怪しくなってきたカズが、鈴木との思い出話を始め、全員がそれを聞く形になった。

大学は違ったが、同年代だ。仲は良かった。二人だけで鎌倉市内に繰り出し、ナンパしたこともあったという。

　こう言ったらあれだけど、鈴木は固いわけですよ、とカズがわざと軽い調子で言った。

「声かけるのも下手でさ、レスリングがどんだけ強かったかしんないけど、今時あんな古いノリで、お茶でもいかがですかって、そりゃ誰もついてこないのは当然っていうか」

　綿貫も鈴木とのエピソードがあり、意外だったがレナも鎌女の学生と合コンしたいと言われたことがあるという。似合わないよなとカズが笑い、全員が同意とうなずいた。

　だが、そんな時間は長く続かなかった。一人欠けただけでもすごく寂しい、とエミが泣きながら言った。

　八人が七人になった。八人掛けのテーブルに、ひとつ空席がある。そして、鈴木がその席に座ることは二度とない。

「また新しく誰かが入ってくる」羽佐間が残ったピザをフォークでつついた。「そう言えば、不動産屋か大家さんか、どっちかわからんけど、連絡しておいた方がいいんだろうな」

　もうした、とヨーコが答えた。理佐はそこまで気が回らなかったが、ヨーコと羽佐間は社会人だから、その辺りも考えていたのだろう。

それっておかしいんじゃない、とエミがテーブルを叩いた。

「鈴木くんがいなくなって、はい次行きましょうって、どういうこと？」

そういう意味じゃないと羽佐間が首を振ったが、結局そういう人なんだよねとエミが空になっていた缶を床に叩き付けた。

「何なの、二人とも……羽佐間さん、鈴木くんが死んで辛かったっていうけど、そんなに話したことないでしょ？　これ見よがしにたくさんビール買ってきて、一人で運んできました、俺も悲しいんだよって？　そんな人が、また新しく誰か入ってくるとか、平気で言っちゃうわけ？　冷たいよね、鈴木くんのこと、何だと思ってるの？」

止めろよ、と綿貫がエミの手から缶ビールを取り上げた。悪酔いしているのは明らかだった。

羽佐間とヨーコが次の住人について話したのは、深い意味があったわけではない。現実的に考えれば、誰かが不動産屋に連絡を取らなければならないのは確かだ。

家賃は口座から自動引き落としで、放っておくわけにもいかない。鈴木の両親にそこまで考える余裕はないだろう。

羽佐間もヨーコも、悪気があったわけではない。エミはただ絡んでいるだけだ、と理佐は思った。

エミ自身もそれはわかっているのだろう。二人に絡んだのは、鈴木を失った哀《かな》しみや怒りをぶつけるはけ口が欲しかっただけなのだ。

八つ当たりに近い感情をぶつけられたのが羽佐間であり、ヨーコだった。悪かった、と羽佐間が立ち上がった。

「そういうつもりで言ったんじゃなかったが、無神経だったかもしれない。俺はここにいない方がよさそうだ」

出てけ、とエミが羽佐間の背中にビールの缶を投げ付けた。もう止めろって、と腕を摑んだ綿貫がそのままエミを引っ張って階段を上がっていった。

エミさんの気持ち、わかんなくもないとレナがぽつりとつぶやいた。

「鈴木さんが死ぬなんて、今でも信じられない。あんないい人が死んじゃうなんて……何ていうか、何でもいいから怒鳴りたいし、泣きたいし、怒りたいし……」

飲み過ぎなんだよ、とカズがグラスにビールを注いだ。

「どっちもどっちさ。エミさんも、あそこまで怒ることないんじゃないの？　オレなんか、ちっとも酔えない。もう何本目かわかんないけど」

不動産屋にはあたしがメールしておいた、とヨーコが落ちていた缶を拾い上げた。

「大家さんの方にも伝えておく。誰かが連絡しなきゃならないっていうのは、その通りだと思う。部屋のクリーニングもしなきゃならないし、ご両親ももう一度挨拶に来るって言ってた。すぐ新しい住人が決まるとか、そういうことでもない。だけど、あたしももっと気を遣うべきだった」

そんなことないですとレナが首を振ったが、ちょっと反省、とヨーコが照れたような笑みを浮かべた。

「通夜は金曜だったよね？　実家ってどこだったっけ。杉並《すぎなみ》？　あたしは仕事があるから行けそうにないけど、みんなはどうなの？」

オレは行きますよ、とカズがまた新しい缶を開けた。どうすると目で尋ねたレナに、どうしようか、と理佐も目で答えた。行った方がいいのだろうか。

それからしばらく通夜と告別式に参列するかどうか、相談が続いたが、ヨーコが席を離れ、シャワー浴びてくるとレナも部屋に戻った。

その頃にはすっかり酔っ払っていたカズの相手をしなければならなくなり、解放されたのは夜中の一時過ぎだった。

二階の自分の部屋に入るのと同時に、理佐は大きなため息をついた。他人との付き合い方、接し方は難しい。特にシェアハウスではそうだ。

同じ家で暮らしているといっても、その関係は微妙だ。友達というのも少し違うかといって、まったくの他人ということでもない。

どういう形であれ、コミュニケーションが発生する。接し方、言葉のチョイス、タイミング、あらゆることに気を遣う必要があった。

家族なら、感情を害してもどこかで話し合える。友人なら、どうしようもなくなったら関係を断てばいい。そうしたくなくても、それしか選択肢がないことはあるだろう。

だが、シェアハウスではそうもいかない。完全に孤立することはできない。

羽佐間でさえ、今日のように歩み寄ってくるしかない時がある。他人以上友人未満というシェアハウスでは、今まで経験したことのない気の遣い方をしなければならなかった。

自分はシェアハウスに向いているのだろうか、とバスタブに湯を張りながら理佐はつぶやいた。

一人暮らしなら、精神的な意味でのアップダウンは少ない。逆に言えば、平凡で退屈な毎日ということになる。自分の性格はどちらに向いているのだろう。

クローゼットから着替えを取って、ボーダー柄のルームワンピースを脱ごうとした手が止まった。違和感。

視線を感じたような気がして、左右を見回したが、そんなわけないと苦笑が浮かんだ。もう夜中の一時だ。

部屋の鍵は閉めているし、窓のカーテンも引いてある。外から室内を見ることなど、できるはずがない。

それとも、と思った。鈴木だろうか。

鈴木は明らかに自分に好意を持っていた。兄のような、と注がつくかもしれないけれど、それは間違いない。

天国から見守ってくれているということなのか。それとも、何か言い残したことがあるのか。

でも、と理佐は首を振った。もう永遠に話すことはない。いい人だったな、という淡い想いしかなかった。

いずれ、彼のことは忘れるとわかっていた。冷たいようだが、それもリアルな感情だ。

半月、一緒にシェアハウスで暮らしていただけの人を、いつまでも覚えていることなどあり得ない。

湯が溜まるのを待ち、バスタブに浸《つ》かった。雑誌を持ってくるのを忘れたと思ったが、長湯するつもりはない。疲れている。早く寝たかった。

どこかから、かすかな音が聞こえてきた。何かがこすれ合うような音。庭の木の枝だろうか。

だが、それより気になる音が同時にしていた。女の声。かすれたような声が、いつまでも続いている。

エミの声だ、としばらくしてから気づいた。忙《せわ》しない呼吸音。そして、またかすれたような声。どこか性的なものを感じるその声に、理佐は思わず耳を塞いだ。

何をしているのか、経験がなくてもわかった。そして、その相手も。

湯に頭を沈め、息を止めた。限界まで堪えてから頭を上げると、声は聞こえなくなっていた。

4

金曜日、鈴木の通夜に行ったのは綿貫、カズ、そしてエミの三人だった。

ヨーコと羽佐間は仕事、理佐とレナは大学がある。鎌倉駅から東京杉並区の専照寺《せんしょうじ》という寺まで往復五時間ほどかかることがわかり、時間に余裕のある者しか行くことはできなかった。

三人が戻ってきたのは、夜十時を廻《まわ》った頃だった。三人とも正式な喪服は持っていなかったが、それぞれ黒い服に身を包み、綿貫とカズはネクタイもしていた。いつもラフなファッションの二人が、疲れたとネクタイを外した。

「不謹慎といわれるかもしれないけど、葬式なんてあんまり出たことないからなあ」

苦笑した綿貫がリビングのテーブルに座った。「どうしていいかわからなくて、参ったよ」

ヨーコが日本茶をいれ、三人の前に湯呑《ゆの》みを置いた。ビールという雰囲気ではない。

理佐とレナも一緒にお茶を飲むことにした。

とにかくお疲れさま、とヨーコが口を開いた。

「どうだったっていうのも違うかもしれないけど……ご両親とは挨拶できたの？」

形だけ、とエミがうなずいた。

「鈴木くん、やっぱり人望あったんだなって。湘南体育大学のレスリング部員とか、OBとか、もちろん中学や高校の友達なんかも大勢来ていて……だから、ご両親と話すとか、そんな感じじゃなかった」

ちょっと浮いてたかも、とカズが笑った。場を和ませるつもりだったのだろうが、誰も笑わなかった。

シェアハウスって立場が微妙だった、と綿貫がお茶をひと口飲んだ。

「俺たち、毎日顔を合わせてるだろ？　話だってするし、時間が合えば飯だって一緒に食べる。レスリング部の連中より、生活って意味じゃ過ごしてる時間が長かったかもしれない。比べる話じゃないけど、中学や高校の友達とは卒業してからほとんど会ってなかったっていうから、俺たちの方がよっぽど親しくしていた。ただ、イコール友達ってことじゃないんだなって思ったよ」

友達っすよ、とカズが視線を向けた。もちろんそうなんだけど、と綿貫が手を振った。

「何て言えばいいのかな、カズの言う通り、鈴木は俺たちの友達だ。それは間違いないんだけど、密度がちょっと違うっていうか……」

お母さん、見ていられなかったとエミがつぶやいた。

「泣き崩れるって、ああいうことを言うんだなって……うち、病院で働いてるからさ、月に何人かは亡くなられる方もいるわけ。でも、それは大抵お年寄りで、そうじゃなくても長く入院していたとか、もう治らないってわかってるとか、とにかく家族もある程度覚悟ができてるの。それだけの時間もあるしね」

わかるよ、と綿貫がエミの肩に触れた。本当に亡くなれば、もちろん家族も悲しむけど、とエミがうなずいた。

「こう言うと悪く聞こえるかもだけど、予想できることだから、そんなにショックはないわけ。だけど、鈴木くんはあんなに若くて元気だったじゃない？　誰も彼が死ぬなんて思ってもいなかった。もちろんご両親もよ。だから、お母さんがあんなに泣くのは当たり前っていうか……レスリング部の監督が土下座して詫《わ》びてたけど、ろくに返事もしていなかった。そりゃそうだよね」

重苦しい空気がリビングを包んだ。あの後、末松という刑事から連絡があり、個人練習中の過失による事故と最終的な結論が出て、大学側の責任が問われることはなくなったという。逆に言えば、鈴木の自己責任ということになる。

両親としても、ただ泣くしかなかっただろうと理佐にも想像できた。感情のやり場がない、ということなのかもしれない。

通夜の席で、レスリング部の部員たちが話してた、と綿貫が着ていたジャケットを椅子の背に掛けた。

「どうして一人でベンチプレスをやってたんだろうって、不思議がってたよ。バーベルのシャフトだけを使ってトレーニングするレベルでは、みんなやっていたらしい。

だけど、プレートっていうのか？　マンホールの蓋みたいなあれを付けてやる時は、補助がいないと危ないって、鈴木自身がうるさいくらい注意していたそうだ。皮肉だよな、事故を起こすなって言ってた本人が事故で死んじまったんだから」

　キャプテンとしての責任感だと思いますよ、とカズが言った。

「ストイックな奴だったでしょ。限界まで自分を追い込むみたいなところ、あったじゃないすか。五〇キロって言ってましたっけ？　鈴木にとっては、そんなに重いわけじゃなかったでしょうけど、何十回も上げ下げしてたら、そりゃキツくなりますよ。ラックに掛け損ねて、腕が支えきれなくなったとか、そんな話でしたね。人って簡単に死ぬんだなって思うと、ブルーになっちゃいますよ」

　何かいろいろ考えちゃった、とエミが立ち上がった。

「ホント、お母さんのあんな姿を見ると、あたしも気をつけなきゃって。病院でもそうなんだよね。たまにだけど、子供とか若い人が死んだりすると、親はもちろん、ドクターやナース、他のスタッフもみんな落ち込んじゃうわけ。鈴木くんって、二十三歳だったよね。そんな歳で死ぬのは親不孝だよ」

　珍しくまともなことを言うな、と肩を小突いた綿貫の手を握ったエミが、意味ありげに小さく笑った。

「着替えてくる。明日早番だし、もう寝ないと」

　疲れたな、と綿貫が大きく伸びをした。

「そうだ、鈴木のお父さんから、息子がお世話になりましたって、皆さんにお伝えくださいって言われたよ。ぼくたちは何もしてませんって言ったんだけど、何度も何度も頭を下げて……今月中にもう一度ここへ来るって。最後に息子が暮らしていた部屋をもう一度見ておきたいとか、そんなことを言ってた」

その時はちゃんと連絡してもらわないとね、とヨーコがこめかみの辺りを指で掻いた。

「掃除ぐらいしておかないと、失礼だもの」

もうしたじゃないですかとレナが言ったが、両親が来るというなら、形だけでももう一度掃除ぐらいしておいた方がいいだろう。理佐がそう言うと、まあそうだけどさ、とレナが苦笑を浮かべた。

オレも着替えてくる、とカズが席を立った。その場に残っていた全員が、同時にため息をついた。

5

慌ただしい日々が過ぎていったが、一週間も経つと、日常が戻ってきた。鈴木の死は誰にとってもショックだったが、いつまでも引きずっているわけにはいかないと誰もがわかっていた。

理佐は大学での授業を選択し、担当教授も決め、キャンパスライフに慣れていった。一年生なので、語学の授業など必修科目がある。

そこにはクラスメイトもいる。親しくなる者もできて、充実した毎日を送るようになっていた。

その間、大川と連絡を取り、改めて本屋へアルバイトの面接に行った。一度、一方的にキャンセルしていたので、気まずかったが、間に入った一木が事情を説明してくれたことで、土日を含め週四日のアルバイトが決まった。

基本シフトは午後二時から七時まで、勤務は五時間だったが、週単位で二万円ほどになる。月八万円は大きい金額だ。平日は授業によって時間の変更もできたから、理佐にとって都合がよかった。

鈴木の両親がサニーハウスを訪れたのは、連休直前の金曜日の昼だった。その日に来ることは、あらかじめ連絡があったので、綿貫とカズ、そして理佐とレナが迎えることになった。

鈴木が亡くなった直後にも来ていたが、あの時は誰もが混乱していた。鈴木の両親も、何がどうなっているかわかっていなかっただろう。

サニーハウスの中を案内すると、こんないいところに暮らしていたんですね、と二人が口を揃えて言った。

鈴木の両親は共に五十代半ばで、今とは違いシェアハウスという概念もなかった世代だ。学生寮や女子専用のマンションのように、共同生活をしていた者はいただろうが、サニーハウスのような感じではなかったはずだ。

息子から時々連絡がありました、とリビングでお茶を飲みながら鈴木の父親が言った。

「こちらで暮らすようになったのは、二年ぐらい前だったと思います。家賃が安くて、でもすごく環境のいいところを見つけたと……正月に帰ってきた時も、レスリング部よりサニーハウスのことばかり話してました。本当にお世話になりました」

何もしていません、と綿貫が首を振った。中田さんには特に親しくしてもらったと言ってました、と母親が涙をハンカチで押さえながら言った。前にサニーハウスへ来た時より、ひと回り小さくなったように理佐には思えた。

「あたしはちょっとわからないんですけど、あの子は軽量級って言いましたっけ、体重が軽い選手でしたから、もっと大きな方とか、強い方もいらしたはずなんですけど、そういう人達を差し置いてキャプテンを務めなければならなかったのは、プレッシャーだったと思います。でも、中田さんのおかげで、すごく気が楽になったと……」

オレはただ鈴木君と遊んでいただけです、とカズが頭を掻いた。

「いい奴だったっすからね。付き合っていて、あんなに気持ちのいい奴はいなかったですよ。オレの方こそ、鈴木には本当に世話になったっていうか……」

思い出話を語り合っていると、あっと言う間に時が過ぎていった。そろそろ失礼しますと父親が言ったのは、夕方五時を廻った頃だった。

「鎌倉の駅で、こちらの管理をしている不動産会社の方と会う約束をしていまして……電話で話したんですが、とても親切で感じのいい女性でした。事情はわかっているので、解約手続きはすべてこちらでやりますから、サインだけしてくれればいいと……息子は幸せだったと思います。あなたたちもそうだし、レスリング部の人たちも、周囲の方々も皆さん思いやりがあって……」

行こうか、と声をかけると、名残惜《なごり》しそうに辺りを見回していた母親が立ち上がった。息子が暮らしていたシェアハウスを忘れまいとしているのだろう。父親に促されて、ようやく玄関に向かった。

送りますと綿貫が言ったが、歩きたいのでと父親が言った。遠慮ということではなく、鈴木が毎日歩いていた道を自分の足で確かめたいようだった。気持ちが伝わったのか、綿貫も強く勧めようとはしなかった。

玄関まで見送りに出た理佐たちに、父親が頭を深く下げた。肩に手を置かれて振り向くと、息子がお世話になりました、と母親が丁寧な口調で言った。

「いえ、あたしは何も……」

藤崎さんがこちらへ来たのは、三月の終わりだったそうですね、と母親が耳元に口を寄せた。

「あの子とは知り合ってひと月も経っていなかったんですよね？　父親にはあの子も

何も言っていませんけど、わたしにはメールをくれました。とても感じのいい子がサニーハウスに来たと書いてありました。前にお会いした時から、あなたのことなんだろうなって思っていたんですけど、挨拶もできずにすみませんでした」

「鈴木さんが、あたしのことをお母様に？」

　母子ですから、と母親が微笑んだ。

「何を言いたかったかぐらい、わかりますよ。いえ、あの子と何かあったとか、そんな意味じゃありません。あの子は妙に固いところがあって、女の子と話したりするのも苦手でしたからね。でも、あなたのことは……ごめんなさい、つまらない話です。気になさらないでください。ただ、お礼を言っておきたくて……あなたのことは、あの子にとっていい思い出になったと思います」

　あたしこそ、と理佐は頭を下げた。

「鈴木さんには、本当によくしてもらいました。すごく嬉しかったですし、ありがたかったです。鈴木さんはいつも忙しくされていて、あまり長く話すことはできなかったんですけど、今思い返すと、もっと話しておけばよかったなあって……優しい人でした」

　帰るぞ、と父親が声をかけた。失礼します、と母親がもう一度頭を深く下げて、二人が玄関から出て行った。

　片付けようか、とレナがリビングへ戻った。手伝う、と理佐はその後に続いた。

6

ゴールデンウィークに入り、サニーハウスの住人たちはそれぞれの時間を過ごしていた。

大学関係のことが一段落した理佐は、休みの間アルバイトに精を出し、カズは友人と小旅行に出ていた。羽佐間は連休に関係なく仕事に出ているようだ。

レナは実家に帰り、ヨーコは個人的に頼まれた友人のホームページのデザインをするため、毎日自室で作業をしていた。

その中で、綿貫とエミは二人の関係を隠さなくなっていた。エミはナースという仕事の関係で、連休でも一日おきに病院に出勤していたが、空いている時間はずっと綿貫と一緒にいた。

付き合っていると口に出したわけではないが、夜もどちらかの部屋で過ごす。シェアハウス内同棲《どうせい》、ということになるのだろうか。

サニーハウス内での恋愛は禁止されていない。同世代の男女がひとつ屋根の下で暮らしているのだから、そういう関係になる者がいるのは自然だろう。

ただ、あからさまにベタベタするのは違う、と理佐は思っていた。最初にハウスルールを説明したのはエミで、その時もマナーはあると言っていたし、部屋でエッチな行為はしないようにと注意していた。

もちろん、綿貫もエミも若いから、その場の流れでそういうことになる時はあるだろう。

ただ、それにしても毎日というのはどうなのか。風紀委員のようなことは言いたくないが、空気が悪くなるのは確かだ。

とはいえ、止めてくださいとも言えない。言ったところで、綿貫もエミも笑ってごまかすだけだろう。

気にしなければいいとわかっていたが、毎晩のように変な声が聞こえてくると、いろんな意味でやりにくかった。

ヨーコが声をかけてきたのは、連休も終わりに近づいた土曜日だった。気になってるんでしょ、と心の内を言い当てられて、顔が真っ赤になったが、あたしも同じとヨーコが片目をつぶった。

「さすがにちょっと行き過ぎね。どこかでちゃんと言わないと、周りが迷惑する。明日にはカズくんもレナも帰ってくるし……あの二人がそういう関係になるのは全然オッケーだけど、やっぱり常識ってあるから。もうちょっと気を遣っていただかないとね」

冗談めかした言い方だったが、目は笑っていなかった。怒っているのではなく、呆《あき》れているのだろう。

「やっぱり男女一緒のシェアハウスって、どうしてもそういう問題が起きるんですね」

キッチンで作ったアイスカフェオレのグラスを持ってリビングのテーブルに座った理佐に、それはどこも同じなんじゃないかな、とヨーコが言った。

「変な話、出会いを求めてシェアハウスを選ぶ人もいるみたいだし。恋愛自体は全然構わないし、若いんだから何もない方がちょっと怖いよね。でも、何でもありってわけじゃないから」

ヨーコさんは今まで何もなかったんですか、と理佐は尋ねた。綿貫とほぼ同じ頃、サニーハウスで暮らし始めたというから、三年ほどになるのだろう。入居したのは二十四歳の時だったはずだ。

その間、住人は男性も女性も何人か入れ替わったと聞いている。二十七歳の今も美しいが、三年前から今日まで、サニーハウス内で出会いはなかったのだろうか。

何にもない、とヨーコが肩をすくめた。

「サニーハウスのことは、最初から気に入ってた。交通の便が悪いことを除けば、こんな素敵な家はないと思う。ここで恋愛とかそういうことになると、続くにしても別れるにしても、居辛くなるでしょ？　だから、そういうことは一切しないって決めたの」

距離が近すぎると、かえって煮詰まるし、と付け加えた。はっきり物事を決める性格だと、理佐もわかっていた。

ヨーコの意志の強さは、住人全員が認めている。理性が感情を押さえるタイプだ。

「綿貫くんには、あたしの方からそれとなく言っておくから」

理佐ちゃんが心配することないよ、とヨーコがコーヒーメーカーからマグカップにコーヒーを注いだ。

「そういうのは年上の役目だしね。タイミングもあるから、今日すぐにってわけじゃないけど」

オルゴールの音に、理佐は辺りを見回した。テーブルの上にヨーコのスマホが載っている。音はそこから聞こえていた。

席に戻ったヨーコが、スマホを裏返しにした。メールが入ったようだ。

「もしかして……彼氏さんですか？」

一瞬だったが、スマホのディスプレイに背の高い男が映ったのを、理佐は見ていた。手足の長い、精悍《せいかん》な体つき。整ったルックス、長い茶髪。

マグカップを抱えたヨーコが、プライバシー侵害とつぶやいてにっこり笑った。

「こういう時は、見なかったふりをする。それが大人のルールじゃない？」

そうですね、と理佐は舌を出した。お互い、過度の干渉は避ける。それがシェアハウスでうまくやっていく秘訣だ。

また後で、とスマホを部屋着のポケットに突っ込んだヨーコが階段を上がっていった。

やっぱり彼氏いるんだ、と理佐は窓の外に目をやりながらうなずいた。ヨーコの顔に浮かんでいたのは、明らかに照れ隠しの笑みだった。

「そりゃ、いるよね」

ヨーコほどの美人なら、いない方がおかしい。あたしもそろそろ考えないと、と理佐はアイスカフェオレをひと口飲んだ。

第五章　卒業

1

ゴールデンウィークが終わり、全員がサニーハウスに顔を揃えたのは、五月七日の月曜日だった。

友人と長野へ小旅行に出ていたカズから、名物の戸隠《とがくし》そばと鳥肉の山賊焼きを買っていくので、みんなで食べようという連絡がサニーハウスのグループラインに入っていた。

理佐は大学の授業があったので、戻ったのは六時過ぎだったが、リビングへ入っていくと、お帰りといういくつかの声が重なった。

キッチンではカズとレナ、そしてヨーコが大きな鍋に湯を沸かしている。そろそろ帰ってくると思ってたんだ、とエミが理佐の手を引いて椅子に座らせた。綿貫、そして羽佐間も席に着いていた。

「でも待ちきれなくて、とりあえずカズくんのおみやげの山賊焼きで日本酒を少し、みたいな。すごく美味《おい》しいよ。はい、これ理佐っちの分」

山賊焼きというが、見た目は鳥の空揚げに近い。胸肉を一枚丸ごと衣をまぶして揚げてあるだけだ。少しニンニクの香りがした。

ひと口食べてみると、外はクリスピーだが、中の肉は思っていたより柔らかかった。ご飯のおかずにもなるし、酒のつまみとしても合うだろう。

「美味しい！」

だろ、と振り返ったカズが胸を張った。

「オレもさ、何つうの、居酒屋の定番メニューじゃんってバカにしてたんだけど、長野の名物料理なんだってさ。今日の昼、新幹線に乗る前、専門店で買ってきたから新鮮だし、ここで二度揚げしてるから、間違いなく美味《うま》いよ。どんどん食べて食べて」

お湯沸いたよ、とレナが言った。それじゃ全員揃ったということで始めますか、とザルに盛っていたそばをカズが一気に鍋にほうり込んだ。

妙に慣れた手つきだなと茶化した綿貫に、半日そば打ち講習に行ったんすよ、とカズが真顔で答えた。

「いやあ、男四人で長野なんか行くもんじゃないっすね。善光寺《ぜんこうじ》行ったたって、時間も潰せないし……何にもないんすね、長野って。でも、そば打ったり、陶芸やったり、のんびり過ごせたのは良かったですけど」

これ、まさかカズくんが打ったそばじゃないよねと言ったヨーコに、半日の講習じゃ無理ですよとカズが手を振った。

「ホント、そば切りって難しいんすね。うどんどころか、きしめんみたいになっちまうし……これはちゃんとした店のなんで、全然大丈夫っす」

ゴールデンウィークがあって良かった、と理佐は胸の中でつぶやいた。鈴木がいなくなったショックを、連休というインターバルが打ち消してくれた。

みんなの様子は、初めてサニーハウスへ来た時と変わらず、明るかった。

鈴木のことを忘れたわけではない。無理をしているのでもない。

事故で鈴木が亡くなったことは、誰にとっても辛い体験だった。それでも前を向いて進もうとしているのは、若者の持つ強さなのだろう。

もういいんじゃない、とレナが菜箸でそばを一本すくって口に入れた。あと一分、とカズが真剣な表情で言った。

茹であがったそばを冷水で締め、大皿に盛り付け、全員の器にそばつゆを注ぐと、それで準備完了だった。ネギやショウガ、ワサビといった薬味は、別にヨーコが用意していた。

最初はそばだけ食ってみてよ、とカズが通ぶった言い方をした。

「香りを楽しんで、それから食べると、そば本来の味が引き立ちますから」

説明書に書いてあったんだろうと綿貫が言うと、バレたかとカズが頭を掻いた。

「でも、店でも同じこと言われたんすよ。本当は塩で食べた方が、そばの味がわかるとか何とか……」

俺は苦手だな、と羽佐間がつゆにそばを浸して啜《すす》り込んだ。

「うん、美味い。繊細に味わうほど舌が肥えてないんでね。やっぱりそばはつゆで食べるものだと思うけどな」

羽佐間さんに賛成、とヨーコがうなずいた。

「好みで食べようよ。カズくんも細かいこと言わないで」

食卓は賑《にぎ》やかだった。十人分買ってきたというそばを、三十分足らずで全員が完食し、エミが病院の退院患者からもらったクッキーや、レナが東京で買ってきたケーキもあり、デザートも充実していた。

最初は日本酒で始まっていたが、いつの間にかワインに変わり、二本目もほとんど空いていた。七人とはいえ、一人二合以上の日本酒を飲んだ上でのワインだ。理佐以外、誰もが酔っていた。

気づくと、全員がダイニングからリビングのソファに場所を移していた。椅子に座っているより、ソファの方が体を伸ばせて楽だった。

カーペットで横になっているカズとレナが、意味もなく笑い合っていた。ヨーコはワイングラスを手に、無言で飲み続けている。羽佐間はいつの間にかいなくなっていた。

エミの手を握っていた綿貫が、久しぶりにやるかと言った。何すか、と起き上がったカズが目をこすった。

告白ゲームだよ、と綿貫が薄笑いを浮かべた。

「理佐ちゃんがサニーハウスに来てから、どれぐらい経つ？　三月の末だったから、一カ月半ぐらいか。どうかな、ここの暮らしには慣れた？」

綿貫の質問に、何とかと理佐はうなずいた。初めてサニーハウスを訪れたのは、ずいぶん前のような気もするが、期待と不安、相反する気持ちのままインターフォンを押した時のことは、はっきりと覚えていた。

大学に入る準備、慣れないオリエンテーション、そして鈴木の死。さまざまなことが立て続けに起こり、目まぐるしい時間が過ぎていたが、サニーハウスでの生活そのものには慣れてきていた。

新しい入居者が入ると、必ずやることになってるんだ、と綿貫が説明を始めた。

「俺たちは告白ゲームって呼んでる。告白っていっても、誰にも言えない秘密を話せとか、そんな大きなことじゃない。ただ、俺たちはここで一緒に暮らしてるわけだろ？　お互いがお互いのことをよく知っておいた方がいい。その方がいろんな意味で快適に過ごせる。そう思わないか？」

うちもやられたんだ、とエミが苦笑した。

「全員、ひとつだけ理佐っちに質問する。イエスノーで答えてもいいし、詳しく話してくれてもいい。その辺は理佐っちの判断でオッケー。まあ、一種のセレモニーっていうか、そんな感じ？」

みんなもしてるんですか、と理佐は周りを見た。いつの間にか座り直していたレナが、別に難しいことじゃないからとうなずいた。

「じゃあ、あたしから聞くね。理佐っちって、初恋はいつ？」

告白ゲームに参加するとは言っていなかったが、全体の流れは理佐の了解を前提に動き出していた。

あえて断わろうとは思わなかった。エミが言った通り、仲間になるための通過儀礼なのだろう。

初恋って言われても、と理佐は首を傾げて勧められたワインをひと口だけ飲んだ。その方が話しやすかった。

「そんなの、覚えてないよ。強いて言えば、幼稚園の時の湯原《ゆはら》くんかな」

ブー、とレナが手でバツ印を作った。

「そういう勘違いしたアイドルみたいな答えはダメ。一緒に暮らしている最愛の男性がいます、チワワのマロンくんです、そんなこと聞いてないっつうの。ちゃんと答えてよ」

ごまかしは許さない、とカズが両手を上げて、そのまま引っ繰り返った。かなり酔っているようだ。

そう言われても、と理佐は記憶を辿《たど》った。アルコールがみんなの心のブレーキを外している。今なら、何を話しても大丈夫そうだ。

「中二の時、隣の席だった岡田《おかだ》くんかな」

「どんな子？　カッコよかった？」

バンド組んでたの、と理佐は答えた。

「中二で背が百七十センチ超えてて、すっごくスリムで、他の男の子とは違ってた。中二でバンドやるなんて、なかなかいないでしょ？　指が細くて、長くて、ギター弾いてるとにかくカッコよかった。顔はちょっと猿っぽかったけど」

何かいいじゃない、とレナが手を叩いた。

「その彼が初恋の相手？　付き合ったの？」

質問は一人ひとつじゃなかったっけと思いながら、とても無理と理佐は手を振った。

「中二の二学期の席替えで、たまたま隣になったけど、あんまりとっつきやすいタイプじゃなくて、話しかけるなんてできなかった」

でも、何かあったんじゃないの、とエミがソファを叩いた。何にもないです、と理佐はもう一度手を振った。

「二学期の終わり頃、初めて彼の方から話しかけてきて……教科書を忘れたとか、そんなことだったと思います。それで少しずつ話すようになったんですけど、三学期になったら、また席替えがあって、今度は教室の端と端、みたいな。だから、何もなかったんです」

何か怪しい、とレナが腕を伸ばして肩を突いた。

「ダメだよ理佐っち、告白ゲームなんだから、正直に話してくんないと」

「……中学の卒業式で告られた」

マジか、と全員が拍手した。そういうんじゃなくて、と理佐は両頬を押さえた。火が出るほど熱くなっていた。

「告白っていうか、つまり……よくわかんないです。でも、あたしと岡田くんは違う高校に行くことになっていて、新潟って意外と広いんですよ。中学生とか高校生だと車もないから、学校が違っちゃうとプチ遠距離恋愛みたいになっちゃって。そりゃ、はいって答えたかったけど、リアルに考えると無理だなって」

地方あるあるだよね、とエミがうなずいた。

「東京とかさ、都会だと電車とか交通手段はいくらでもあるけど、田舎だとバスしかないとか、電車も一時間に一本とか、そんなの珍しくないもんね。うちも宮城なんだけど、仙台《せんだい》とかならともかく、気仙沼《けせんぬま》だったから、中坊の時なんか自転車以外移動手段なんてなかった」

もういいですかと言った理佐に、次はオレね、とカズが手を上げた。

「あのさ、理佐ちゃんって今彼氏いるの？　今まで、何人ぐらいと付き合ったことがあるわけ？　エッチまでいったのは何人？」

セクハラだ、とエミが両手を叩いて笑った。ちゃんと答えて、と綿貫が言った。

「イエス、ノーだけでもいい。でも、ノーコメントは駄目だ。それが告白ゲームのルールなんだから」

付き合ったことはありません、と理佐は答えた。話すつもりはなかったが、サニーハウスの人たちに自分のことをもっと知ってほしいという気持ちがどこかにあった。

「つまり、その……地元の公立校に通っていると、新潟だとホントに出会いがないっていうか、世間が狭くなっちゃうんです。もちろん、積極的な子はいたし、そういう子はそれなりにいろいろあったと思うんですけど、あたしはそういうタイプじゃなかったから」

ホントかなあ、と低いテーブルに頭をつけたまま、レナが口を開いた。

「どっちかっていったら、理佐っちがおとなしい方だっていうのはわかるよ。あたしは東京だけど、派手に遊んでる子なんて、リアルに言うとそんなにいないよね。少なくとも、大学へ進もうって考えている子なら、あんまり無茶できないのもホント。だけどさ、理佐っちぐらい可愛かったら、男子が放っておかなかったんじゃない？」

そんなことないって、と理佐は頬を押さえたまま首を左右に振った。ナンパぐらいされただろ、と綿貫が言った。

「さっき話してた岡田っていう男の子もそうだし、小、中のクラスメイトとかは理佐ちゃんの携帯番号とかメアドとか、ＬＩＮＥのＩＤを知ってる男の子もいたはずだよ。

ナンパとは言わなくても、そういう連中から連絡はなかった？」

優しい言い方ですこと、とエミが横を向いた。不快そうな表情が浮かんでいる。

「うちの時とはゼンゼン違うじゃん。エッチなことばっか聞いてさ、マジでムカついた。オヤジかよって」

エミは大人だからさ、と綿貫が機嫌を取るように頭をぽんぽんと叩いた。

「少しキツめの質問の方が盛り上がると思ったんだよ。でも、理佐ちゃんはまだ大学に入ったばかりだし……」

もういい、と手を払ったエミが階段を上がっていった。白けるなあ、とカズが理佐に顔を向けた。

「いいよいいよ、放っておきなって。どうなの、答えは。マジで誰とも付き合ってなかったわけ？　ホントに？」

付き合うってどこからどこまでを指すんですか、と理佐は尋ねた。

「中学を卒業した時のクラスの子とは、結構仲良くて、五、六人の男女のグループを作って、月に何回か遊んでいた時期もあります。でも、それって付き合うってことじゃないですよね」

そりゃそうだ、とカズがワインをひと口飲んだ。

「でも、その中の一人が告ってきたとか、理佐ちゃんの方からアプローチしたとか。二人だけでデートしたら、それは付き合ってたことになるんじゃない？」

高瀬弘のことが頭を過ぎった。気づくと、一番近くにいた人。気になっていた彼。お互いに好意を持っていたことは、誰よりも二人がよくわかっていた。

「前に言ってたじゃん。付き合ってた人がいたって」思い出した、とカズが手を叩いた。「ダメだよ、理佐ちゃん、嘘《うそ》ついちゃ。告白ゲームだぜ？　ルールには従ってもらわないと」

サニーハウスに来た日、カズさんたちに話しましたけど、と理佐はオレンジジュースに口をつけた。

「親しかった人はいました。でも、あれって付き合ってたのかなって。二人とも全然そういうことに慣れてなかったし……高校を卒業して、彼は長野の大学へ行って、あたしは浪人したこともあって、地元に残ったんです。県は隣だけど、やっぱり遠いですよ。彼はともかく、あたしは遊んでるわけにいかないじゃないですか。もう何カ月も連絡してません。何か言われたわけでもないし、やっぱり付き合ってたとは言えないと思うんです」

じゃあ、今は彼氏はいないんだね、と念を押すようにカズが言った。

「そっか、じゃあオレにもチャンスがあるってことか……その彼以外、誰とも付き合ってないの？　ゼロ？　マジで？　じゃあエッチは？」

ストップ、とヨーコが声をかけた。

「カズくん、飲み過ぎ。いくらゲームでも、その質問はＮＧ。理佐ちゃんも答えなくていい。いつまでも酔っ払いの相手をしてたら、きりがないでしょ」

すいません、と理佐はヨーコに顔を向けた。興味本位の下品な質問には答えたくなかった。

「じゃあ、あたしが質問してもいいですか？　ヨーコさんって、出身はどこなんです？」

奈良県、とヨーコが答えた。そうだっけ、と綿貫が首を傾げた。

「前、大阪って言ってなかった？」

生駒《いこま》市って言ったの、とヨーコが苦笑した。

「県で言えば奈良だけど、どっちかっていうと大阪の方が馴染みがある。生駒に住んでる人が遊びに行ったり、ショッピングするのは圧倒的に大阪よ。それこそ地方あるあるで、奈良県って本当に何もないの。出身はって聞かれたら、大阪って答えるようにしてる。だって、奈良って言われてもピンとこないでしょ？」

意外です、と理佐は言った。

「全然、アクセントとかないから、てっきり東京の人だとばっかり……」

でんがなとか、まんがなとか、あんな言い方をするのはお年寄りだけ、とヨーコが笑った。

「もしくはお笑い系？　もちろん、語尾とかニュアンスとか、簡単に言えば〝そうやね〟ぐらいのことは言うし、あたしだって使うこともある。でも、それって話す相手次第なんだよね」

「相手次第?」

こっちに来てからは、普通に標準語を使うようになった、とヨーコが言った。

「地元に帰れば、相手が使うから関西弁も出ちゃうけど、それは理佐ちゃんだってそうでしょ?　新潟弁で話しているところなんて、一度も見てない。無意識のうちに使い分けてるってことなんじゃないかな」

ですね、と理佐はうなずいた。新潟市内に住んでいたせいもあるが、理佐の家族、友人たちはそれほどきつい新潟弁を使わなかった。日常会話は標準語に近い。

サニーハウスでも、大学でも、新潟弁で喋ったことはなかった。地方出身者のコンプレックスではなく、その方が便利だからだ。ヨーコもそうなのだろう。

「ヨーコさんのお仕事って、具体的にはどんな感じなんですか?　ウェブデザイナーって、よく聞くんですけど、今ひとつわからなくて……」

告白ゲームから話を逸らそうとしている意図に気づいたのだろう。ヨーコがポケットからスマホを取り出した。

「たとえばグーグルの検索画面があるでしょ?　あれも誰かがデザインして、ああいう形になってる。しょっちゅうグーグルのロゴって変わるけど、あれもウェブデザイナーの仕事のひとつ」

「凄いですね。センスが必要な仕事なんですか?」

あたしはそんなクリエイティブな仕事はしてないから、とヨーコが持っていたスマホを振った。

「あたしがやってるのは、その辺のお団子屋さんとか、カフェなんかから発注されたウェブ上のチラシのデザインとか、そんなのばっかり。あと多いのは、やっぱりお店のホームページ作りかな。鎌倉の老舗《しにせ》のお店でも、ウェブサイトがないと観光客が来ないんだって。みんな、店名だけで検索して、場所を調べるでしょ？　そういうのがないと、じゃあ行かなくてもいいかってなっちゃう。メンテとか更新とかもあるから、おかげさまで仕事はたくさんあるけど」

そっちの方、弱いんですよねと理佐はこぼした。

「高校でも、パソコンの授業があったんですけど、何か苦手っていうか……でも、大学だと提出物はすべてメールでって言われてて、写真や映像も入れないとダメだっていう教授もいるんです。ちょっとヤバいかもって、思い始めてるんですよね」

レポートとか、そういう類《たぐい》でしょとヨーコがうなずいた。

「それぐらいなら、手伝えるかも。何かあったら相談してよ」

本当にいいですか、と理佐は立ち上がった。

「今日、レポートの課題が出たばっかりなんです。提出は七月なんで時間はあるんですけど……ちょっと待っててください、今持ってきますから」

告白ゲームから逃れるためには、一度ここから離れた方がいい。いつの間にかレナが寝息を立てていた。

　止めますか、とカズがぽつりと言った。その声を背に、理佐は階段を上がっていった。

2

　サニーハウスに戻って、すぐ夕食の席に着いていたが、そばを食べ終えたところで一度部屋に戻り、通学用のバッグを置き、部屋着に着替えていた。

　ベッドの上にあるバッグから、クリアファイルを抜き出し、『平家落人《おちうど》と鎌倉幕府』という表題を確かめて、部屋を出ようとした足が止まった。

　何かがおかしい、という違和感があった。部屋を見回しているうち、その正体がわかった。

　デスクに積んでいた雑誌の順番が違っている。表紙のモデルが別人になっていた。

　理佐は同世代の女性と比較して、はっきりと活字好きなタイプだ。月に三、四冊の小説を読み、ファッション誌を中心にそれ以上の雑誌を読んでいる。

　自分でもよくわからない癖だが、小説については一冊読み終えるまで、次の本に手を出さない。だが、雑誌に関してはメインの特集記事や、自分が気になるジャンルの記事を次々に読んでいく。

結局は他の記事にもひと通り目を通すのだが、その癖のために雑誌は常にデスクに積み》放しになっていた。

そこには理佐の中で優先順位があり、特に理由がない限り、読む順番は変わらない。一番上に置いている雑誌を、次に読むと決めている。その順番が変わっていた。

どういうことなのか、意味がわからなかった。今、部屋に入った時、鍵はかかっていた。部屋の鍵を持っているのは理佐だけだ。

待って、とふらつく頭に手を当てたまま考えた。少しだけ口をつけたワインのせいで、酔いが回っていた。

今朝、起きて大学へ行く準備をしてから、一階へ降りた。もちろん、着替えは済ませていたし、部屋を出る時、鍵をかけたことも覚えている。

八時にサニーハウスを出て、夜六時過ぎに戻った。その時点で部屋へは行っていない。

バッグを置き、着替えるために戻ったのは八時半頃だ。鍵を開けて部屋に入った。あの時、雑誌の順番は変わっていただろうか。それは記憶になかった。

バッグをベッドに置き、急いで部屋着に着替え、リビングへ降りた。長くても三分ほどしか経っていない。何も気づかなかった。

ただ、部屋を出る時に鍵をかけたのは確かだ。それは、今鍵を開けて入ったことからも間違いない。

リビングのダイニングテーブルから、ソファに移動してお喋りが始まったのは、そのすぐ後だ。あれから二時間が経っている。その間に、誰かが部屋に入ったのだろうか。

あり得ない、と首を強く振った。鍵を持っているのは自分しかいない。スペアキーは不動産屋が保管している。店舗は鎌倉駅のすぐ近くだ。今、スペアキーを持っている者はサニーハウス内にいない。

では、鍵をかけ忘れたのだろうか。あり得ない、ともう一度首を振った。理佐は鍵を開けて部屋に入っている。確実に鍵は閉まっていた。

では、どういうことなのか。誰かがスペアキーを持っているのだろうか。だとしたら、それは誰なのか。

ベッドに腰を下ろして、記憶を辿った。朝、大学へ行った。それから約十時間、部屋に戻っていない。

その間なら、スペアキーを持っているサニーハウスの住人が部屋に入ることは可能だっただろう。

待って、とこめかみを強く押さえた。そうではない。二時間前、一度部屋に戻っている。

特に注意深いわけではないが、異常があればすぐにわかったはずだ。ほんの僅かな、うっすらとした違いだからこそ、逆に目立つことがある。例えば、雑誌の順番のように。

つまり、八時半頃に部屋に戻り、それから二時間経った今までの間に、誰かが部屋へ侵入したということになる。一体誰が、何のためにそんなことをしたのか。

誰なのか、というのは答えの出ない問題だ。羽佐間、そしてエミがそれぞれ席を外し、自分の部屋に戻ったことはわかっている。羽佐間は八時過ぎ、エミは九時前後だった。

だが、綿貫もヨーコもカズもレナも、それぞれトイレに行ったり、自分の部屋に戻って電話をするなど、リビングにいなかった時間があった。十分以上ではないが、五分以下ということでもない。

その間に二階へ上がり、理佐の部屋へ入り込むことは可能だっただろう。誰にでもその機会はあった。今になって調べることはできない。

では、何のためだったのか。それもわからない。心当たりはひとつもなかった。

金銭目的でないのは確かだ。今時、多額の現金を部屋に置いている者などまずいないし、そもそも理佐はそんな大金を持っていない。ピアスやネックレス、時計、服なども安価な物ばかりだ。

単純に時間だけを考えると、一番怪しいのは羽佐間だ。八時過ぎ、場所をソファに移した時、既に羽佐間は自分の部屋に戻っていた。

二階の女子フロアに上がるためには、玄関脇の階段を使うしかないが、他の六人は酔っていたし、話に夢中だった。隙をついて上がっていくことも、不可能とは言えない。

　ただ、羽佐間、綿貫、カズ、彼らのいずれかであるにしても、目的がわからなかった。下着を盗んで喜ぶ変態には見えないし、もしそうだとすれば、今までも同様の事態が起きていたはずだ。

　念のために確認したが、下着はもちろん衣服、タオルなども含め、なくなっている物はなかった。

　では、女子の誰かか。例えばエミは九時前後に二階へ上がっていった。女性なのだから、女子フロアへ行くのは当然で、誰も不審には思わない。

　それでも、何のためかがわからなかった。性的な理由など、あるはずもない。金や物を盗んでもいない。

　単なる好奇心だろうか。エミは短大にしか行っていない。女子大生の部屋がどんな感じか、覗いてみただけなのか。

　それも考えにくい。見たければ、理佐が部屋にいる時、ドアをノックすればいいだけの話だ。男性ならともかく、女性のエミが遠慮する必要はない。

　ちょっと部屋を見せてよと言われれば、理佐も拒まなかっただろう。見られて恥ずかしい物など、何もない。

　それはヨーコもレナも同じだ。レナは今までにも、何度か部屋へ来ている。ヨーコも一度様子を見にきたことがあった。わざわざ部屋に侵入する理由などない。

そもそも、鍵の問題がある。初めてサニーハウスへ来た日のことを思い出すと、部屋に案内してくれたのはエミだった。その時、鍵を渡された記憶もあった。

それまで、鍵はどうなっていたのか。今、鈴木の部屋の鍵がそうであるように、一階リビングのサイドテーブルの上にある貝殻の小物入れに置きっぱなしになっていたのだろう。

誰でも持ち出すことができたし、スペアキーを作ることも容易だったはずだ。もしかしたら、誰かがひそかにスペアキーを持っていたのかもしれない。

でも、と顔を両手で覆った。意味がわからない。何のためにそんなことをするのか。

合理的な解釈がひとつだけあった。雑誌の順番が違う、というのが理佐の勘違いだとしたら、誰かが部屋に入ったというのも思い違いということになる。

突き詰めて考えると、それ以外ないように思えてきた。中学生の頃から、習慣で雑誌を整理していたが、常に順番が正しかったかといえば、そんなこともない。

自分の都合や、急に読みたくなった記事があれば、順番を変えたこともあった。
六、七年間続けている習慣だ。無意識のうちにしているところもある。自分の勘違いだ、と理佐はうなずいた。
毎晩、雑誌を持って半身浴をする。バスルームを出た後、デスクの雑誌の順番を変えるが、その時無意識のうちに違う雑誌を一番上に置いたのだろう。

連休中、毎日本屋のアルバイトに長時間入っていた。他のバイトが休みを取ったため、その代わりにシフトを務めていたのだが、理佐としてはまとめて働けるのがゴールデンウィーク期間中だけだったこともある。

本屋の仕事は肉体労働が多いし、レジにいる時は立ちっぱなしだ。疲れていたのは間違いない。そして疲れている時、人間は普段しないことをしてしまうものだ。

そういうことだ、とクリアファイルを手に立ち上がった。神経質過ぎるのは悪い癖だとつぶやいて部屋を出ると、りーさーちゃーん、と呼ぶ酔っ払ったカズの声が聞こえた。

3

もう六月か、と綿貫がつぶやいた。今年は梅雨《つゆ》が早いらしいっすよ、とカズが窓の外に目を向けた。

五月が終わり、六月に入っていた。サニーハウスに変わりはない。それぞれがそれぞれの日常を過ごしていた。

六月五日、火曜の朝もいつも通りだった。理佐は午前中の授業が休講だったので、いつもより少し遅く目を覚ました。

着替えて一階に降りると、綿貫とカズが海を見ながら話をしていた。

おはようございますと挨拶して、いつものようにグラノーラとヨーグルトの朝食を取った。六月か、ともう一度綿貫がつぶやいた。

「雨は嫌だな。サニーハウスの環境は最高なんだけど、雨が続くと面倒なんだよ」

ですよね、とカズが大きく伸びをした。

「理佐ちゃんもわかるだろ？　ここは丘の上の一軒家で、聞こえはいいんだけど、ホントのところ、ちょっとした山の上に建ってるわけだから、梅雨時は行き帰りがキツいんだよ」

わかります、と理佐はヨーグルトをスプーンですくった。サニーハウスから地蔵堂まで階段こそあるが、舗装されてはいない。

雨が降ると泥だらけになるし、滑って歩きにくくなる。そこだけがここの問題だ、と綿貫が肩をすくめた。

「しょうがないって言えば、しょうがないんだけどな。普通の雨ぐらいなら、文句言うほどのことはない。ただ、ゲリラ豪雨とか何日も雨が降り続くと、歩くのは厳しい。理佐ちゃんも何かあったら、電話すればいい。車で迎えにいくよ」

すいません、と理佐は頭を下げた。サニーハウスの住人は、理佐以外全員運転免許を持っている。

夏休みの間に教習所に通おうかとも考えていたが、鎌倉ではなく新潟に帰省した時の方がいいだろう。

実家に帰っても、特にやることはない。地元なら、誰か知り合いが来ているかもしれないから、退屈しないで済みそうだ。

それより気になるのは、綿貫の視線だった。はっきりしないが、エミとの関係は終わったようだ。

この半月ほど、二人が口を利いていないのは見ていればわかったし、どこか態度もよそよそしい。

それと同時に、綿貫が理佐に話しかけることが増えていた。昨日も二人で食事に行こうと誘われたばかりだ。

大学の授業が忙しいので、とやんわり断わったが、綿貫の目には明確な意図があった。露骨に言えば「俺と付き合わないか」ということだ。

綿貫が女性の扱いに慣れていること、過去に何人もの女性と遊んでいたことはわかっている。自分とは違う、と理佐は思っていた。遊びで誰かとつきあうなど、考えたこともない。

サニーハウスの男性たちのルックスは、かなりの高水準だ。綿貫もカズもそうだし、いつも憂鬱そうにしている羽佐間でさえも、大人の雰囲気がある。それは事故で亡くなった鈴木も同じだった。

初めてサニーハウスを訪れた日、ウエルカムパーティがあった。女子も含め、全員が若く、エネルギーに満ち溢《あふ》れ、輝いていた。まるでテレビの番組の中に飛び込んでしまったようだ、と思ったほどだ。

だが、実際に暮らし始めると、外見より中身の方が重要だとわかった。プロサーファーを目指していると言いながら、実際にはフリーターでその日暮らしの綿貫。留年しているにもかかわらず、大学へも行かず、就職のために動こうともせず、遊び廻っているカズ。

毎日、疲れた、会社を辞めたいと繰り返しているだけの羽佐間。

それがシェアハウスのリアルなのだろう。テレビ番組のように、楽しいことばかり起きるはずもない。生活もある。現実とはそういうものだ、と理佐も理解していた。

綿貫もカズも羽佐間も、悪い人間ではない。ただ、交際するとか、そういうことは考えられなかった。

前にヨーコが言っていたように、家をシェアしているだけの関係、と割り切るのが正解なのだろう。

綿貫もそれ以上深追いすることはなかった。理佐の表情から何かを察したようだ。

「カズ、プールの水を張るか」

いいっすね、とカズが立ち上がった。

「ホントはもうちょっと前でもよかったんですけど、今年は五月に入っても寒かったすからね。でも、今日ならいいんじゃないですか？　よく晴れてるし」

サニーハウスでは、毎年五月の初旬に、庭のプールに水を張ることになっていると理佐は聞いていた。そのつもりで、連休が明けた時にプール掃除をしていた。

その後何日か雨が続き、気温も上がらなかったので、まだ早いということになったが、数日前から二十度を超える晴天が続いていた。

今日がサニーハウスのプール開きだ、と綿貫が宣言した。

「理佐ちゃん、時間ある？　手伝ってよ。またプールの中にゴミが溜まってるんだよね」

ついでに水着になったらどうよ、とカズがTシャツを脱いで上半身裸になった。

「一番風呂っていうけど、一番プールってのもあるんじゃない？」

聞いたことないです、と理佐は食べ終えたヨーグルトの容器を洗って、ゴミ箱に捨てた。

「でも、手伝います。午後の授業は選択科目なんで、出席も取らないし……バイトの時間までだったら、空いてますから」

水着にはなりませんけどと言うと、そりゃ残念とカズが素足のまま玄関を出て行った。

すぐ行きますと声をかけると、待ってるよと手を振った綿貫がカズの後に続いた。

4

やっぱりすごい、と理佐はプールを眺めながらつぶやいた。縦十メートル、横五メートルほどで、決して大きいとは言えないが、プールがついているシェアハウスはあまりないだろう。

しかも、プールサイドにはパラソルのついたテーブルが二つと、日焼け用のサンデッキもある。リゾート地のコテージのようだ。

前に一度プール内の清掃をしていたので、やることといえばそれ以降に落ちたゴミや木の葉を拾うぐらいだった。

十分もかからずに作業を終えると、カズがプールサイドの操作盤のボタンを押した。四面の壁から、勢いよく水が流れ始めた。

深さは二メートルほどなので、それほど待つ必要はなかった。三十分ほどで、水が一メートルを超え、短パン姿のカズが奇声を上げながら飛び込んだ。

「冷てえ！」

カズの叫び声に、理佐は思わず笑った。温水ではなく、常温の水を注ぎ込んでいるだけだ。冷たいのは当たり前だろう。

ちょっと早かったかな、と腰まで水に浸かっていた綿貫が上がってきた。

「カズ、その辺で止めとけ。水温が上がらないと、泳ぐのは無理だ。こんなに冷たいんじゃ、心臓麻痺《まひ》を起こすぞ」

そりゃおおげさでしょ、と言いながらカズもプールから出てきた。

「まあ、しばらく待ちますか。太陽もいい感じだし、一時間もすれば入れるんじゃないすかね」

理佐はプールサイドからつま先だけを水に入れてみた。どうよ、と叫んだカズに、一時間じゃ厳しいと思いますと答えた。

設置されている水温計は十三度になっていた。感覚としては冷水に近い。

「ダメかなあ、入りたかったんだけどな」カズが残念そうに舌打ちした。「でも、逗子《ずし》海岸の海開きも六月末だからね。早いっちゃ早いのはわかってるんだけどさ」

天気次第だな、と綿貫がサンデッキで横になった。二人分のスペースしかないので、カズが並ぶと理佐はプールサイドに腰掛けているしかない。

庭の裏側にあるプレハブに目をやりながら、これはこれでいいかも、とつぶやいた。環境として、サニーハウス以上のシェアハウスは鎌倉にないだろう。しかも、家賃は四万五千円だ。

よく言われるように、生活レベルを上げてしまうと、容易には下げられなくなる。人間関係の煩わしさはあるが、それはどんなシェアハウスでも同じはずだ。

つかず離れずの関係性を保っている限り、サニーハウスでの暮らしは快適だった。

住人たちも常識があるし、面倒とは言えない。むしろ、楽しかった。

いずれ、ここを出て行く日が来るだろう。二カ月住んでみて、シェアハウスが自分の性格に合わないとわかっていた。

一年後か、二年後か、それはわからない。現実問題として、今すぐ一人暮らしをするとなれば、敷金や礼金も含め、家賃のことを考えなければならなかった。今の状況では難しいだろう。

大きな問題は何もない。他の住人たちとトラブルがあったわけでもなく、嫌なことも起きていなかった。ただ、感覚的に合わないということでしかない。

しばらくこのまま過ごそうと思った。綿貫がうるさく誘ってこなければ、もっといいのだけれど、と顔を上げた。

大家の老夫婦がトランクルームにしているプレハブが使えれば、と思った。読んだ本や雑誌を捨てられない性格のため、部屋の隅に山が二つできていた。

あそこに置くことができればと思ったが、鍵がかかっているのでどうにもならない。

昼飯をどうするか、二人が話している。平和だな、と理佐は空を見上げた。

5

午後一時、サニーハウスを出て、まっすぐバイト先の本屋へ向かった。

土日は固定でシフトが入っているが、平日は不定期で、理佐のスケジュールに合わせてシフトを入れてくれるので楽だった。

サニーハウスに戻ったのは夜八時過ぎで、リビングにヨーコと綿貫がいたが、疲れていたこともあり、まっすぐ部屋へ向かった。

プールの掃除も本屋のバイトも肉体労働だ。風呂に入ってパジャマに着替えるのが精一杯だった。いつベッドに入ったかも覚えていないほどだ。

熟睡した分、翌朝の目覚めは爽快だった。顔だけ洗い、部屋着を着て一階へ降りると、おはようというレナの声がした。

どこか元気がないのが気になって、リビングを覗くと、そこにヨーコとカズがいた。

「聞いてた？」

カズが顔を向けた。何のことですかと尋ねると、ヨーコが目線を連絡用のホワイトボードに向けた。

『お世話になりました！　みんな元気でね　ｂｙエミ』

『二人で暮らすことにしたので、サニーハウスを出ます。突然でゴメン。見送られるのが苦手なので、パッと消えます。綿貫』

どういうことですかと尋ねた理佐に、こっちが聞きたいとカズが言った。

「水臭いよなあ、ワタさんも。それならそうって言ってくれれば良かったのに。サヨナラパーティだって何だってやったっつーの」

わからなくもない、とヨーコがうなずいた。

「あたしと綿貫くんは、今まで何人もここを出て行く人たちを見送ってきた。去っていく人も寂しいだろうけど、見送るこっちも辛いの。何ていうか、置いていかれた気がして……綿貫くんもそれをわかっていたから、こういう形の方がいいと思ったんじゃないかな」

何か妙だなとは思ってたんすよ、とカズが言った。

「いきなりプール開きをやろうとか言い出して、そりゃまあ、昨日は天気も良かったし、いいんじゃないすかとは言いましたけど、あれはたぶん、最後になるってわかってたからなんだろうな」

いつ決めたのかな、とレナが首を傾げた。

「二人の部屋を見てきたけど、私物は全部持っていったみたい。掃除もしてあった。前から、今日出て行くって決めてたんだね」

あの二人が付き合っていたのは、今さら言う話じゃないけどさ、とカズが鼻の頭を掻いた。

「サニーハウスは恋愛禁止じゃないし、それはそれでいいんだけど、やっぱ二人ともちょっと居心地悪かったんじゃないの？　いろいろやりにくかっただろうし、みんなの前でイチャつくわけにもいかなかっただろうし」

十分してたと思うけどなあ、とレナが吹き出した。

「ベタベタしてたでしょ？　ちょっとやり過ぎって思うこともあった。エミさんってさ、結構そういうところオープンだから、こっちも目のやり場に困るっていうか……だから二人で暮らそうって決めたんだろうけど」

連絡はしたのと聞いたヨーコに、ちょっと前にワタさんからLINEがありましたとカズが答えた。

「お前にだけは言っておこうと思ったんだけど、引き留められると面倒だから黙ってた、悪かったなって。落ち着いたら、また飲みに行こうとか、そんなことも書いてありましたね」

エミからはあたしにLINEが入った、とヨーコが自分のスマホを開いた。

「突然でゴメンネー、だって。一応、部屋は片付けといたけど、何か残ってたら捨てといてください、か。エミらしいよね」

何だかなあ、とレナがため息をついた。

「心配して損しちゃったよ。いつぐらい？　連休明けぐらいから、あの二人、あんまりうまくいってないように見えたし、ぶっちゃけ終わったんだな、くらいに思ってたの。先週、エミさんと二人でご飯食べに行ったんだけど、その時もちょっと綿貫さんの名前出したら、それだけで泣き出したりして……大丈夫なのかなって思ってたけど、同情したあたしがバカみたい」

そうだよね、と理佐もうなずいた。

「あたしも、あの二人は別れたって思ってた。でも、違ったんだ」

男と女はわかんないもんだよ、とカズが顔を両手でこすった。

「ケンカするほど仲がいいって言うだろ？　オレだって、別れたんだって思ってたよ。でも、何か行き違いっていうか、誤解があったんじゃないの？　その辺がうまくいって、やっぱり二人で暮らそうとか、そんな話になったんじゃないかな。本人たちにとっても、急だったとは思うけど」

二人がうまくいってるなら、それはそれでいい話じゃない、とヨーコが微笑んだ。

「エミの仕事のこともあるから、鎌倉を離れるわけじゃないでしょ。そのうち、二人で遊びに来るんじゃない？　連絡先もわかってるんだし、会おうと思えばいつでも会える」

オレにだけはひと言あってもよかったのになあ、とカズが悔しそうな顔になった。

「ワタさんとはいいコンビのつもりだったんすよ。ちょっと兄貴風吹かせるところはあったけど、年上だからそこはしょうがないし、何でもぶっちゃけて話せる仲だったんです。ちょっと裏切られたみたいな……」

親しかったからこそ、言えなかったんじゃないかなとヨーコが言った。そういうことなんですかね、と立ち上がったカズが、腹減ったなあと冷蔵庫を開いた。

どうして二人は突然サニーハウスを出て行ったのかな、と理佐は首を傾げた。

「昨日の昼、プールサイドにいた時、何も言ってなかったんですか？」

特には、とカズが肩をすくめた。なぜだろう、と理佐はその横顔を見つめた。

綿貫とエミは終わっていたはずだ。二人とも何も言わなかったが、それは誰もが感じていた。

シェアハウスだからこそ、伝わる空気というものがある。どんなに微妙な変化でも、容易にわかる。

理佐にとって、それは確信ですらあった。別れていなければ、綿貫はあんな目であたしを見ない。二人だけで外出しようと誘ったりすることもなかったはずだ。

綿貫は女性との交際について、何も考えていないタイプの男だ。本人も武勇伝のように話していたが、浮気、二股、何でもありだったのだろう。

とはいえ、シェアハウス内で二人の女性と付き合うことはあり得ない。現実を考えれば、確実に人間関係が悪くなって、出て行くしかなくなるからだ。

エミの方に未練があったのはわかっていた。綿貫はエミにほだされたのだろうか。そんな男には見えなかったが、もう一度やり直そうということになったのかもしれない。

子供でもできたんじゃないの、とカズが冷蔵庫からハムとレタスを取り出した。

「ハムサンドでも作るかな。ついでだから、みんなの分もオレが作るよ」

手伝います、と理佐はキッチンへ向かった。エミが妊娠して、綿貫がその責任を取った。そう考えれば、二人がサニーハウスを出て行ったのもわかるような気がした。

「ヨーコさんとレナも食べるよね?」

サンキュー、と二人が声を揃えて笑った。理佐は四枚の食パンの耳を切り落とした。

第六章　予感

1

綿貫とエミがサニーハウスを出て、十日ほどが経《た》っていた。

六月十六日、土曜日。LINEの着信音で、理佐は目を覚ました。そのまま手を伸ばしてスマホを取り上げると、朝十時五分になっていた。

慌てて体を起こし、LINEを開くと、子犬のスタンプが〝起きて起きて〜！〟と画面の中を走り回っていた。

ベッドから飛び降りて顔だけを洗い、リビングに降りていくと、ヨーコと羽佐間がコーヒーを飲んでいた。

「おはようございます」

珍しいじゃない、とヨーコが顔を向けた。

「昨日、遅かったの？　コーヒー、まだあるから飲めば？」

そうでもないんですけど、と理佐はもそもそと答えた。ベッドに入ったのは深夜一時過ぎで、普段と変わらない。

何となく寝苦しさを感じて、寝ては起きを繰り返していたが、それだけのことだ。理由を説明できずにいると、若さの特権だなと羽佐間がコーヒーを啜った。

「三十を過ぎると、六時間も寝ると勝手に目が覚める。聞いた話だけど、寝るにも体力が必要らしい。俺も大学生の頃は、平気で十二時間ぐらい寝てたことがある」

カズさんとレナはと尋ねた理佐に、もうプールに行ってるとヨーコがベランダを指した。

「来週から雨が続くみたいだけど、見てよ、今日は真夏みたい」

すいません、とコーヒーをカップに注ぎながら理佐は頭を下げた。

昨日の夜、五人の住人が揃《そろ》ったところで、明日は夏日和《びより》らしいっすよとカズが言い出した。午前中には二十度を超え、昼には三十度近くまで気温が上がるという。

たまたま、全員の予定が空いているとわかり、梅雨の合間にプール開きをしようということになった。十日ほど前からプールに水を張っていたが、曇りの日が多かったために、まだ誰も入っていなかった。

「全員のスケジュールが空いてるなんて、めったにないんだし、せっかくだからみんなでプール開きをやりましょうよ」

カズの提案に、それぞれが賛成と手を挙げた。いつもなら、俺は関係ないと席を立

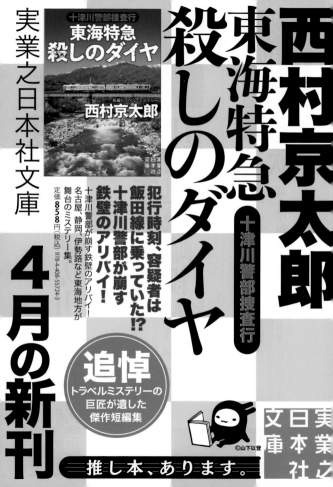

津本 陽

深淵の色は 佐川幸義伝

定価847円（税込）978-4-408-55723-6

大東流合気武術の達人、佐川幸義。門人となった著者が天才武術家の生涯をたどり、師の素顔を通して神業に迫った渾身の遺作。

梓 林太郎

津軽龍飛崎殺人紀行

私立探偵・小仏太郎

定価825円（税込）978-4-408-55721-2

長崎の旅から帰った数日後、男ははるか北の青森・津軽龍飛崎の草むらで死体となって発見された。殺された男の足跡をたどると、消えた女の謎が浮かび――。

南 英男

邪欲

裁き屋稼業

定価858円（税込）978-4-408-55726-7

社会派ライターの真木がリストラ請負人の取材中に殺害された。裁き屋の二人が調査を始めると、事件の背景には巨額詐欺事件に暗躍するテロリストの影が…。

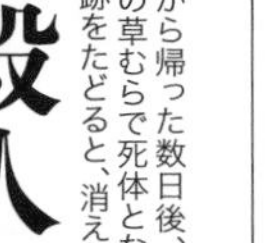

©山下以登

蒼山 螢
後宮の宝石案内人

書き下ろし

定価759円（税込）978-4-408-55720-5

輝峰国《きほうこく》の皇子・皓月《こうげつ》が父の後宮で出会ったのは、下働きの風変わりな少女・晶華《しょうか》。彼女の宝石への知識と愛は常軌を逸していて……。痛快中華風ファンタジー！

花房観音
ごりょうの森

いきなり文庫

定価759円（税込）978-4-408-55725-0

平将門、菅原道真、井上内親王など、古くから語り継がれてきた日本の「怨霊」をモチーフに、現代に生きる男女の情愛の行方を艶やかに描く官能短編集。

睦月影郎
母娘と性春

いきなり文庫

定価770円（税込）978-4-408-55727-4

独身の弘志は、上司に誘われて妖艶な母娘が住んでいる屋敷を訪れる。そこには、ある役割のため家の女と交わる風習があった。男のロマン満載、青春官能！

推し本、あ

つ羽佐間もうなずいた。

その場で担当を決め、プール掃除と水の張り替えをカズとレナ、そして理佐がすることになった。後輩の仕事ですからとカズが言ったが、理佐もそのつもりだった。

サニーハウスの住人は、単に家をシェアしているだけで、上下関係はないが、やはりこういう時は年下の者が働いた方が何事もスムーズだ。

九時から準備に取り掛かることになっていたが、一時間以上寝坊してしまった。どうもすいませんとまた頭を下げると、あたしたちは別に、とヨーコが微笑んだ。

「それに、一人でもできるってカズくんは言ってたよ。レナちゃんも、それはわかってる。寝坊ぐらいで怒ったりしないから、気にすることないって」

手伝ってきますと言ったが、もう終わってるさ、と羽佐間が肩をすくめた。

「焦ったってしょうがない。いくら晴れてるからって、水を張ったばかりだ。そう簡単に水温は上がらない。そろそろ、二人とも戻ってくるんじゃないか？」

でも、と言いかけた時、玄関のドアが開いてカズとレナが入ってきた。

カズはローライズ型のビキニスイム、いわゆるブーメランビキニしか穿《は》いていない。レナは真っ赤なワンショルダーのワンピースの上から、白のヨットパーカーを羽織っていた。

「カズくん、それ何とかならない？　すごい目立つんですけど」

顔を背けたヨーコに、そうすかね、とカズが腰に手を当てた。

「最近の男子はみんなこんな感じっすよ」

気持ち悪《わる》、とレナが口を尖らせた。

「海ならわかるけど、サニーハウスのプールでモッコリ水着なんて、神経を疑っちゃう」

そうはおっしゃいますけど、とカズがレナの全身に目を向けた。

「そちらはそちらで、結構な場違いっていうか。ワンショルダーって、ビキニよりエロいんだよな。こっちだって、いろいろやりにくかったんだぜ」

だからパーカー着てるじゃない、とレナが空いていた椅子に座った。

「どうしたの、理佐っち。起きられなかった？」

ゴメンと両手を合わせて詫《わ》びると、気にしてないよ、とレナが脚を組んだ。童顔なレナだが、そんなポーズを取ると妙な色気があった。

服の上からだとわかりにくいが、胸も意外と大きい。Dカップぐらいあるかもしれなかった。

外は暑いっすよ、とソファに脱ぎ捨ててあった長袖のTシャツに頭を突っ込んだカズが、冷蔵庫を開けてミネラルウォーターのペットボトルを取り出した。

「今、二十五度です。一時間もすれば、プールに入れるんじゃないすかね」

何か食ったのか、と羽佐間が声をかけた。

「準備させて悪かったな。トーストでも焼こうか？　何か腹に入れておいた方がいいだろう」

止めてくださいよ、とミネラルウォーターを飲みながらカズが手を振った。

「羽佐間さんがそんなこと言うなんて、雨が降るんじゃないすか？　そんなことといいですから、着替えてきてくださいよ。十一時スタートってことで、プールに集合。いいっすね？」

了解、と笑った羽佐間が部屋に戻っていった。彼も少し変わったね、とヨーコがつぶやいた。

「綿貫くんが出て行ったせいかな……もともと、あの二人は折り合いが悪かったから、今までは引いてたけど」

ボーナスが出たからじゃないんですか、とレナが言った。

「それと、何て言ったっけ……ナイジ？　七月から係長になるとか、そんなことも言ってたし」

聞いてないぞ、とカズが濡《ぬ》れた口元を手で拭った。

「そうか、だからここのところ、前より早く帰ってくるようになったんだな……羽佐間さんが偉くなるんなら、おごってもらわないと」

カズくんのコバンザメ体質は変わらないわね、と呆れたようにヨーコが言った。

「綿貫くんがいなくなったら、羽佐間さんに乗り換えるの？　ある意味、感心しちゃう。世渡り上手よね」

だってオレ、ビンボーですからとカズが大きく伸びをした。着替えてきなよとレナに肩を叩かれて、理佐は階段を上がった。

2

十一時ちょうど、庭のプールに降りていくと、カズとレナがプールの中でビーチボールを投げ合っていた。恋人というより、仲のいい兄妹のようだ。

「理佐っち、おいでよ」気づいたレナが手招きした。「一緒にやろう」

理佐はつま先をプールに浸した。少し冷たく感じるが、入ってしまえばすぐ慣れるだろう。

ほぼ真上に太陽が出ている。直接照りつける日光が痛いほどだ。

六月半ば、新潟ではここまで暑くならない。鎌倉にいるんだなあ、と改めて思った。

背後に影が差し、黒ワンピね、とつぶやく声がした。振り向くと、ホルターネックの花柄ビキニを着たヨーコが立っていた。

これしか持ってなくて、とワンピースの肩の部分を引っ張った理佐に、似合ってる、とヨーコがうなずいた。

「理佐ちゃんはスタイルがいいから、そういうシンプルなワンピースの方が可愛い。若い子が羨ましいな。何着ても似合っちゃうもの」

ヨーコさんこそ、と理佐は答えた。お世辞ではなく、ほっそりしたヨーコの体のラインに、ホルターネックのビキニはぴったりだった。

色白で、眼鏡の似合う知的な美人という印象の強いヨーコだが、水着になるとイメージがまったく違った。

眼鏡を外しているせいもあるのだろうが、スキニーなボディラインに微妙な陰影があって、いつもよりフェミニンに見える。二十七歳という年齢より、もっと大人の色気が感じられた。

もういい歳だなって、と隣に座ったヨーコが足先で水を蹴った。

「あなたもレナちゃんもそうだけど、二十歳ぐらいが一番いいよね。肌もつるつるだし、健康的っていうのかな。二十五を過ぎると、女は下るだけ。つまらないなあって」

そんなことないですよ、と理佐はヨーコの肩をつついた。ヨーコと比べると、自分の体が子供のように思えた。

もちろん、十代から二十歳過ぎぐらいまでが、一番いい時期なのも確かだ。昔から、肌の曲がり角は二十五歳と言われている。

今のところ、理佐はシャワーを浴びても、水を弾くレベルを保っているが、二十七歳のヨーコは肌のケアに気を使っているようだ。腕に残っている白いクリームは、日焼け止めだろう。

大変ですよねと言いかけて、慌てて首を振った。女性同士には暗黙のルールがある。年齢を感じさせるような発言は、慎まなければならない。

「あたしなんかの感覚だと、二十歳なんて子供だなって思いますよ。レナがワンショルダーのワンピース着てるのも、ちょっと背伸びしてるんじゃないかなって……あれを着こなせるようになるには、もうちょっと大人にならないと無理なんじゃないかな」

それは本心だった。表情に幼さが残っているレナに、ワンショルダーは似合っていると言えない。

もっと言えば、二十歳そこそこの女子がどんなにセクシーな水着を着ても、妙な感じがするだろう。もちろん個人差はあるし、十五歳でフェロモンをふりまいている女の子もいるから、一概に言えないが、一般論としては間違いない。

逆に、二十七歳のヨーコには、理佐やレナにないものがある。男性の目から見て、どちらが魅力的かと言えば、ヨーコのように成熟した女性の方かもしれない。

「今のあたしとかレナは、どうしても女の子っていうか……ヨーコさんみたいに、大人の女性になりたいって思います」

うまいこと言うよね、とヨーコが睨《にら》む真似《まね》をした。こんなこと言ったら失礼かもしれませんけど、と理佐はヨーコの全身に目をやった。

「あの、意外っていうか……大きいんですね」

そうかなあ、とヨーコが自分のバストに触れた。長身でスタイルがいいから、かえってわかりにくいが、Cカップは優にあるだろう。

理佐は自称Bだが、本当はAカップだ。新潟にいた頃は何とも思っていなかったが、大学に入ってから、まずいと感じるようになっていた。

いけないことは何もないのだが、どこか肩身が狭い。もっと女っぽくなりたい、というのが最近の悩みだった。

「水、冷たいか？」

反対側から羽佐間が声をかけてきた。そうでもないですと答えると、いきなり頭から飛び込み、きれいなフォームのクロールで泳ぎ始めた。

「運動は苦手って、前に言ってませんでしたっけ？」

球技はね、とヨーコがうなずいた。

「聞いたことがある。野球もサッカーも下手で、いつも控えに回されてたって……でも、運動神経が鈍いわけじゃない。走るとか泳ぐとか、そういうのは得意みたい」

そういう人いますよね、と理佐は高瀬弘のことを頭に思い浮かべた。弘は陸上部員で、県大会にも出場した実績を持っていたが、球技は苦手だった。何でも全力でやるので、ボールのコントロールができない。

人には誰でも向き不向きがある、と微笑んだヨーコに、鈴木さんもレスリングしかできないって言ってましたよね、と理佐はうなずいた。

「……そういえば、サニーハウスに新しい入居者は入らないんですか？」

　鈴木が事故で亡くなってから、二カ月ほど経つ。単純に引っ越したのではなく、本人の死によって部屋が空いたことになるので、いわゆる事故物件ではないにしても、縁起がいいとはいえない。

　五月の終わりに不動産屋からメールがあり、しばらくはそのままにしておくという話だったが、その後綿貫とエミが出て行ったため、三部屋が空いたことになる。

　昨日の夜、理佐はサニーハウスのホームページを覗いたが、そこには何も書いてなかった。

「あたしが来た時は、八人だったじゃないですか。まだ二カ月ぐらいしかいないけど、それでも何か寂しいっていうか……誰か新しい人が入居してくればいいのにって思うんです」

　八分の三だからね、とヨーコがうなずいた。

「半分近くいなくなっちゃったから、理佐ちゃんが寂しいって思うのはわかる。あたしだって、そう思ってるもの。でも、前にも似たようなことはあった。卒業シーズンとか、サニーハウスを出ていく人が固まる時期があるわけ。二年前かな、同時に五人が出て行ったこともあって、あの時は結構キツかったな。昨日までいた人が、突然いなくなると、どうしてもね……」

「不動産屋さんは、何もしないいんですか？　入居者募集とか、そういう――」

あたしに聞かれても、とヨーコが小さく首を振った。

「そこは大家さん次第なんじゃない？　サニーハウスの大家さんって、お金持ちの老夫婦でしょ。もともと、ここはその人たちの別荘で、ロンドンに赴任した息子さん夫婦と暮らすことになったから、管理のために貸し出すことにしたって」

そう聞いてますとうなずいた理佐に、だからお金はどうでもいいんじゃないかな、とヨーコが言った。

「そうじゃなきゃ、プールもあって車もあって、シアタールームまでついてるこんなシェアハウスを、四万五千円で貸すわけないもの。人が住んでないと家が荒れるとか、防犯対策とか、そっちの方が大家さんにとっては重要なのよ。鈴木くんのことがなければ、入居者募集をかけたりもするんだろうけど、まだ早いって考えてるんじゃない？」

ちょっと残念、と理佐はプールの水を蹴った。

「だって……三人いなくなって、そのうち二人は男性ですよね？　つまり、新しく入ってくる三人のうち二人は男の人ってことで……」

「出会いがあるかもって？　サニーハウスは相席居酒屋じゃないんだから、そんなにうまくいくとは思えないけど」

笑いながら、ヨーコが肩を強く押した。体が浮いて、理佐はプールにお尻から落ちた。

「ひっどーい！」

顔を拭って立ち上がった理佐に、あたしも、とヨーコがジャンプしてプールに飛び込んだ。バレーボールやりましょうよ、とカズが近づいてきた。

3

それから夕方まで、五人でプールで遊んだ。カズがアイスボックスに飲み物を詰めていたし、レナがサンドイッチを作っていたので、トイレ以外、サニーハウス内には誰も戻らなかった。

日差しは夏のようだったが、まだ六月中旬ということもあり、夕方になると急に気温が下がった。そろそろ上がろうと言ったのは羽佐間で、五時前にそれぞれが部屋に戻った。

六時半に、逗子のオープンカフェで夕食を取ると決めて予約を取っていたので、急いでシャワーを浴び、ドライヤーで髪を乾かしていると、スマホが一度だけ鳴った。メールだ。

左手でドライヤーを持ったまま、右手でスマホを操作すると、メールの発信者がサニーハウスの管理をしている不動産屋だとわかり、そのまま開いた。件名は『電子ロック施錠について』となっていた。

〈前略
平素よりお世話になっております。カマクラハウジング、サニーハウス担当の片貝《かたがい》でございます。

昨日、西鎌倉警察署より、梶乃町一丁目、二丁目で空き巣事件が二件連続して発生したという連絡がありました。昨年末より、梶乃町近辺で同様の事件が起きており、同一犯による犯行と考えられる、ということです。

西鎌倉警察署より、管理担当物件と入居者に、注意喚起の呼びかけを要請されましたので、サニーハウスの皆様にも、メールでお知らせします。

なお、参考までに付け加えておきますと、サニーハウス鎌倉には、防犯用電子ロックシステムが完備されております。電子ロックを作動させますと、玄関ドアに付いている暗証キーにパスコードを入力した後、合鍵を使用することで解錠されます。

ダブルロックとなり、パスコード情報を持っていない第三者はサニーハウス内に侵入できなくなります。

二度手間で繁雑になりますので、使用するべきかどうか、弊社としても判断が難しく、入居者の皆様でご相談していただくのが一番よろしいかと考えております。

システム作動説明書は、別途郵送済みですので、そちらをご参照ください。

では、今後ともよろしくお願いします〉

そうなんだ、と理佐はドライヤーを止めた。梶乃町で空き巣があったという話は聞いてなかったが、ニュースになるほどの事件ではないのだろう。

梶乃町は一丁目から五丁目まであり、鎌倉という土地柄、面積も広い。隣近所ならともかく、離れていれば知りようがなかった。

電子ロックについては、サニーハウスのホームページにも記載があった。さすがに金持ちの別荘ともなると、防犯対策も万全だと思ったが、実際には使っていない。

パスコードを打ち込んでから、合鍵を使ってドアを開けるのが面倒臭いと入居者全員が考えていたためだが、梶乃町で空き巣事件が連続して起きているなら、話は違ってくる。多少手間がかかっても、電子ロックを使った方が安全かもしれない。

着替えてリビングへ降りると、ヨーコとカズが話していた。カズの手に一通の封筒があった。

「理佐ちゃんのとこにも、不動産屋からメールあっただろ？」

うなずくと、これが届いていたとカズが封筒をテーブルに放った。中を開くと、電子ロックシステム作動方法、と記された一枚の紙に、簡単な説明が書いてあった。

一階キッチンのブレーカーボックスにスイッチがあるので、パスコードを決めた後にそれを押すだけだ。

二度手間でもいいじゃない、とヨーコが言った。

「カズくんが言うように、泥棒がわざわざサニーハウスを狙うなんて考えにくいけど、万が一ってことはあるでしょ？」

ないっすよ、とカズが顔をしかめた。

「パスコードなんて面倒臭いじゃないすか。指紋認証とか、顔認証ならともかく、パスコードを押して合鍵使って、そんなかったるいことしたくないっすね、オレは」

リビングに来た羽佐間とレナに、ヨーコがメールの件を話した。見たよ、と羽佐間がうなずいた。

「入居者の皆様でご相談していただく方がいいとか、そんなことが書いてあったけど、俺もそう思う。話し合いで決めよう。とりあえず出ないか？　予約の時間もあるし、飯を食いながら話せばいい」

賛成、とレナがうなずき、地下のガレージからワゴン車で店へ向かうことになった。

ドライバーはカズで、助手席に羽佐間、後部座席に三人の女子が並んだ。

「そんなねえ、空き巣なんて入るわけないじゃないですか」細い道を降りながら、カズが文句を言った。「オレが空き巣だったら、サニーハウスなんか狙いませんよ。こんな山道上がってくるだけの意味があると思います？」

でも、外から見たら立派な豪邸だよ、とレナが頬を膨らませた。

「シェアハウスだなんて、泥棒にはわかんないでしょ？　いかにも金持ちが住んでそうだし、実際に大家さんは金持ちなわけじゃない。お金はともかく、高価な絵とか美術品とか、そんなのがあるかもって考えたら、狙ってもおかしくないって」

ここはシェアハウスですと看板でも立てるか、と羽佐間が冗談を口にした。

「住んでるのは貧乏な学生と薄給の労働者だけですって……笑ってくれてもいいんじゃないか?」

羽佐間さんにジョークは似合わない、とヨーコが切り捨てた。

「それより、ご意見は? 電子ロックって、要するにダブルロックにするってことでしょ? 今時、少しでも防犯意識がある家なら、どこでもそうしてると思うけど」

面倒臭いというのは、俺もカズと同じだとグローブボックスに羽佐間が手を当てて体を支えた。梶乃通りに出るまでは、道が舗装されていないので、車体が大きく弾む箇所があった。

「とはいえ、サニーハウスが狙われやすい立地なのも確かだ。近所に家はないし、叫んでも聞こえない。誰も助けに来てくれないだろう。備えあれば憂いなしってこともある。電子ロックにしてもいいんじゃないか?」

叫ばなくたって、電話があるじゃないですかとカズがハンドルを右に切った。

「だいたい、空き巣って誰もいない時に入ってくるから空き巣なわけでしょ? 現金置いてる人っていないでしょ? 高価な美術品とかもないんだし、そんなに気にしなくてもいいんじゃないっすかね」

理佐ちゃんはどうよと尋ねたカズに、何とも言えないですと理佐は答えた。

「盗まれるような物がないっていうのは、そうだと思います。でも……」

そうだよ、とレナが後ろから運転席のヘッドレストを叩いた。

「カズさんは男だからそんなことが言えるの。うちらはか弱い女子なんだよ？　知らない人が家に入ってきたら、それだけで怖いし、気持ち悪い。どうすんの、下着とか盗まれたら」

　空き巣と下着泥棒は違うだろ、とカズが乱暴に言った。

「いいよ、空き巣がサニーハウスを狙って、侵入したとしようじゃないの。だけどさ、みんなの部屋にもそれぞれ鍵がかかってるんだぜ。それも壊すなんて、考えられないよ。共有スペースにある物が盗まれたって、痛くも痒《かゆ》くもない。あれは大家さんの物だからね」

　気持ちが悪いって言ってんの、とレナがカズの後頭部を握った拳で強く押した。

「どうしてわかんないのかな。それに、空き巣が入ってきた時、誰かいたらどうするわけ？　うちが一人きりだったら？　何されるかわかんないじゃん」

　そりゃそうだけど、とカズが言ったところで、梶乃通りに出た。逗子のオープンカフェまでは、三十分ほどの道程だ。

「どうなんすかね、羽佐間さん。多数決取ったら、女子は三人とも電子ロックをかけようって言いますよ。いや、それならそれでいいんですけど、正直この中で一番帰りが遅いのって、羽佐間さんじゃないすか。かったるくないすか？」

　それは別にいいが、と羽佐間が手に持っていた電子ロックの説明書を振った。

「電子ロックを作動させると、停電になった時ドアが開かなくなる、と書いてある。

今までみたいに、鍵があれば開くってことにはならない。停電している間は、中からも開けられないようだ。そこは考えた方がいいかもしれない。窓もオートでシャッターが閉まるから、入ることも出ることもできなくなるだろう」

「今まで、停電したことってあるんですか？」

理佐の問いに、一度か二度はね、とヨーコが答えた。

「あたしがサニーハウスに来てすぐ、地震で停電したことがあった。夜中だったし、すぐ復旧したから別に問題なかったけど」

去年もありましたね、とレナがうなずいた。

「九月でしたっけ？　台風で電線が切れたとか何とか……でも一時間ぐらいだったと思ったけど。あ、そうだ。大雨の中、大学から戻ったら、綿貫さんとカズさんがローソクつけてカップラーメン啜ってたっけ」

今は停電なんかすぐ直りますよ、とカズが言った。店に着くまで話し合ったが、電子ロックに強く反対しているのはカズだけで、最初から結論は決まっていたようなものだった。

理佐としても、空き巣に入られた時のことを考えると、できることはしておいた方がいいと思っていた。今から工事をして、新たに電子ロック機器を付けるというなら別だが、ある物を使うだけだ。

手間がかかるわけではない。二度手間になるとカズは言うが、そこは仕方ないだろう。

店の駐車場に車を停め、その場で決を取った。四対一で、電子ロックを使うことがあっさり決まった。

「後はパスコードを決めるだけね」食事しながら相談しましょう、とヨーコが言った。

「誰かの誕生日かな？　忘れないようにしないとね」

四桁だから大丈夫だろう、と羽佐間が車を降りた。やれやれ、とカズがエンジンを切った。

4

数日後、大学からサニーハウスに戻ると、ソファでレナがテレビを見ていた。他の人たちはと尋ねると、知らないと返事があった。

もっとも、まだ三時前だ。ヨーコと羽佐間は会社へ行っているから、他の人といってもカズしかいない。

ホワイトボードを見ると、今日は友達のところに泊まってきます、と書いてあった。

「何、見てるの？」

買ってきた紙パックの野菜ジュースを飲みながら、理佐はソファに座った。レンタルＤＶＤ、とレナが画面を指した。

「ミュージカルって、よくわかんない。どうしていきなり歩いてる人が歌ったり踊ったりするわけ？」

ミュージカルってそういうものでしょ、と理佐は答えた。あんまり面白くない、とリモコンで画面を消したレナが向き直った。

「どうなの、理佐っち。大学は慣れた？」

何とかね、と理佐はうなずいた。思っていたより日額院大学のレベルは高く、出席も厳しかった。

夏休み明けには前期試験が待っている。そろそろ準備をしておかなければならないだろう。

「マジメだよねえ、理佐っちは」感心したようにレナがテーブルのハーブティーをひと口飲んだ。「うちなんかさ、楽なもんだよ。鎌女って、お嬢様学校で有名だけど、勉強するための大学じゃないから。結局、ブランドなんだよ」

大学ってどこでもそうなんじゃないかな、と理佐は言った。

「日額院だって同じ。あそこの史学部出たってことになれば、それなりに箔《はく》が付くっていうか……いいじゃん、鎌女。男受けするし」

そうなんだよねえ、とレナが大声で笑った。

「うちが入ってるオールラウンドサークルなんて、東京の大学から参加してる男ばっかだし、週に三日、二時間かけて鎌倉まで来てさ。何してんだよって、そんなに鎌女で彼女見つけたいのって……まあ、そういうことなんだろうけど」

最近はどうなのと尋ねた理佐に、何だかなって感じとレナが答えた。

「世の中、草食男子が増えてるっていうけど、あれってホントだよね。わざわざ二時間かけてこっちまで来て、二時間テニスやって、東京に帰ってく。そんだけやってるのに、誘いのひとつもかけてこないんだよ。どういうつもりなのかね、アレは」

わかりませんと言った理佐に、みんなガキっぽくてさ、とレナがため息をついた。

「去年は良かったんだよ。三年の人たちが積極的でさ、毎日誘われて、デートばっかりしてた。だけど、四年になったら就職とかいろいろ忙しくなっちゃって、サークルにも顔を出さなくなって……あの人たち、それなりの大学に行ってるからさ、ハードル高いみたい。おかしいな、世の中人手不足だって聞いてるんですけど」

一流企業への入社はまだ厳しいんじゃないの、と理佐は言った。今の二年と三年はみんなダメ、とレナが手をクロスさせた。

「ホント、根性がないんだよね。お茶誘ったぐらいで、話が進むと思ってるのかな？こっちが動かないと、何にもしないしさ。平気で割り勘とか、そんなんばっかり。どっかにいい男いないかなあ」

「どういう人がいいの？」

最近、自分でもわかんなくなった、とレナが顔を近づけた。

「うち、大人の男がいいんだよね。大学生はもういいよ。余裕のあるサラリーマン、みたいな感じ?」

いそうでいないよね、と理佐はうなずいた。東京と比べると鎌倉は不利だ。大きな会社があるわけではないから、知り合うチャンスがない。

「さすが理佐っち、わかってらっしゃる」そうなんだよね、とレナが握手を求めた。「出会いがないっていうかさ。ぶっちゃけ、大学生でいいんだったら、何とでもなるわけよ。だけどさ、あいつらつまんないんだよね。自分のことしか話さないし、いろんな意味でガキだし、ビンボー臭いし……そっちこそどうなの? 日額院って、いい男いないの?」

どうなんだろう、と理佐は首を捻った。何しろ入学して、まだ二カ月半だ。他の大学のことも知らないので、比較の仕様がない。

日額院は別名〝自給自足大学〟と呼ばれている。学内の男女比がほぼ一対一ということもあり、大学内で付き合うカップルが多いためだ。

いい人がいればと理佐も思っていたが、今は余裕がない。サークルにも入っていないから、史学部の男子学生以外と知り合うチャンスはほとんどなかった。

「まあ、新しいサニーハウスの入居者に期待ってとこかな」レナが指を折って数えた。「三部屋空いちゃったわけじゃん? ここは男子と女子のフロアが分かれてるから、必然的に男が二人入ってくるわけで」

いい人だといいな、と理佐はつぶやいた。

「イケメンとか、カッコイイとか、そんなのどうでもいい。わかったんだけど、シェアハウスって協調性っていうか、そういうのが重要なんじゃない？　最低限の気遣いもできないような人だと、ちょっと困るっていうか」

　綿貫氏みたいな、とレナが皮肉な口調で言った。

「何かさ、本人はまとめ役のつもりだったみたいだけど、本当のところ頼りにならない人だったからね……それに、メチャメチャ女好きでしょ？　理佐っちも誘われてたよね。うちもそうだった。うちがここへ来る前も、ハウス内の女子に手を出しまくってたらしいよ。そのせいで出てった人もいるんだって」

　有り得る、と理佐はうなずいた。綿貫はルックスもいいし、背も高かった。

　鎌倉でサーフィンをやっているというのは、プロフィールとしても完璧だろう。ナンパの成功率は五十パーセント以上と自慢していたが、まんざら嘘とも思えない。

　ただ、病的な女好きだったと、今になってみるとわかる。サニーハウスで恋愛は禁止されていないが、それにしてもエミとの関係は常識を超えていた。

　同じハウスに暮らしていても、所詮は他人だ。みんなが見ている前で手を握り合ったりするだけならともかく、もっときわどいこともしていた。

　そして、毎晩聞こえてくる、いやらしい声。

「それはエミさんにも責任があったと思うけど」責任っていうのも変か、とレナが舌を出した。「だけど、あの人はわざとそういうことしてたところがあったんだよね。

何ていうの、刺激が欲しかったのかな。うちらの前でイチャついたりして、そのままエッチするみたいな。ちょっとヘンタイだったのかなあ」

止めようよ、と理佐は首を振った。今はいない二人のことを悪く言うのは、何となく気が咎《とが》めた。綿貫にしてもエミにしても、人柄は良かったのだ。

「あーあ、マジでいい男来ないかな」ちょっと寝てくる、とレナが立ち上がった。

「恋がしたいとか、そんなんじゃなくて、目の保養になるじゃん？　メガネのキモオタとか来たらどうする？　サイアクじゃん」

同意、と理佐はうなずいた。史学部にはそういうタイプの男が多かった。

聞いたこともないようなオンラインゲームの話を延々してくる者もいた。そんな男とひとつ屋根の下で暮らすのは願い下げだ。

羽佐間さんがもう少し明るかったらな、とレナが鼻の頭を掻いた。

「背は高いしさ、よく見ると渋い感じで、悪くないんだよね。ルックスとかは、結構好みなんだ」

だってアラサーなんでしょと言った理佐に、うちは年上全然オッケー、とレナが笑った。

「羽佐間さんの会社って、キートンって文具メーカーなんでしょ？　一部上場だし、シェアは業界トップなんだって。正社員だし、昇進したっていうし、うちとしてはありなわけよ。親がやってる居酒屋はうまくいってないみたいだけど、あの人次男だから、別に関係ないし……でもねえ、何つうか暗いんだよね。文句ばっかり言ってるし、二人きりになってもあの調子だったら、ちょっと嫌だな。惜しいんだけどパスかも」

最近、少し変わってきたみたいだよと理佐はソファから離れた。課題のレポートを仕上げなければならなかった。

後でね、と階段を上がっていたレナが、途中で足を止めた。

「そうだ、鎌倉駅の近くに新しいパンケーキハウスができたの知ってる？　ハワイアン何とかって店。今度一緒に行こうよ」

行く行くと答えた理佐に、ヨーコさんが働いてるデザイン会社が入ってるビルなんだ、とレナが言った。

「そうなの？」

「だと思う。この前、通りかかった時、ヨーコさんがビルに入っていくのを見たんだ。だから、ヨーコさんも誘って、おごってもらおうよ。年上なんだし、社会人なんだし、甘えてもいいんじゃない？」

賛成とうなずいて、理佐はゴミ箱に飲み終えた野菜ジュースの紙パックを捨てた。

「ねえ……サニーハウスの部屋って、鍵がついてるじゃない？」

それがどうしたの、とレナが階段の上から言った。誰も入れないよね、と理佐は辺りを見回した。

「何となくなんだけど……時々誰かが入っているような気配っていうか、そんな感じがするの。レナはどう？　一年以上、ここで暮らしてるわけでしょ？　何か気づいたことない？」

別に、とレナの声だけがした。

「だって、入れるわけないじゃん。部屋の鍵は本人しか持ってないわけだし」不動産屋がスペアキー持ってるって、誰かが言ってたけどと声が続いた。「綿貫さんだったかな？　壊れたり、事故が起きた時のためとか、そんな話だった。でも、一度も使ったことないと思うけど」

理佐はキッチンから階段に回り、レナの後を追った。もっと聞いておくことがあるような気がした。

声をかけようとした時、ドアが閉まる音が聞こえた。後でいいか、と理佐は自分の部屋に入っていった。

5

ヨーコが帰ってきたのは、八時過ぎだった。一時間ほど前、夜ごはんどうするとレナに声をかけたが、返事はなかった。眠っているようだ。

食事してきたから、とヨーコが自分の部屋に戻り、理佐はリビングで一人になった。今夜カズはいないし、羽佐間が帰ってくるのは、いつものように十時過ぎだろう。

サニーハウスでも、そんな夜はある。一人でパスタを作り、食べ終えてから部屋に戻った。

置きっ放しにしていたスマホを開くと、着信履歴が残っていた。高瀬弘からだった。メッセージが残っていたので、スマホを操作すると、懐かしい声が聞こえてきた。

『えーと、久しぶり。高瀬だけど……別に用事とかじゃなくて、どうしてるかなって思っただけなんだ。また連絡します』

最後のひと言は、ぶっきらぼうな調子になっていた。照れているらしい。

すぐに折り返すと、ツーコールで弘が出た。スピーカーホンに切り替えると、久しぶり、という声が流れてきた。

それだけ言った弘が黙り、思わず理佐は笑っていた。元気なのか、と弘が言った。

「何とかね。そっちはどうなの?」

どうって言われても、と弘が少し疲れたような声で答えた。

「二年になったからって、何が変わるわけじゃない。適当に大学行って、適当にバイトして、そんな感じかな。来年になるとゼミに入らなきゃならないから、それなりに大変だと思うけど、二年生が一番気楽だよ。まだ就職のことも考えなくていいし。理佐こそ、どうなんだ? 聞いた話だけど、日額院の史学部って厳しいらしいね」

日額院に入学したことは、合格が決まった時点でメールで伝えていた。おめでとう、と返事があっただけで、何となく不満だったが、その頃弘が沖縄で一カ月間漁船に乗って漁をするという苛酷なアルバイトをしていたと後で友達から聞いた。連絡する時間もなかったようだ。

うちの大学は規模も小さいし、その中でも史学部は特に出席が厳しいの、と理佐は説明した。

「語学や体育なんかは、どこの大学でもそうなんだろうけど、一般教養とかでも結構うるさくて、おまけに史学部だけ、一年から専門のゼミみたいな授業がある。バイトもしなきゃならないし、全然遊ぶ暇もない。シェアハウスに住んでるから、そこの人たちとご飯食べたりとか、そういうことはあるんだけど」

無意識のうちに多弁になっていた。弘と話せて嬉しい、という気持ちがある。地元で親しかった者とは、大学の同級生と違う何かがあった。

「ストップストップ」弘が大声で言った。「シェアハウス？ 聞いてないよ……。そうか、シェアハウスで暮らしてるんだ。いいね、何て言ったっけ、テレビ番組でそういうのあったよな」

テレビどころじゃない、と理佐は声を低くした。サニーハウスがあまりにも現実離れしているので、信用されないと思ったためだ。

「大金持ちの別荘で、部屋もすごく広いし、車も二台あって自由に使っていいの。あたしは免許持ってないから、運転できないけど……地下にはシアタールームなんかもあるし、プールもついてるんだよ。丘の上の一軒家だから、ちょっと交通の便は悪いけど、とにかくオシャレなの。それで家賃が四万五千円よ。信じられる？」

そりゃずいぶん安いな、と弘が指を鳴らす音がした。

「ぼくが長野で借りてるワンルームマンションが五万だぜ。長野駅から徒歩二分ってこともあるんだけど、長野にしては高い方だ。鎌倉で四万五千円？　プールつきの豪邸？　幽霊でも出るんじゃないのか？」

そんなことあるわけないでしょ、と言いかけた唇が不意に動きを止めた。幽霊が出るということではないが、奇妙な現象が起きているのは本当だ。

夜になると、どこからか音が聞こえてきたり、時々視線を感じる。誰かが部屋に入ったような形跡もある。雑誌の順番が変わっていたこともそうだ。

それが幽霊の仕業だと言うつもりはない。心霊現象なんてあるはずないと思っているし、それは弘に話したことがあった。

冗談で言っているのはわかっていたが、それではサニーハウス内で起きていることを、どう説明すればいいのだろう。

もしもし、という弘の声が聞こえた。理佐は辺りを見回した。

誰かが見ている、という気がした。いつもとは違って、不穏な雰囲気を感じていた。

「もしもし、理佐？　聞いてるのか？」弘の声が大きくなっていた。「電話したのは、用事があったわけじゃないんだけど、ないこともないんだ。六月の終わりから、一週間東京へ行くことになった。ぼくが入ってるアナウンサー研究会の合宿でさ、全国からアナウンサー志望の大学生が集まってくる。百人ぐらいって聞いたな。結構大規模なんだよ」

高校の時から、弘がテレビ局のアナウンサーになりたいと考えていたのは聞いていたし、大学でアナウンサー研究会というサークルに入ったのも知っていた。

高校生の単純な憧れと理佐は思っていたが、弘は真剣なようだった。

「二十九日の金曜夜に東京に入って、一週間集中特訓をやるんだ。朝九時から夕方五時までなんだけど、夜は空いてる。東京から鎌倉って、一時間ぐらいだろ？　久しぶりに会えないかなって思ってさ」

「たぶん、大丈夫だと思う。あたしは今、本屋さんでアルバイトしてるんだけど、シフトは変更することもできるし」

鎌倉へ行ってもいいし、東京で会ってもいいと弘が言った。

「それとも、間のどこかかな？　いや、でもシェアハウス暮らしなんだよね。ちょっと見に行きたい気もするな」

それは難しいかも、と理佐は首を傾げた。

「サニーハウスは鎌倉市内だけど、駅からだと結構遠いの。さっきも言ったけど、丘の上にあってバスの本数も少ないし、五時に東京を出たとしたら、こっちに着くのは七時過ぎになっちゃう。帰りも二時間はかかるから、挨拶ぐらいしかできないよ」

「そうか……ちょっとそこは考えよう。とにかく、会うのはオッケーだね？　来週末に合宿の細かいスケジュールが出るから、また連絡するよ」

楽しみにしてると言うと、ぼくもだよと弘が声のトーンを落とした。真剣になった時の癖だ。

「何ていうか……理佐ともっといろいろ話したり、遊びに行ったりしておけばよかったって、最近思うことが多くてさ。別にその、変な意味じゃなくて、ぼくたちって話が合っただろ？　高校の頃を思い出すと、結局理佐のことが浮かんでくるんだ」

「……うん」

「あの時、理佐が無理だって断わったのは、受験に失敗したからだってわかってる」卒業間際、理佐に告白した時のことを弘が言った。「ぼくも長野へ行くことが決まって、新潟と長野じゃ難しいよなって思った。だけど、もう理佐も大学生になったわけだし、つまり、もう一度……」

会った時、直接聞くと理佐は話を遮った。

「電話より、顔を見て聞きたい。あたしはあの頃と変わっていないつもりだし、たぶん弘もそうなんだろうけど、高校の時の思い出だけで話すのは、やっぱり違うと思う」

おっしゃる通りでございます、と弘が笑い声を立てた。またね、とスピーカーホンをオフにして、理佐はベッドに寝そべった。

予想外の展開だ。弘がまだあたしに気持ちがあるなんて。

でも、考えてみると、決しておかしくない。理佐にとって、弘以上に気の合う男友達はいなかったし、それは弘も同じだろう。

高校の頃は毎日二人だけで過ごした。周りからは、付き合ってるんでしょ、と何度も言われたほどだ。

付き合ってない、とそのたびに答えた。そして何より、弘は最後の最後まで告白しなかった。

気持ちはよくわかる。告白して、何かが壊れるのが怖かったのだろう。それは理佐も同じだった。

会って、話して、笑い合っているだけで、十分に楽しかった。それ以上の関係に進むことに、怯えがあった。だから、何も言わなかった。

タイミングが合わなかったということかもしれない。弘が告白してきたのは、高校を卒業する直前で、ストレートで大学に合格した弘と、浪人してしまった自分とでは立場が違う。だから、断わるしかなかった。

お互い子供だったんだよね、と枕に顔を埋《うず》めたままつぶやいた。

もっと早く弘が告白していれば、それともあたしの方から言っていれば、違う関係になっていたはずなのに、どうしても勇気が出なかった。

でも、遅すぎるわけじゃない、と体を起こした。鎌倉と長野は距離的に遠いけれど、二人とも大学生だ。

高校生とは違って、時間も自由になる。会おうと思えばいつでも会える。

とにかく、弘にもう一度会ってからだ、と思った。電話で話しただけでは何もわからない。

もしかしたら、弘がギャル男になっているかもしれない。そうだとしたら、何を言われてもパスだ。

備え付けのデスクの引き出しを開けて、昔撮ったプリクラを引っ張り出した。ダブルピースしている理佐と弘。確かにどこから見てもカップルだ、と苦笑が漏れた。

プリクラをしまおうとした時、三段目の引き出しが一センチほど開いていることに気づいた。そんなはずない、と頭を振った。

理佐の母親はしつけに厳しく、何でも開けたら閉める、と教えられて育った。小さい時から刷り込まれているので、閉めるのが癖になっている。僅か一センチでも、開いていたら気づかないはずがない。

それに、と引き出しに手を掛けた。三段目には最近触れていなかった。

入っているのは高校の頃の友人と撮った写真のプリントアウトであったり、新潟から鎌倉に出てきた時に持ってきていた思い出の品ばかりだ。

大学に慣れることで精一杯で、昔を懐かしんでいる暇はなかった。だから開けていない。それなのに、どうして開いているのか。

引っ張ってみたが、引き出しは動かなかった。押しても同じだ。何かが挟まっているようだ。

二段目の引き出しをそのまま抜き出し、空いた部分に手を突っ込むと、小学校の時に東京へ引っ越していった同じクラスの女の子と文通していた時の手紙の束が出てきた。

あの頃は二人とも携帯電話を持っていなかったから、手紙でしか連絡を取ることができなかった。

これは二段目の引き出しに入れていた、と幼い字で住所が書かれている手紙を見つめた。一番奥に突っ込んでいたが、何かの拍子に落ちたのだろう。それが挟まって、三段目の引き出しが閉じなくなったのだ。

でも、それは変だ。二段目の引き出しを開けなければ、何かを動かさなければ、手紙の束が落ちるはずがない。

誰かが部屋に入った、と直感でわかった。その人物はあたしのデスクの引き出しを開けた。一段目、そして二段目と開け、中を探った。

理由はわからない。何のためにそんなことをしたのか。

最後に三段目を開き、中を調べた。二段目から手紙の束が落ちたことには、気づかなかったのだろう。

そのまま、三段目の引き出しを閉めて立ち去った。一センチの隙間が開いていることに気づいていたとしても、どうして閉まらないのかわからなかった。そこまで気を回す余裕がなかったのかもしれない。

(でも、いったいつ?)

今日、大学から帰ったのは三時前だ。サニーハウスにはレナしかいなかった。しばらくレナと話し、部屋に戻って課題のレポートを数時間かけて仕上げた。その後リビングへ降りた時、一緒に何か食べようとレナに声をかけたが、返事はなかった。ヨーコが帰ってきたのは、それから一時間後の八時過ぎだ。その間、理佐は部屋に戻っていない。その時サニーハウスにいたのは、レナだけだ。

眠いと言って部屋に戻ったのは、ふりをしていただけだったのか。あたしが部屋を留守にするのを待っていたのだろうか。

それもおかしい、と強く頭を振った。あたしは今朝、いつものように八時過ぎに大学へ行くためサニーハウスを出た。今日、レナは授業がなかったから、ずっとハウスにいた。

部屋を調べるなら、その時の方が時間はあったはずだ。どうして、あたしがリビングへ降りていたあの一時間だったのか。いつあたしが部屋に戻るのかわからないのに、そんな危険な真似をする理由はない。

視線を感じたような気がして、顔を上げた。どこからか、誰かが見ている。見つめられている。でも、どこからなのかはわからなかった。

「幽霊でも出るんじゃないのか」

弘の声が頭を過ぎった。そんなことあるはずない、と毛布を被《かぶ》った。怖くて、顔を出すことができなかった。

二時間、そのまま動かずにいたが、リビングで人の動く気配がして、部屋を飛び出した。階段から見下ろすと、羽佐間が立っていた。

理佐に気づかないのか、大きなため息をついて、冷蔵庫を開けている。

声をかけようとしたが、何もできないまま、階段に座り込んだ。部屋に戻るのが怖かった。

第七章　蜂

1

足音を忍ばせて部屋に戻り、中から鍵をかけた。どうすればいいのかわからなかった。

実家に電話を入れたが、誰も出なかった。両親は早く寝る習慣があり、十時半過ぎのこの時間では、とっくに寝ているだろう。

警察に通報しようかと一瞬考えたが、そんなことをしても無意味だと首を振った。誰かが部屋に入って、引き出しを開けたと訴えたところで、気のせいだと言われるだけだろう。

監視されていると話しても、何の証拠もないのだから、どうすることもできない。

震える手でスマホを握り、画面をスワイプした。三コール目で電話が繋がり、もしもし、と少し眠そうな高瀬弘の声が聞こえた。

「声が聞きたくなったとか、そんな感じ？」

そうじゃない、とスマホを耳に当てたまま囁いた。何かを察したのか、どうしたと弘が低い声で言った。

「何かあったのか？」

さっきは言えなかったけど、と理佐は身の回りで起きている異変について話した。弘は黙って聞いている。

「家賃が安いのは、幽霊が出るからなんじゃないかって言ったでしょ？」

あれは冗談だと言った弘に、わかってると理佐はうなずいた。

「幽霊が引き出しを開けたり、昔の写真を見たりするはずがない。でも、誰かがあたしの部屋に入っているの。あたしのことを調べているのかもしれないけど、どうしてそんなことを？　あたしがサニーハウスへ来たのは三月の終わりで、ここで暮らしてまだ三カ月も経ってない。あたしの何が知りたいっていうの？」

そこは男女が一緒に暮らすシェアハウスなんだよね、と弘が軽く咳払《せきばら》いをした。

「男の住人じゃないか？　新しい入居者に興味っていうか、恋愛感情みたいなものを抱いて、君のことを知りたくなった。それで部屋に入って、いろいろ調べてるのかもしれない。変態ってことだって有り得る。言いたくはないけど、下着を盗むとか、君のベッドで妙なことをするとか……」

何も盗まれていない、と理佐は声を潜めた。

「下着でも何でも、盗まれているならむしろその方がいい。ただ見ているだけっていうか、探っているだけで、部屋が荒らされたわけでもない。具体的に何かしてるわけじゃないの。だから余計に怖くて……」

警察に相談しても無駄だろうな、と弘が言った。

「ぼくも何と言えばいいのかわからない。目的も不明だし、部屋には鍵をかけているわけだろ？　どうやって中に入ったんだ？　男に限らず、女性の住人だって鍵は持っていないんだよね？」

部屋の鍵はひとつしかない、と理佐は言った。

「不動産屋にスペアキーがあるって聞いてるけど……」

住人とは限らないかもしれない、と弘がつぶやいた。

「住人だとすれば、むしろ妙だ。他の部屋の人たちは、誰かが部屋に入ったとか、そんなことは言ってないんだろ？　まず考えられるのは、理佐の思い込みっていうか錯覚なんじゃないかってことだけど……」

絶対違う、と理佐はスマホを強く握った。わかってる、と弘がうなずく気配がした。

「君がそういうタイプじゃないのは、ぼくも知ってるつもりだ。だとすると、誰かが君の部屋に侵入したのは事実ってことになる。だけど、他の住人たちはそんな被害を受けていない。そうなると、住人じゃなくて、不動産屋の方が怪しくないか？　大家さんとか、その家の関係者の中に犯人がいるのかもしれない。犯人っていうと、犯罪みたいだけど」

ある種の犯罪だと思うという理佐のつぶやきに、それは何とも言えないと小さく弘が笑った。

「何か盗まれたわけでもないし、肉体的な被害があったわけでもない。犯罪とは言えないだろう。法に触れているとすれば不法侵入だけで、しかも証明できない。少なくとも今のところはね。だけど、君が怯える気持ちはわかるよ。いっそのこと、そこを出たらどうだ？」

それは考えた、と理佐はうなずいた。

「変な感じがする、長くここにいたくないって……だけど、今すぐってわけにはいかない。大学だってあるし、バイトも始めたばかりだよ？ 何より、お金のことがある。贅沢が言える身分じゃないし、親に負担をかけたくない。新しい部屋を借りるにしても、それなりに敷金とか礼金とかもかかるし……」

サニーハウスを出た方がいいと思っていたが、もったいないという気持ちも理佐の中にあった。

共有とはいえ、冷蔵庫や洗濯機など大型の電化製品も全部揃っている。テーブルやソファなどの家具、皿一枚、グラスひとつ取ってもそうだ。一人で部屋を借りるとなれば、そういう物もすべて自分で揃えなければならない。

しかも部屋は広く、ベッドやバスルーム、エアコンも完備している。地下にはシアったールーム、車も二台あり、広い庭にはバーベキュー用のスタンドや、プールまであった。

サニーハウスの建物自体、デザインもオシャレだ。夢の物件といっても、言い過ぎではない。

こんなところに住めるチャンスは二度とないとわかっていたし、引っ越すといっても決して簡単ではない。家賃も上がるだろうし、今の理佐にそこまでの経済的な余裕はなかった。

一度生活レベルを上げると、なかなか下げられないからな、と弘が鼻から息を吐く音がした。

「とにかく、今のところ実質的な被害はないんだよね？　気味が悪いっていうのはよくわかるし、ぼくならさっさとそこを出るけど、そんなわけにいかないっていうのはわからなくもない」

今日は二十一日だよね、と弘が話を続けた。

「明日の金曜は無理だけど、土日は空けられる。そこは友達を呼んでもいいんだろ？」

ハウスルールではＯＫになってると答えた理佐に、ぼくが行ってみようと弘が言った。

「何ができるかわからないけど、部屋を調べたり、何なら新しい鍵に付け替えてもいい。こう見えて、ＤＩＹは得意だからね。他の入居者とも話して、おかしな感じがする奴がいたら、理佐に言うよ。中にいると見えないことでも、外部の人間からだとわかることもある。どうかな？」

「そんな……悪いし……」

構わない、と弘が今度は大声で笑った。

「どっちにしたって、君と会うつもりだった。いろいろ話したいこともあるしね。大丈夫、泊めてくれとは言わないから」

わかった、と理佐はうなずいた。土曜の朝には長野を出ることができる、と弘が言った。

「後で、そこの住所をメールで送ってくれる？　それで行けると思う」

迎えにいくと言った理佐に、それもいいね、とまた弘が笑った。

「新潟出身の同級生が鎌倉で会うっていうのも、ドラマみたいだ。細かいことは、後で決めよう。大丈夫か？　眠れそう？」

ありがとう、と理佐は礼を言った。弘と話しているうちに、心が落ち着いてきたのがわかった。

それからしばらく他愛のない話をして、電話を切った。深夜十二時近くになっていた。

2

翌朝、七時に目が覚めた。シャワーも浴びずに寝てしまったが、久しぶりにぐっすり眠れたのは弘のおかげだろう。

大学へ行く準備を済ませてから、一階へ降りると、ちょうど羽佐間が出勤するところだった。

行ってらっしゃいと声をかけたが、羽佐間は気がつかなかったのか、振り向くことなく玄関を出て行った。ホワイトボードに目をやると、今日は少し遅くなる、とヨーコのメッセージが書いてあった。

レナとカズはいなかった。二人ともまだ寝ているのだろう。

グラノーラとヨーグルトでいつもの朝食を済ませ、そのままサニーハウスを後にした。いつもと同じ朝だった。

それは大学も変わらなかった。午前、午後と退屈な講義を受け、最後の英語のクラスで一緒になった友人と学食のキャフェテリアでお茶を飲み、サニーハウスに戻ったのは夕方五時だった。

「おかえり」

リビングのソファにだらしなく横になっていたカズが目をこすりながら言った。長い昼寝をしていたようだ。

「今日は？　バイトあるの？」

バッグを抱えたまま、ありませんと理佐は答えた。だったらメシ食いに行こうよ、とカズが起き上がった。

「今日さ、レナとランチ行く約束してたんだよ。だけど、あいつ全然起きてこなくてさ。ノックをしても返事はないし……そのうち降りてくるだろうと思って待ってたら、つい寝ちまったたってわけ。ああ、腹減った」

いいですよとうなずいて、着替えるために理佐は二階へ上がった。予定があるわけでもない。少し早いが、どうせ夕食は取らなければならなかった。

手早く外出の支度を済ませ、部屋を出た。鍵の確認をしていると、レナにも声かけてよ、と下からカズの声が聞こえた。

「まったく、寝過ぎだよ。赤ん坊じゃないんだからさ」

レナの部屋をノックしたが、返事はなかった。起きなよ、と何度か声をかけたが、それでも同じだ。

一階へ降りて、まだ寝てるみたいですと言うと、しょうがねえな、とカズが舌打ちした。

「いいさ、放っておこう。二人で行こうぜ。何食べたい？　オレ、バイト代入ってさ、ちょっと金あんのよ」

何も考えつかないまま、お任せしますと言うと、じゃあ鎌倉の駅まで出ようとカズがTシャツの上からパーカーを羽織った。

「登第楼《とうだいろう》って中華あるの知ってる？　前から行こうと思ってたんだ。餃子専門店でさ、五十種類ぐらいあるんだって」

いいですねとうなずくと、カズが貝殻の小物入れから車のキーを取り上げた。地下のガレージに降り、セダンに乗って二人で鎌倉駅を目指した。

明日、友達が来るんですと理佐は言った。狭い道を器用にハンドルを操作しながら降りていたカズが、大学の女の子か、と尋ねた。

「同じクラスの子？　カワイイ？」

残念でした、と理佐は高瀬弘のことを話した。何だよつまんねえ、とカズが唇を尖らせた。

「新潟の同級生か。しかも男？　やるじゃん、理佐ちゃん。もしかしてあれか、前に話してた奴？　付き合ってたとか、付き合ってないとか……」

ノーコメント、と答えたところで梶乃通りに出た。五時半なので、まだ辺りは明るかった。

「だけど、そいつは告《こく》ってきたんだろ？　ええと、あれだよね、理佐ちゃんが浪人することになったから、断わったって言ってなかったっけ？　一年以上前だろ？　そいつが新潟から鎌倉まで来るわけ？」

今は長野の大学に通ってるんですと言った理佐に、同じだよとカズが笑った。

「いいね、忘れられなかったんだとか、そういう話か。長野から鎌倉まで来るなんて、ずいぶん情熱的だよな。そいつも覚悟決めてるんじゃないの？」

さあ、と曖昧に理佐は微笑んだ。弘の中にそういう気持ちがあるのは、電話がかかってきた時から気づいていた。ただ、明日鎌倉へ来るのは、そのためではない。

今朝、ワタさんからＬＩＮＥがあったんだ、とカズがパーカーのポケットからスマホを取り出した。

「エミさんと二人で、北海道へ行くんだって。仕事も見つかったみたいだ。しばらく腰を据えて働いてみるよ、だってさ。らしくないよな、どうしてプロサーファー目指してた人が北海道なのよ」

仕事はどうしたんでしょうねと理佐は首を傾げた。エミは病院に勤務していたが、辞めたのだろうか。

北海道に行くんなら、辞めるしかないだろ、とカズが言った。

「手に職があるっていうのは強いよな。ナースだったら、どこでも働けるし、それなりに収入もいいだろうし……エミさんのためにも、ワタさんがちゃんと働いてくれることを祈るよ。あの人、結構ヒモ体質だからなあ」

みんな、いろいろあるんですねと言った理佐に、そりゃそうだよとカズがうなずいた。

「サニーハウスで一緒に暮らしてたって、結局は他人だからね。テレビのシェアハウス番組だと、みんなお互いのことを何でもさらけ出しているけど、あんなことあり得ないって、もう理佐ちゃんもわかっただろ？　誰だって、いろんなものを背負ってる。そんな気楽なもんじゃないよ」

カズにしては珍しくシリアスな声だった。何かあったんですかと尋ねると、オレだって悩みぐらいありますよ、といつもの軽い口調に戻った。

「理佐ちゃんだって、オレらに言ってないこともあるだろ？　別にいいんだ、そんなの。シェアハウスだ何だって浮かれてたって、結局いつかは出ていかなけりゃならない。いつまでも友達だよなんて言うけど、出て行った奴のことなんて、すぐ忘れちまう。人間なんてそんなもんさ」

カズさんらしくないですと言った理佐に、ちょっと疲れちゃってさ、とカズがため息をついた。

それからしばらく無言のままドライブが続き、車が鎌倉の駅に近づいたところで、店の場所ググってよ、とカズが言った。

「大体わかってるんだけど、店と駐車場がちょっと離れてるって聞いた。どの辺なのかな？」

スマホに登第楼、鎌倉とワードを入れると、検索結果がすぐに出た。通り過ぎちゃってます、と理佐は振り返った。

「二つ前の交差点を左に折れたところに、店があるみたいです。駐車場は通りを挟んだ反対側って書いてありますけど」

何だよ、と苦笑したカズが次の信号を左折した。Uターンすれば早いのだが、そうもいかない。

駅に近くなるにつれ、人が多くなっている。観光客なのか、十人ほどの中年女性グループが車道まではみ出していた。カズがアクセルから足を離した。

徐行のまま進んでいくと、目の前にあった五階建てのビルの一階に、HAWAIIAN PANCAKEというネオンが見えた。レナが言ってた店です、と理佐はカズの肩を叩いた。

「今度、一緒にここへ来ようって話してたんです」

最近できたばっかりの店だ、とカズがうなずいた。

「噂《うわさ》は聞いてる。一階から三階まで、全部パンケーキ店なんだよね？　女子の店だよなあ。ちょっとオレなんかは入れないけど、ふわとろパンケーキが美味しいって女友達が言ってた」

このビルにヨーコさんが働いてるデザイン会社があるそうです、と理佐はレナに聞いた話をした。そんなわけないじゃん、とカズが笑い声を立てた。

「このビルには何度か来たことがある。もともと、一階から三階まではカフェとかレストランが入ってたんだ。四階と五階はマンガ喫茶だよ。オフィスが入るようなビルじゃない」

「でも、レナはヨーコさんが入っていくのを見たって言ってましたけど」

マンキッに行ったんだよ、と道が空いたところでカズがアクセルを踏み直した。

「パンケーキの店ができるっていうんで、去年の冬から一階から三階までは改装工事をやってた。その間はクローズしてたから、ヨーコさんが行ったのはマンキッしかない。別にいいじゃん、仕事サボったって。マンガでも読んでたんじゃないの?」

ヨーコさんがそんなことするかなあ、と理佐は首を捻った。サボっていたかどうかは別として、マンガを読みふけるイメージが浮かばない。

そうかな、とカズがまた左折した。

「ヨーコさんって、そういう感じするけどね。何ていうか、ちょっとオタクっぽくないか?　それに、誰だってマンガぐらい読むだろ」

そうですね、と理佐はうなずいた。イメージなんて思い込みだからさ、とカズが言った。

「オレのこと、ただ軽いだけのバカ学生って思ってるだろ?　その通りなんだけど、それぱっかりでもないんだぜ。ヨーコさんは真面目に見えるけど、どこまでかって言われたらわかんない。恋愛なんてしません、みたいな澄ました顔してるけど、あの人のスマホ見たことある?　待ち受けの写真は男なんだ」

一度だけ見ました、と理佐は言った。一瞬のことだったので、髪の長い男だということしかわからなかったが、見られたと気づいた時、ヨーコが明らかに照れ隠しの笑みを浮かべていたのを覚えていた。

「羽佐間さんだってそうさ。仕事がつまんないとか、嫌だ辞めたいとか、そんなことしか言わないけど、あの人の責任でもあるんだぜ」

「責任？」

羽佐間さんはキートンに本社採用されたエリート社員なんだ、とカズが声を潜めた。

「キートンの子会社にいるオレの叔父《おじ》さんから聞いたんだけど、入社二年目に上司の奥さんと不倫したんだとさ。それで神奈川に異動になって、最後は鎌倉の営業所に飛ばされた。上司の奥さんと不倫って、バカじゃないかって思うよ。バレたらどうなるか、誰だってわかるだろ？　自業自得だよ。今度昇進するみたいだけど、同期と比べたら二年以上遅いって叔父さんが言ってた。本人的には、ようやくって感じなんじゃないかな」

だからあんなにいつも暗いんですねと言った理佐に、あれは性格だと思うよ、とカズが笑った。

「レナもいい感じの女子大生に見えるけど、あいつもいろいろ大変なんだ。両親が仲悪くて、別居してるらしい。外聞が悪いから、レナが大学を卒業するまでは離婚しないって決めてるみたいだけど、本人は複雑だよ。他人の顔色ばかり窺《うかが》ってるところ、あるだろ？　そうなるのも仕方ないよな」

登第楼、という白い看板が見えてきた。百メートルぐらい先に駐車場有りという小さな文字が書かれている。理佐はスマホに視線を落とした。

「あの……どうしてカズさんは、そんなにみんなのことに詳しいんですか？」

友達が多いからね、とカズが答えた。それで話は終わった。

3

そんなでもなかったな、と地下ガレージに車を入れながらカズが不満そうに言った。そうですね、と理佐はうなずいた。

登第楼は人気店で、六時前だというのに行列ができていた。三十分ほど待って、ようやく席に着いたが、床は油まみれだし、前の客がテーブルに残していた皿やコップもそのままだった。

何種類かの餃子を頼んだが、出てくるまで二十分以上かかったし、特に美味しいとも思えなかった。名物だという七色餃子は黒や青、紫まであり、食欲がなくなったほどだ。

口直しに店を出てから近くのカフェでお茶を飲み、ひとしきり登第楼の悪口を言うと、それで気は収まったが、期待外れな感じが残っていた。そんなでもなかったな、というカズの言葉には、うなずくしかなかった。

ガレージから一度外に出て、玄関に廻り、パスコードを押して中に入った。前はガレージから直接地下一階フロアに行けたが、電子ロックを作動させたため、それもできなくなっていた。

やっぱり不便だよな、とカズがドアを開けると、ヨーコと羽佐間が階段の下で話していた。

「どうしたんですか?」

レナちゃんと一緒じゃないのよね、とヨーコが顔を覗き込んだ。はい、と理佐は首を縦に振った。

「カズさんと二人で、ご飯を食べに行ってたんです。レナにも声をかけたんですけど、寝てるみたいだったんで……」

レナがどうしたんすかと言ったカズに、出てこないんだ、と羽佐間が二階を見上げた。

「おれが帰ったのは一時間ぐらい前で、ヨーコさんはそのすぐ後だった。九時半にはなってなかったと思う」

うなずいたヨーコが、今日、出張で熱海《あたみ》へ行ってたのと言った。

「思ってたより早く仕事が終わって、帰る時にお客さんから温泉饅頭《まんじゅう》をもらったのね。それで、みんなで食べようと思ったんだけど、あなたとカズくんは外へ食事に行くってホワイトボードに書いてあったから、とりあえずレナちゃんだけでもって思って、ドアをノックしたんだけど、全然返事がなくて……」

昨日の夜から、誰もレナを見ていない、と羽佐間が言った。

「正確には夕方からってことになるのか？　最後にレナと話したのは理佐ちゃんだ。そうだね？」

最後って、と理佐は思わず手を振った。

「夕方まで、二人で話しました。あたしはレポートの課題があったんで部屋に戻って、レナはちょっと寝るって言ってましたけど……」

昨日、あたしが帰ってきた時、そう言ってたよね、とヨーコが不安そうな表情を浮かべた。

「夕食も取らないで寝てるんだって思ったけど、誰だってそういうことはある。でも、今朝もレナちゃんを見てないでしょ？」

寝てるだけですよと言ったカズに、朝、誰もレナを見ていないのは確かだ、と羽佐間が顔をしかめた。

「おれとヨーコさんは会社へ行ってたし、理佐ちゃんも大学だったんだよね？　そんなに時間があったわけじゃないし、おれがここを出る時、他のみんなは起きてなかった。だから、誰もレナと会ってないのは当然といえば当然なんだけど……お前は何をしてた？」

視線を向けられたカズが、昼まで寝てましたよと答えた。

「今日、レナとランチ行く約束してたんですけど、部屋は鍵がかかってたし、ノックしても出てこないし、電話しても出ないいし、何してんだろうなって思いながらリビングでテレビ見てたら、オレもいつの間にか寝ちゃって……」

あなたはどうなのとヨーコに聞かれて、五時に大学から戻りましたと理佐は答えた。

「あたしが帰ってきた時、カズさんはソファで寝てました。レナを待ってたら、うたた寝しちゃったよみたいな話になって、ランチを食べられなかったから、一緒に夜ご飯に行こうって誘われたんです。レナにも声をかけたんですけど、返事がなかったから、そのまま二人で出掛けて……」

何か妙な感じがする、と羽佐間が腕を組んだ。

「丸一日以上、誰もレナを見ていない。さっきからヨーコさんが何度か電話をしてるけど、それにも出ない。もちろん部屋にも行ったけど、鍵がかかっていて中に入れなかった。熟睡してるだけなのかもしれないが、それにしても長すぎると思わないか？　三十時間だぞ？　どうするか、二人で相談してたんだ」

風邪《かぜ》とかひいて、倒れてるんじゃないかと思うの、とヨーコが言った。

「高熱を出してるとか、そういうことなのかもしれない。ベッドならともかく、お風呂だったら大変なことになる。不動産屋にも電話したんだけど、この時間だから誰も出ないし、無理にでも部屋に入った方がいいんじゃないかって……」

確かめてみましょうよ、とカズがスニーカーを脱ぎ捨てて、階段を駆け上がった。

羽佐間、そしてヨーコが後に続く。理佐は取り出したスマホでレナの番号をタップした。

「おい、レナ！」ドアを強く叩いたカズが怒鳴った。「どうした、寝てんのか？」

大丈夫なの、とヨーコが声をかけている。出ません、と理佐はスマホを耳から離した。

中から音がしてる、とカズが言った。レナのスマホの呼び出し音だ。

手伝ってくれ、と羽佐間がドアノブを回した。

「そんなに頑丈なドアじゃない。おれとカズなら開けられる」

羽佐間とカズが、代わる代わるドアノブを蹴り始めた。最後にカズが肩からぶつかると、ドアに隙間ができた。二人が勢いをつけて突進すると、鈍い音がしてドアが外れた。

理佐は倒れていた羽佐間とカズに手を貸し、助け起こした。ベッドの上で、パジャマ姿のレナが仰向けになっている。顔色は青白く、息をしていないのがわかった。

「レナ！」

駆け寄ったヨーコが肩を揺さぶった。待て、と立ち上がった羽佐間が止めた。

「動かさない方がいい。理佐ちゃん、救急に電話してくれ。いったい何があったんだ？」

レナの名前を呼びながら、ヨーコが手首に触れ、胸に直接耳を当てた。しばらくそうしていたが、無言のまま離れた。
冷たくなってる、とすすり泣く声を聞きながら、理佐は震える指で119を押した。

4

十五分ほどで到着した救急車から降りてきた救急隊員が、レナの死亡を確認した。死後、二十四時間以上が経過しているという。理佐たち四人は、ただ見ているしかなかった。

レナの遺体を病院へ搬送するのだろうと思っていたが、救急隊員たちはそれ以上何もしなかった。三十分ほど待っていると、パトカーのサイレン音が聞こえてきた。

二人の男が二階へ上がってきた。背の低い中年男が加西《かさい》と名乗り、もう一人の若い男が石山《いしやま》ですと警察手帳を提示した。二人とも西鎌倉署の刑事だった。

その場で二人が羽佐間とカズに事情聴取を始めた。理佐とヨーコは一階へ降り、待機していた市川《いちかわ》という女性刑事に詳しい事情を聞かれた。二人ずつに分けたのは、証言に食い違いがないか確かめる必要があるためだろう。

市川が理佐とヨーコに、レナの死は変死扱いになると説明した。

「死亡原因が明確になるまで、現場をそのままにしておかなければなりません」

同情するように言った市川に、レナの死体を発見するまでの経緯を聞かれて、理佐はヨーコと共にできるだけ詳しく状況を話した。

昨日の夕方、部屋に戻ったのを最後に、誰もレナの姿を見ていないこと、シェアハウスの特性として、必要以上に他の住人に干渉しないというルールがあるため、それほど気に留めていなかったことも正直に言った。

最後に太田麗奈さんと話したのはあなたですね、と市川が理佐に顔を向けた。

「何か不審な様子、あるいは印象に残っていることはありませんか？」

特に何も、と理佐は首を振った。

「世間話レベルのことしか話してませんでしたし、レナがちょっと寝てくると部屋に戻ったのも、不思議には思いませんでした。夕方でしたけど、大学生は誰でもある程度生活が不規則になっているので……」

わかりますよ、と市川が微笑んだ。

「私も覚えがあります。眠くなった時に寝るのは、大学生の特権ですよね……その後、夕食の時も降りてこなかったけれど、あなたは寝ているからだと考え、特に何も思わなかったわけですね？」

そうです、と理佐はうなずいた。その後について、理佐もヨーコも知っていることは何もなかった。

レナが朝食の時間になっても姿を見せなかったのは気づいていたが、気にならなかったというのが正直なところだ。

もともと、サニーハウスに朝食の時間はない。それぞれの習慣があり、朝食を食べるかどうかさえ、本人次第だった。

「あなたがこのシェアハウスに戻ってきたのは、今日の九時半前ですね？」時計に目をやった市川がヨーコに確認を取った。「おみやげがあったので、一緒に食べようと太田さんの部屋をノックしたけれど、返事はなかった。鍵もかかっていた。寝てると思って電話をかけたけど、それにも出なかった」

はい、とヨーコがうなずいた。

「ここをシェアしている羽佐間さんと話していたら、ちょっとおかしいんじゃないかと彼が言い出して……昨日の夕方から今朝まで、レナちゃんが部屋から出ていないのは、寝ているにしても長過ぎるだろうって。もしかしたら病気かもしれないし、部屋で倒れていたらと思うと、無理にでも中へ入った方がいいんじゃないかと相談していたんです。そこへ理佐ちゃんともう一人、中田くんという大学生が帰ってきたので、全員でレナちゃんの部屋へ行きました。そうしたら……」

市川、という声がして、階段を石山が降りてきた。二階の廊下で、救急隊員が担架を準備しているのが下から見えた。

石山が市川の耳元で何か囁いた。アナフィラキシー、という単語がかすかに聞こえた。

その後ろで、担架を支えた二人の救急隊員が階段からレナの遺体を外へ運び出そうとしていた。加西に促されるようにして、羽佐間とカズも降りてきた。

「申し訳ありませんが、今から鑑識が入って、太田さんの部屋を調べます」それほど時間はかかりません、と加西が言った。「今、十一時か……長くても三時間ほどでしょう。亡くなられた女性の部屋は二階と伺いましたが、終わるまで上がらないでください。事件性はないと思いますが、念のためです」

いったいどういうことなんですか、とヨーコが加西の腕を摑んだ。

「レナちゃんは、どうしてあんなことに？」

しばらく口をつぐんでいた加西が、横に目をやった。ぼくから説明しましょう、と石山が口を開いた。

「確定したわけではありませんが、太田さんは蜂に刺され、アナフィラキシーショックを起こしたと考えられます。彼女の死因はそれです」

「アナフィラキシーショック？　それって何ですか？」

大声を上げたカズに、一種のアレルギー反応ですと石山が答えた。

「おそらくですが、太田さんは過去にスズメバチ、もしくはアシナガバチに刺されたことがあったと思われます。その場合、体内に抗体ができるんですが、二度目に刺されると、蜂毒に対して強い拒否反応が現われ、死に至ることがあります。それがアナフィラキシーショックで、個人差があり、太田さんはその症状が激しかったんでしょう。不運としか言いようがありません」

彼女の部屋の窓がこれぐらい開いていましてね、と加西が親指と人差し指で五センチほどの間隔を作った。

「外が暗いので、はっきりは見えませんでしたが、庭は広いようですね。周囲は雑木林ですから、どこかにスズメバチが巣を作っていたんでしょう。その中の一匹が太田さんの部屋に入り込み、彼女を刺した。そういうことだと思われます。確認したところ、梅雨明けの時期からスズメバチの行動は活発になるそうです。過去にも、鎌倉市内で同様の事件が何件か起きています。九月、十月が多いんですが、六月でも不思議じゃありません」

そういえば、とヨーコがつぶやいた。

「大学に入る前、お母さんと行った軽井沢で、大きな蜂に刺されたことがあったと話していました。手がグローブみたいに腫れ上がって大変だったとか、そんな話でしたけど……」

やはりそうですか、と石山がうなずいた。

「ただ、詳しいことはまだわかっていません。アナフィラキシーショックのために死亡したというのは、可能性が高いというだけの話で、それ以上は医師でなければ判断できないんです。首の辺りに小さな刺し傷があったのは、ぼくも加西も確認していますから、十中八、九間違いないと思うんですが……」

開いたままになっている玄関から、濃紺のジャンパーを着た数人の男たちが入ってきた。二階だ、と加西が指示した。

　自分でも気づかないうちに、理佐は泣いていた。大丈夫よ、とヨーコが肩を抱いた。

5

　加西が言っていた通り、三時間後の深夜二時過ぎ、鑑識員たちが降りてきた。不審な点はなかったと報告している声が、理佐にも聞こえた。

　太田さんの実家には、私の方から連絡済みです、と最後に残った市川が言った。

「連絡が取れたのはお母様で、ご主人と一緒に病院へ向かうとおっしゃっていました。市内の溝池《みぞいけ》総合病院です。東京にお住まいだそうですが、車でしたら二、三時間で到着すると思います。その頃には死因も明確になっているでしょう。皆さんもショックだと思いますが、事件性はないと考えていただいて結構です」

　気を落とさずに、と一礼した市川が出て行った。マジかよ、とカズがソファに座り込んだ。

「蜂に刺されて死んだ？　そんなことあんのかよ」

　聞いたことがある、と羽佐間が隣に腰を下ろした。

「年間、約十人がアナフィラキシーショックで死亡すると、テレビの情報番組でやっていたよ。二度目だからということではなく、一度目でも死ぬ危険性があるとか何とか……それにしても、この辺にスズメバチがいるとは思わなかったな」

いてもおかしくない、とヨーコが首を振った。

「サニーハウスは丘の上の一軒家で、周りは雑木林よ。考えたこともなかったけど、スズメバチが巣を作っていたのね」

シャレになんないっすよ、とカズが肩を落とした。

「大家も不動産屋も、そんなことひと言も言ってなかったじゃないですか。危ない場所だってわかってたら、こんなところに住まないですよ」

あたしだって聞いてない、とヨーコが言った。

「大家さんも知らなかったんだと思う。サニーハウスを建てた時は、スズメバチがいなかったのかもしれないし……」

とにかく落ち着こう、と羽佐間が顔を上げた。

「おれたちが騒いだって、何がどうなるわけでもない。おれとカズはまだいいが、ヨーコさん、理佐ちゃん、大丈夫か？　こんなことを言ったら不謹慎かもしれないが、レナちゃんは自分の部屋で亡くなった。彼女の部屋は二人の部屋の向かいだ。気味が悪いと思っても無理はない。ここでもいいし、地下のシアタールームでもラウンジでも、今日のところはそっちで休んだらどうだ？」

怖いとか、そんなことはないけど、とヨーコが苦笑した。

「自殺したんだったら嫌だけど、病死ってことでしょ？　理佐ちゃんはどう？　やっぱり怖い？」

　今夜はここのソファで寝ます、と理佐は言った。

「ちょっとだけ休んで、朝になったら病院へ行かないと……レナがかわいそうだし、ご両親も驚いていると思うんです。どうしてレナが亡くなったのか、詳しい話も知りたいですし」

　明日は土曜だと言った羽佐間が、もう今日かと言い直した。

「おれも病院へ行くよ。溝池総合病院って言ってたよな？　三、四時間は眠れるだろう。カズ、お前も寝ておいた方がいい。行くだろ？」

　そりゃ行きますよ、とカズが目をこすった。

「ひどすぎるよな、蜂に刺されて死ぬなんて……鈴木もそうだったけど、レナもついてないよ。いったいどうなってるんだ？」

　落ち着け、と羽佐間がカズの背中を軽く叩いた。毛布を取ってきます、と理佐は階段を上がっていった。

　気のせいだとわかっているが、何となく空気が冷たく感じられた。心なしか、廊下も暗く見える。

「理佐ちゃん」

　背後からの声に、小さな悲鳴を上げて振り向いた。止めてよ、と立っていたヨーコが苦笑を浮かべた。

「やっぱり、あたしも一階で寝ようと思って……怖いわけじゃないけど、何となくね」

理佐は自分の部屋に入り、枕と毛布だけを取って廊下に戻った。レナの部屋のドアは閉められていたが、前に入ったことがあったので、中の様子はわかっている。レイアウトは理佐の部屋と同じだ。窓が数センチ開いていたと加西が言っていたが、ベッド側の窓のことだろう。

「どうしたの？」

毛布を抱えて部屋から出てきたヨーコが声をかけた。どうしてレナは窓を開けて寝ていたのかなって思ったんです、と理佐は階段を降りながら言った。

「あたしたちが部屋に戻ったのは、昨日……正確に言えば一昨日の夕方なんですけど、午後四時過ぎでした。五時になってはいなかったと思います。そんなに暑くもなかったのに、何で窓を開けたのかなって」

「空気を入れ替えたかったんじゃない？」

かもしれませんね、と理佐はうなずいた。レナがどういうつもりで窓を開けたのかは、誰にもわかるはずがない。

六月後半で、カレンダー上は夏だが、一昨日は過ごしやすい日だった。換気のために窓を開けたというのはわからなくもないが、蜂が室内に入ってきたという以上、網戸も開けていたのだろう。せめて網戸だけでも閉めておけば、こんなことにはならなかったのに、と思った。

網戸を開けていたことで、自分が死ぬとはレナも考えていなかったはずだ。何気なくしたことが、重大な結果を招く場合があるが、今回の件もそういうことなのかもしれなかった。

二人が降りてきたのを確かめた羽佐間が、カズの背中を手で押すようにして、自分たちの部屋に戻っていった。

二つあるソファのひとつに体を横たえて、理佐は頭から毛布をかぶった。レナの明るい笑顔が頭にちらついて、いつまでも寝付けなかった。

6

体を起こすと、ヨーコがキッチンでコーヒーをいれているのが見えた。

「理佐ちゃんも飲む？」

すいません、とソファから離れた。時計を見ると、朝七時だった。二時間ほど寝たことになる。

一度部屋に戻り、顔を洗ってから服を着替えた。喪服は持っていないから、なるべく黒っぽい服を選んだが、鈴木が死んだ時も同じ服を着たのを思い出して、気分が暗くなった。

リビングへ降りると、そこにヨーコはいなかった。自分と同じように着替えやメイクをするため、部屋へ戻ったのだろう。

ポットからコーヒーをカップに注ぎ、ひと口飲んだ。苦かったが、そのせいで目が覚めた。

「おはよう」

羽佐間とカズが入ってきた。羽佐間は黒いスーツ、カズは暗褐色のジャケットを着ている。

会話がないまま、三人でコーヒーを飲んだ。ベランダに出たカズが、雨が降ってると言った時、ヨーコが降りてきた。

七時半か、と羽佐間が腕時計に目をやった。

「本降りか?」

今はまだ、とベランダのカズが言った。

「でも、空は真っ暗です。天気予報でも、今日はずっと雨だって言ってましたね」

病院へ行きましょう、とヨーコが囁いた。

「時間を指定されたわけじゃないけど、昨日女の刑事さんが言っていたように、レナのご両親はもう鎌倉に着いているはず。あたしたちに聞きたいこともあるんじゃないかな。どうしてレナが死んだのか、それもはっきりするだろうって言ってたし」

おれが運転するよ、と羽佐間がワゴン車のキーを取り上げた。その後に続き、地下のガレージに降りた。パスワードで電子ロックを解除し、そのまま外へ出た。

「病院の場所は知ってるの？」

助手席に座ったヨーコが聞くと、うちの取引先なんだ、と羽佐間が答えた。会話はそれだけだった。

溝池総合病院はサニーハウスがある梶乃町から、鎌倉駅を越えて十分ほどの板倉町《いたくら》にある。着いたのは八時過ぎだったが、その頃には雨足が強くなっていた。

受付で太田麗奈の名前を言うと、地下の霊安室ですと教えられた。階段に向かうと、そこに市川と加西が立っていた。

気づいた市川が、早かったですねと言った。何と答えていいのかわからないまま、理佐は他の三人と並んで頭を下げた。

先に署に戻る、と加西がその場を離れた。太田麗奈さんは霊安室に安置されています、と市川が説明した。

「ご両親は今朝五時過ぎ、こちらに着いています。加西の方から状況を説明しました。お二人ともショックを受けておられて、わたしたちもまだ詳しい話は聞いていませんが、高校三年生の夏に、麗奈さんが軽井沢で蜂に刺されたことがあるという事実は確認できました」

「では、彼女の死因はアナフィラキシーショックということですか？」

羽佐間の問いに、医師の所見も同じですと市川がうなずいた。

「警察の立場から申し上げますと、変死でも病死でもなく、事故死ということになります。不運な事故ですが、毎年必ずと言っていいほど例はあり、レアケースというわけではありません。シェアハウスで一緒に暮らしていた太田さんが亡くなられてお辛いとは思いますが、お悔やみ申し上げますとしか……」

カズが平手で壁を叩いた。その肩が震えていた。

レナちゃんと会えますかと尋ねたヨーコに、ご両親の了解があればと市川が答えた。

「今、お二人とも霊安室におられますので、確認してみます。とりあえず、下へ降りましょう」

市川について階段を降りていくと、男が怒鳴っている声が聞こえた。落ち着いてください、となだめている声に聞き覚えがあった。昨日の石山という若い刑事だ。

「何を言ってる！　娘が死んだんだぞ！　落ち着いていられるか！」

階段を降りた先に、暗い廊下が続いていた。二人の男が言い争っている。後ろで顔を両手で覆って泣いている中年女性は、レナの母親だろう。

「そんな馬鹿な話があるか？　麗奈はまだ大学生なんだ。赤ん坊ならともかく、蜂に刺されて死ぬなんておかしいだろ！」

冷静に、と石山が父親の腕を押さえた。

「医師から説明を受けたはずです。お嬢さんの死因は蜂毒による急性アレルギー反応、いわゆるアナフィラキシーショックによるものです。間違いない事実で、大変痛ましいことだとは思いますが、これは事故なんです」

よくそんなことが言えるな、と父親が石山の肩を突いた。

「蜂に刺されて死にました、事故死だから警察に責任はありません、そう言いたいのか？」

無言で石山が床に視線を落とした。答えようがないのだろう。

前にレナから聞いていたが、父親は一流企業の部長だという。常識ある社会人のはずだが、やり場のない怒りをぶつける相手がいないため、感情的になっているようだ。

「警察の責任じゃなきゃ、誰の責任だ？」父親が石山に指を突き付けて叫んだ。「確かに、あの子は高三の夏に母親と軽井沢へ旅行に行って、そこで蜂に刺された。それは私もはっきり覚えている。医者からも、次に刺されるようなことがあれば、危険な状態になるかもしれないと説明があった」

うなずいた石山に、だからあの子は気をつけてたんだ、と父親がまた怒鳴った。

「蜂に刺されたのは、麗奈の責任じゃない。それなら、いったい誰の責任だ？」

誰の責任でもないんです、と石山が首を振った。向き直った父親が、お前のせいだと喚《わめ》いた。

泣いていた母親が、どうしてあたしなのよ、と濃い化粧を施した顔を向けた。お前の管理責任だ、と父親が壁を強く蹴った。

「麗奈はお前と暮らしてたんだぞ？　軽井沢へ行ったのだって、お前が行きたいと言ったからじゃないか。お前が麗奈を殺したも同然だ！」

失礼ですが、と間に入った石山が二人を分けた。

「それは違うと思います。別居されていたと聞いていますが、お嬢さんはお母さんと暮らすことを、自分の意志で選んだわけですね？」

そうだよ、と父親が口を尖らせた。どこへ旅行に行かれたにしても、それは本人の意志ですと石山が言った。

「旅先で蜂に刺されたのは不運でしたが、それが母親の責任だとおっしゃるのは筋が違うでしょう」

溢れていた涙を拭ったレナの母親が、不意に振り向いた。化粧が半分剝げかかっている。

形相の凄《すさ》まじさに、理佐は思わず顔を伏せた。君たちがうちの娘と一緒に暮らしていたのか、と父親が尋ねた。

「あれか、シェアハウスというそうだな」

そうですとうなずいた羽佐間に歩み寄った父親が、いったい君たちは何をしてたんだと怒鳴った。

「事情はそこの女刑事から聞いた。麗奈は丸一日、いや、それ以上長い時間、部屋から出てこなかったそうだが、本当なのか？」

シェアハウスでは本人の自由意志が尊重されます、と羽佐間が口を開いた。

「ひとつ屋根の下に暮らしていますが、昔の学生寮とは違います。部屋から出てくるのも、籠もっているのも、本人の自由です。いちいち声をかけたりはしません。誰とも話したくない日もあります。それは本人にしかわからないことで、ぼくたちも一日中自分の部屋にいることがあるんです」

心配じゃなかったのか、と父親が羽佐間のスーツの袖を掴んだ。

「せめてひと声かけるぐらいの気配りがあるべきなんじゃないか？　あの子が最初に蜂に刺された時、医者から詳しい説明を受けた。二度目に刺されたとしても、すぐに適切な処置を施せば死ぬようなことはないと言われた。君たちが気づいていれば、娘は助かったかもしれないんだぞ！」

お気持ちはわかりますが、とヨーコが一歩前に出た。

「レナちゃんのこと、心からお悔やみ申し上げます。ですが、わたしたちは彼女の保護者ではありません。彼女は二十歳の大人で、何をしているか見張ることはできませんし、その義務もないんです。誰にも、どうすることもできない事故だったとわたしは思っています」

訴えてやるからな、と父親がまた壁を革靴で蹴った。

「警察なのか君たちなのか、シェアハウスの管理会社なのか、そこはわからんが、絶対に責任を取らせる……麗奈を、麗奈を返してくれ！」

泣き崩れた父親の肩に、石山が手を置いた。

「私にも子供がいます。まだ一歳ですが、あなたの気持ちはわかるつもりです。ただ、今はお嬢さんの冥福を祈るべきだと思いませんか？　お嬢さんは霊安室で眠っておられます。あなたが悲しめば悲しむほど、本人も辛くなるでしょう」

支えるようにして父親を立たせた石山が、階段を上がっていった。市川が母親と共にその後に続いた。

大丈夫ですかと言ったカズに、おれだってお父さんの気持ちはわからなくもない、と羽佐間が手を振った。

「娘を亡くした両親の悲しみは、想像がつく。八つ当たりでも何でも、誰かに怒りや悲しみの感情をぶつけたいだろう。何を言われても、耐えるしかないんだ」

責任を取れと言われても困るけど、とヨーコが苦笑した。オレらにはどうしようもなかったんですからね、とカズがうなずいた。

その通りだとわかっていたが、理佐の心中は複雑だった。後悔に近い思いがある。

レナが蜂に刺されたのは、おそらく自分と別れて部屋に戻った直後だったのだろう。あの後、課題のレポートをまとめていたが、夜七時頃、夕食の準備をするためにリビングへ降りた。

その時、レナに声をかけたが、返事はなかった。寝ているのだろうと思い、それ以上何もしなかったが、あの時異常に気づいていれば、レナを救えたかもしれない。

考えていることがわかったのか、理佐ちゃんの責任じゃないから、とヨーコが首を振った。

「悩んだりしないで。辛かったら、あたしに言えばいい」

うなずいた理佐のバッグから、着信音が漏れた。スマホを取り出すと、画面に高瀬弘の名前があった。

「もしもし、理佐？　今から新幹線に乗るところだ。東京に着くのは、十時過ぎになるだろう。鎌倉駅に着いたら、また連絡するから――」

今日、弘が鎌倉へ来ることになっていたのを、すっかり忘れていた。駅で待ち合わせする約束だったが、それどころではない。

廊下の奥へ小走りで進んで、小声で何が起きたかを説明した。黙って聞いていた弘が、とにかくそっちへ行くと言った。

「会って話した方がいい。後で連絡する」

通話が切れた。弘の声に潜んでいた怯えを感じて、手が震え始めていた。

振り向くと、三人が見つめていた。どうしていいのかわからないまま、理佐はスマホをバッグにしまった。

第八章　調査

1

それからしばらく病院にいたが、理佐たちはレナとシェアハウスしていただけの関係で、それ以上ではなかった。親しくしていたが、いつまでも付き添っているわけにはいかない。

十一時過ぎ、レナの両親に挨拶を済ませ、車でサニーハウスへ戻った。

車内で会話はほとんどなかった。ハンドルを握っている羽佐間、助手席のヨーコ、いつもはお喋りなカズも口をつぐんでいる。

理佐も何も話さなかった。同じ歳のレナの死に、誰よりもショックを受けていた。

サニーハウスへ続く坂道に車が入った時、ようやくヨーコが口を開いた。

「レナちゃん、いい子だったよね」

信じられないっすよ、とカズが呻いた。

「性格もよかったし、明るくて、素直だったじゃないですか。そんな、蜂に刺されたぐらいで死ぬなんて……」

　事故だからな、と羽佐間が慎重にハンドルを傾けた。

「彼女が前に蜂に刺されたことがあったなんて、知らなかった。本人だって、まさかこんなことになるとは思ってもいなかっただろう。アナフィラキシーショックと言われても、正直言って知識はほとんどない。もし聞いていたとしても、どう対処していいかわからなかっただろうな」

　あたしは聞いてた、とヨーコが目元を押さえた。

「あの子、笑い話みたいに言ってたし、あたしも深刻に受け止めなかった。レナちゃんが部屋から出てこないってわかった時、それを思い出していたら、もしかしたら死なずに済んだかもしれないって……」

　それはヨーコさんのせいじゃないっすよ、とカズが慰めるように後ろから肩を叩いた。

「そこまで気は使えないっていうか、部屋に入っていくわけにもいかないでしょ？　鍵もかかってたんだし、お互いのことを見張ってるわけでもないんだから、寝てるんだぐらいにしか思わないですよ。そこは仕方ないんじゃないすかね」

　カズの言う通りだ、と羽佐間がサニーハウスの地下駐車場に車を入れた。

「シェアハウスはどこだってそうだろう。プライバシーを守ることが最優先だから、誰かが部屋で倒れていたとしても、どうすることもできない。レナは不運だった。リビングや共有スペースで蜂に刺されて意識を失っていたら、誰かが見つけて応急処置をするなり、救急車を呼ぶことだってできたかもしれないが、部屋の中だとどうしても発見は遅くなる」

何で蜂はレナちゃんの部屋に入ったんだろう、とヨーコがため息をついた。

「あたしたちの誰かが刺されたんなら、もちろん大騒ぎになっただろうけど、それだけのことで終わったはず。そうでしょ?」

エンジンを切った羽佐間が、中に入ろうと車のドアを開けた。電子ロックがかかっているため、一度ガレージから外に出て、玄関に廻った。

小雨が降る中、速足で玄関のドア前に立った時、理佐のスマホが鳴った。高瀬弘、と着信表示があった。

決めていた予定では、弘と鎌倉駅で待ち合わせ、そのままファミリーレストランで話すことにしていたが、突然のレナの死に、それはできなくなっていた。

ゴメンと謝ると、そんなことはいいんだと弘が言った。

「仕方ないよ、会うのは明日でいい。ぼくは予約しているビジネスホテルに泊まる。ただ、詳しい話を今のうちに聞いておきたい。シェアハウスの女子大生が死んだ、とさっき言ってただろ?　何があったんだ?」

病院にいた時はレナの両親や刑事がいたこともあって、状況を詳しく説明することができなかった。ちょっと待って、と二階の自分の部屋に入ってドアを閉めた。

「中途半端な説明しかできなかったけど、結局レナの死は事故死だったの」

デスクに座って、辺りを見回した。違和感はなかった。

「レナっていうのは、前に話してた君と同じ歳の女子大生だね？　事故死っていうけど、シェアハウスで何があった？」

理佐はレナの死因であるアナフィラキシーショックについて、わかっていることをすべて話した。聞いたことがある、と弘がうなずく気配がした。

「不運な偶然による事故死ってことか……二カ月半ぐらい前に、そこの住人がやっぱり事故で死んでるんだろ？　確かレスリングをやっていた男で、名前は何て言ったっけ？」

「鈴木さん」

大学のレスリング部の部室でウエイトトレーニングをしていた鈴木が手を滑らせて、持ち上げていたバーベルのシャフトが喉を直撃して死亡した、と理佐は先日の電話で話していた。

おかしいと思わないか、と弘が言った。

「こんな短期間に、同じシェアハウスの住人が二人事故死している。そんな偶然があるなんて考えられない」

でも、鈴木さんもレナも事故死って警察は判断している、と理佐は首を振った。

「医者も同じ意見だって……あたしたちは同じ家をシェアしているから、警察に詳しい事情を聞かれたし、逆に説明もされた。二人の死はどちらも事故死として処理されている。それは本当なの」

弘が黙り込んだ。何か考えているのだろう。電車の走行音が聞こえた。

「いずれにしても、明日そっちへ行くよ」何かが変だ、と弘が言った。「直感だけど、すぐにでもそこを出た方がいい。単純に縁起が悪いって思わないか？　八人が住んでいたシェアハウスで、二人が死んでいる。四分の一、二五パーセントだよ。そんなところにいたって、いいことなんかひとつもない。気味が悪いじゃないか」

あたしも出るつもり、と理佐はうなずいた。

「事故死って言っても、人が死んだことに変わりはない。幽霊が出るとか、そんなふうには思ってないけど、やっぱり怖い。もう新しい部屋を探し始めているし、条件さえ合えばすぐにでも引っ越したいぐらい」

その方がいい、と弘が大きなくしゃみをした。

「明日、何時に行けばいいかな」

「九時でもいい？　早いのはわかってるけど……」

そっちがよければ何時でも構わない、とまた弘がくしゃみをした。

「住所はわかってる。九時には着くようにするよ。ぼくも早く理佐の顔が見たいしね。そっちで話そう」

じゃあ、と弘が通話を切った。理佐はスマホをデスクに置いて、ため息をついた。

2

夜になり、ベッドに入ったが、うまく眠ることはできなかった。レナは同じ年齢で、サニーハウスの中では誰よりも仲が良かった。鈴木の死とは意味合いが違う。

二時間ほど微睡《まどろ》んだだけで、朝の七時前に起き出し、シャワーを浴びて着替えた。日曜だが、パジャマのままというわけにはいかない。

一階のリビングへ降りると、ヨーコ、羽佐間、カズが座っていた。三人とも寝不足のようだ。

一年以上同じシェアハウスに暮らしていたのだから、理佐とは違う思いがあるのだろう。

「眠れた？」

声をかけたヨーコに、あんまりとだけ答えて、冷蔵庫の扉を開けた。食欲はない。買い置きのヨーグルトとカップに注いだ牛乳を持って、空いていた席に座った。

みんな同じだよ、とカズが左右に首を向けた。

「理佐ちゃんもわかってるだろうけど、シェアハウスだからって、オレたちはべたべたした関係じゃなかった。だけど、一年もひとつ屋根の下に暮らしてたんだぜ。それなりに思い出だってある。いろいろ考えちゃうよ」

友達が来るって言ってたよな、と羽佐間が顔を上げた。

「何時頃？　彼氏だってカズが言ってたけど……」

九時に来ます、と理佐は答えた。

「彼氏ってわけじゃありません。同じ高校に通っていただけで、別にそんな……」

照れることないだろ、とカズが笑った。

「卒業する時に、告白してきた男なんだろ？　今は長野の大学に通ってるんだっけ。鎌倉まで会いにくるんだから、まだ理佐ちゃんのことを好きなんだよ。彼氏じゃないっていうんじゃ、ちょっとかわいそうだ」

そういうんじゃないんです、とつぶやいて理佐はヨーグルトを口に押し込んだ。

誰がどう考えても、カズの言う通りだ。弘は今も自分に好意を持っているし、自分も弘に対して気持ちがある。

ただ、付き合っていたわけではない。彼氏、と言われるのは違和感があった。

九時か、と羽佐間が時計を見た。

「あと一時間か……挨拶ぐらいしておきたいな。邪魔はしないよ。顔だけ見たら、部屋に引っ込むから」

あたしは話してみたい、とヨーコが微笑んだ。

「興味があるっていったら、ちょっと軽薄な感じだけど、どんな人か知りたいっていていうか」

オレも、とカズが右手を上げた。

「わかってますって、無粋なことはしないよ。だけどさ、顔ぐらい見たいし、少しは話もしたいさ。別におかしなことじゃないだろ」

答えずに牛乳を飲み干した。顔だけ見て、後はごゆっくりというのでは、弘もやりにくいだろう。何があるというわけではないから、話をするのは常識の範囲内だ。

それほど待つことはなく、八時半を廻った時、チャイムが鳴った。玄関のドアを開けた理佐の前に、高校の頃より少しだけ大人っぽくなった高瀬弘が立っていた。

紺のジャケットにワイシャツ、グレーのスラックス、ネクタイはしていない。

久しぶり、と照れたように笑った弘を招き入れ、リビングに通した。

ヨーコと羽佐間、そしてカズが好奇心に満ちた目で見ている。弘を三人に紹介すると、ウエルカム・トゥー・サニーハウス、と少しおどけた調子でカズが言った。

「藤崎の高校のクラスメイトで、高瀬といいます。ちょっとその……凄いシェアハウスで暮らしてるって聞いて、後学のために見学させてもらおうと――」

固いこと言うなよ、とカズが弘を座らせた。

「何も言うな、気持ちはわかってる。どうする、何か飲むか？　こんな朝早くから訪ねてくるなんて、よっぽど言いたいことがあるんだろ。景気づけにビールでもどうだ？」

「迷わなかった？」カズの軽口をヨーコが遮った。「サニーハウスはわかりにくい場所にあるから、大丈夫かなって思ってたの。もしかしたら、迎えに行った方が良かったかもって」

住所を彼女に聞いてましたから、と弘が理佐を指さした。

「道がわからなくなると困るんで、その分早く出たんですけど、意外と簡単に着いちゃって……すいません、日曜の朝早くに。ご迷惑じゃなかったですか？」

突然ってわけじゃない、と羽佐間が首を振った。

「理佐ちゃんから話は聞いてた。カズじゃないけど、朝食は済ませたのかい？　コーヒーでもいれようか」

三人とも、弘に興味があるようだった。カズがそうなるのは予想していたが、ヨーコも羽佐間も弘の話を聞きたいのだろう。

凄いシェアハウスですね、と辺りを見回していた弘がため息をついた。

「外観はまるでヨーロッパのお屋敷だし、庭も広いし、プールもあるんですよね？　家賃は四万五千円と聞いてますけど、信じられないな」

交通の便が悪いからと言ったヨーコが、カズからマグカップを受け取って弘の前に置いた。

「後で理佐ちゃんに案内してもらったら、もっと驚くかも。設備が充実しているのは本当よ」

住んでいた方が亡くなったそうですね、とコーヒーをひと口飲んだ弘が唐突に言った。三人が顔を見合わせていたが、そうなんだ、と羽佐間が渋い表情で答えた。

「君たちと同じ二十歳の女子大生でね……部屋で蜂に刺されて、アナフィラキシーショックを起こしたんだ。そんなことになっているなんて、ぼくたちも思っていなかったから、いろんなことが後手に回った。もっと早く気づいていればと思うけど、どうしようもなくて……」

ご愁傷様です、と弘が口の中でつぶやいた。葬式とかどうなるんすかねと言ったカズに、高瀬さんの前でする話じゃない、とヨーコがたしなめるように首を振った。

「とにかく、ゆっくりしていって。積もる話もあるだろうし、あたしは自分の部屋に戻る。羽佐間さんとカズくんは？」

同じくとうなずいた羽佐間の視線に、わかってますよとカズが残っていた自分のコーヒーを一気に飲み干して立ち上がった。

「ランチは一緒でいいだろ？　みんなで食べようじゃないの。レナが好きだった逗子のピザハウスはどうかな」

後にしろ、と羽佐間がカズの背中を押した。ヨーコが二階へ上がっていった。

二人だけになり、少しだけ気まずい沈黙が流れた。久しぶりの再会なのに、と理佐は言葉を探したが、何を言っていいのかわからなかった。

感じのいい人たちだね、と弘が口を開いた。

「ヨーコさんと羽佐間さんは同じぐらいの歳かな？　三十歳とか、そんなところ？カズさんはずいぶん賑《にぎ》やかな人だね。大学四年生だって言ってなかったか？」

留年してるの、と理佐は答えた。それにしてもマジで凄いな、と弘が顔を左右に向けた。

「二階建て、一階は男性用の部屋で、二階が女性用か。このリビングの広さときたら、ぼくの実家がすっぽり入りそうだ」

そこまではないでしょ、と理佐は笑いながら手を振った。案内してくれないか、と弘が立ち上がった。

「地下もあるって言ってたよね？　庭も見てみたい。もちろん、君の部屋もだけど」

理佐はウエイティングルームの脇にある地下一階へ続く階段を降りていった。シアタールーム、ラウンジ、洗濯機が置かれているスペース。

更に奥のドアを押し開けると、そこはガレージだった。弘が低い口笛を吹いた。

「何かの冗談みたいだな。車が二台あるところも含めて、あのテレビ番組そのままだ」

たまたまそうなってるだけと言って、パスコードを打ち込んでから、理佐は外へ続くガレージの扉を開けた。

「前はガレージを手動で開けることができたんだけど、今はパスコードを打ち込まないと開かないの。防犯システムが作動してるからなんだけど」

先に立って庭へ出ると、後ろで弘が大きく息を吸い込む音がした。

「まさに金持ちの別荘だな。豪邸拝見番組でも、ここまで広い庭は見たことがない。ビバリーヒルズに住んでる映画スターの家みたいだ」

テレビの番組と結び付けて考えるのは、弘がアナウンサー志望だからだろう。本格的なプールだな、と庭を歩きながら弘が指さした。

「ぼくなら、逆にここには住みたくない。管理費のことを考えただけで、頭が痛くなってくる」

「言った通りでしょ？」

それ以上だ、と弘が庭の真ん中で立ち止まり、辺りを見回した。

「あのプレハブは何だい？」

「大家さんのトランクルームだって、ここに住んでいた綿貫さんって人が言ってた。物置にしていたみたい。ドアに鍵がかかっているから、あたしたちは使えないんだけど」

近づいた弘がぐるりと一周したが、窓もないプレハブだ。何がわかるというものでもなかった。

「雨が降ってきたな」

手を伸ばした弘が空を見上げた。昨日一日降り続いていた雨は明け方に止んでいたが、雲はまだ分厚い。ぽつぽつと雨粒が落ちてきている。

中で話そう、と弘が玄関に向かった。

3

「入っていいのかな」

部屋のドアの鍵を開けると、弘が落ち着きのない様子で声をかけた。片付けてあるから、と理佐はうなずいた。

最初からリビングで話すつもりはなかったし、弘も部屋を見たいと言っていたから、朝のうちに整理してある。

どうぞと手を伸ばすと、失礼しますと遠慮がちに弘が部屋に入った。

「そこの椅子に座って。あたしはソファ」理佐は普段使わないソファに腰を下ろした。「部屋はこんな感じ。造りは他も同じ」

何だよこれ、と弘がつぶやいた。

「どんだけ広いんだ？　二十畳近くあるよな。冷蔵庫までついてるのか。しかもバスルームは別……これで四万五千円って、大家の神経を疑うね。十万を超えてもおかしくない」

お金のためにシェアハウスにしてるわけじゃないんだって、と理佐は説明した。

「維持とか管理のためだって聞いてる。誰も住んでないと、家って傷《いた》むでしょ？　ある意味で、あたしたち住人はここの管理人でもあるってわけ。それに、いろいろ不便なのも本当なの。ホームページには丘の上の一軒家って書いてあったけど、実際には山の中の家だって、高瀬くんもわかったでしょ？　ちょっとコンビニへ、みたいなわけにはいかない」

それにしたってこの広さだぜ、と弘が天井を見上げた。

「〝ちょっとコンビニへ〟行く必要なんてないだろ。カップラーメンだってポテトチップだって、買い置きしておけばいい。理佐がこのサニーハウスにいたいって気持ちはわかるよ。普通のワンルームマンションなんて、住めなくなってるんじゃないか？」

そんなことないけどと言った理佐に、冗談だと弘が声を低くした。

「君の話だと、この部屋でいろいろ妙なことが起きている。誰かが侵入したり、引き出しや君の私物を調べてるとか、そう言ってただろ？」

小さく理佐はうなずいた。ドアは閉めてあるが、大きな声を出せる雰囲気ではなかった。

「ドアの鍵は見た。普通のアパートによくあるタイプで、構造が複雑なわけじゃない」キーの複製は簡単だろう、と弘が言った。「君の前にこの部屋に住んでた人もいるはずだし、その人じゃないにしても、サニーハウスの住人の誰かがスペアキーを作ったのかもしれない。それなら部屋に入るのは難しくない。別に密室ってわけじゃないんだ」

　どうしてあたしの部屋なの、と理佐は弘を見つめた。

「何か調べることがあると思う？　サニーハウスに来てから、まだ三カ月しか経っていない。あたしの何を知りたいの？」

　何でも知りたい奴はいるさ、と立ち上がった弘が部屋の中を歩き始めた。

「誰かに見られているような気がするとか、そんなことも言ってたよね？」

　いつもじゃないの、と理佐は歩いている弘を目で追った。

「ただ、何となくそんな気がするっていうだけで……庭の方から音が聞こえてくることもある。でも、それも週に一回とか二回とか、それぐらいだから、気にならないって言えばならないし……」

「でも、気になるんだろ？」

　上下左右に目をやっていた弘が、普通の部屋だとつぶやいた。

「家具は備え付けだね？　レイアウトに不自然なところはない。ベッド、デスク、椅子、ソファ、テーブル、機能的に配置されている。窓は南向きだ。隣は誰の部屋？」

　ヨーコさん、と理佐は答えた。

「向かいがレナで、その隣に、しばらく前にここを出て行ったエミさんってナースが住んでた」

　そうだったね、と弘が椅子に座り直した。

「エミさんって女性が綿貫さんというフリーターと二人で暮らすことになって、サニーハウスを出たと言ってたな。二人から連絡は？」

住人全員に二人からLINEがあった、と理佐はスマホを取り出した。

「内容は同じで、結婚して鎌倉を出ることにした。北海道へ行くつもりだとか、そんなことが書いてあった……これなんだけど」

画面を目で追っていた弘が、返信はしたのかと尋ねた。お幸せにってLINEしたよ、と理佐は画面を下へスワイプした。

「それっきりだけど、そんなものかなって。同じシェアハウスに暮らしていたといっても、親しくしていたわけじゃない。エミさんも綿貫さんも年上だし、特にあたしは二カ月ぐらいしか一緒にいなかったから、特に言うことがなかったの。他の人たちとは、その後もやり取りがあったのかもしれないけど」

「その二人が出て行った後も、奇妙なことは続いている？」

「引き出しが開けられていたのは、何日か前のことだから……気のせいだって高瀬くんは言うかもしれないけど、見られているような気がするのも前と同じ。でも、どこから？　自分でも床や壁は調べた。絶対とは言い切れないけど、何かおかしなことがあったらわかるはず」

そもそも何のために君を監視しているんだろう、と弘が肩をすくめた。

「覗き趣味のある人がいる？　そうは思えない。カズさんはそんなタイプじゃないし、女性のヨーコさんが君の着替えを見て喜んでいるはずがない。羽佐間さんは少し暗い感じがしたけど、真面目そうに見えた。もっとも、これは単なる印象だから、当てにはならないけどね」

お金がなくなっているとか、そういうこともないの、と理佐は言った。

「金や物を盗むためじゃない。でも、誰かがあたしのことを見ている。部屋にも入っている。たぶんだけど、パソコンもいじられている気がする。だけど、ロックしてあるから、どうやって開いたのか、それもわからなくて……」

逆かもしれないな、と弘が言った。

「パソコンを開くために、君の私物を調べていたってことも考えられる。パスワードをメモしていたとか、そんなことはあるだろ？　ぼくも君のパスワードは知らないけど、誕生日とか個人情報に関係している数字で設定してるんじゃないか？　電話番号とか学籍番号とか、忘れにくい数字を選んでいるはずだ。個人のセキュリティ意識なんて、たかが知れてるよ。そんなに厳重じゃない」

「そうね」

「誰でもそうだけど、理佐もパソコンで自分の個人情報を管理しているだろ？　友人のアドレスやスケジュールだって、スマホと同期させていたら、自動的に共有されるからね。そういう詳しい情報を知りたかったと考えれば、部屋に侵入した理由として理解できなくもない」

それでもわからない、と理佐は首を振った。

「何のためにあたしの個人情報を知りたいの？　知ったからって、どんな得があるの？」

確かにそうだ、と弘が腕を組んだ。普通の女子大生に過ぎない理佐のことを調べ、すべてを知ったとしても、それが何になるというのか。

理佐になりすまして、銀行の預金を自分の口座に移すような犯罪を企《たくら》んでいるのかもしれないが、そこまでのリスクを冒すほどの預金がないことぐらい、考えるまでもなくすぐにわかるだろう。

ちょっと失礼、と弘がベッドに近づいた。何なの、と言いかけた理佐を無視して、体を横たえた。

「ちょっと、止めてよ。いきなり女の子のベッドに寝っ転がるなんて、失礼だと思わない？」

このベッドは床に固定されているんだな、と弘が天井を見つめた。最初からそうだったの、と理佐は言った。

「ちょっと不便だけど、ベッドを動かしたいってわけじゃないから……」

顔を左右に向けていた弘が、何か変だとつぶやいた。それからしばらく、口を開くことはなかった。

4

逗子の小坪《こつぼ》海浜公園近くにある海に面したピザハウス〝リビエラ〟の店内で、理佐は弘たちとランチを取っていた。日曜だが、十一時を過ぎたばかりなので、それほど混んではいなかった。

残念だな、とカズがランチ用のミックスピザに手を伸ばした。

「晴れてたら、テラス席が良かったんだけどね。高瀬くんにもここの海を見てほしかったよ。すごいんだ、信じられないくらい色がきれいでさ」

想像はつきます、と弘が微笑んだ。通りを一本挟んだ向こうは小坪漁港で、雨さえ降っていなければ水平線まで見渡せる。

だが、朝方は小雨だった雨足が強くなっていたので、海は朧《おぼろ》げにしか見えない。それでも、雨にかすむ逗子の海は美しかった。

「いいですね、海って。ぼくも彼女も新潟県人なんで、海を見て育ったのは同じなんですけど、日本海と太平洋は全然違うなあって。でも、潮の匂いや海風はそんなに変わりません。今、ぼくは長野に住んでるんですけど、あそこは海がないんで、何となく物足りないんですよ」

場を回していたのは、いつものようにカズだった。ヨーコと羽佐間は口数が少ない。

理佐もそうだった。

前にも、この店には何度か来ていた。いつもレナが一緒だった。そして、レナはもういない。

〝リビエラ〟のランチピザセットは千二百円だが、ボリュームがある。デザートとドリンクもつくから、コスパは悪くない。

食後、テーブルに運ばれてきたデザートは、チョコレートケーキと柚子《ゆず》のシャーベットだった。バッグを見ててね、と理佐に言ったヨーコがトイレへ行った。

最近、近いんだよなとカズが笑った。

「歳のせいかな。すぐトイレって」

オバさんじゃないんですよと言った理佐に、オバさんだよとカズが鼻をこすった。

「三十超えたら、みんなオバさんさ。あの人、自分では二十七歳って言ってるけど、絶対嘘《うそ》だよ。三十五、六歳じゃないのかな」

まさか、とスプーンでシャーベットをすくいあげた弘に、俺もそう思うと羽佐間が薄笑いを浮かべた。

「ヨーコさんと話していると、従姉妹《いとこ》と話題が似てるんだ。彼女は三十五歳なんだけど、流行していた物とか、テレビの番組とか、小さなことなんだけど同じで……少なくとも、俺より年下とは思えない」

それは個人の感想でしょうと言った弘に、うまいこと言うねとカズが背中を叩いた。

「そりゃそうだ、環境にもよるしね。年上の兄貴とか姉さんがいると、影響されたりもするからな。でも、そんなことじゃないんだよ。どう見たって若作りしているし、最近かなり無理が来てる。前はそう思わなかったんだけどね……別に三十代だっていいじゃないの。隠すことないだろう。こっちも気を遣わなきゃならないから、面倒なんだよな」

そういう話、止めませんかと理佐は言った。同じ女性として、年齢のことを話題にされると不愉快になる。

「レナさんは、この店が好きだったそうですね」

さりげなく、弘が話題を変えた。何度も一緒に来た、とカズがうなずいた。

「一人で行けよって話だけど、車じゃないと遠いからね。あいつも免許は持ってたけど、ペーパードライバーだから、自分じゃ運転したくないって。よく付き合わされたもんだよ」

一週間前、彼女とここで食事したんだ、と羽佐間がコーヒーに口をつけた。

「二人だけで話したいって言われてね。レナちゃんにしては真剣な顔だったから、付き合ってここまで来た。話があると言ってたけど、別に何もなかった。悩みでもあって相談したかったのかもしれないけど、俺じゃ頼りにならないって思ったのかな」

レナと最後に交わした会話を、理佐は思い出していた。レナは羽佐間に好意を持っていた。もう少し性格が明るかったら、とも言っていた。

先週の日曜、羽佐間と二人で〝リビエラ〟に来ていたことは聞いていなかったが、レナは告白するつもりだったのかもしれない。

だが、二人きりになっても、羽佐間はいつもと変わらなかったのだろう。結局、何も言えないまま、サニーハウスに戻るしかなかったのではないか。

「二人きりになってもあの調子だったら、ちょっと嫌だな。惜しいんだけどパスかも」

レナの声が頭を過ぎった。二人で食事をして、やっぱり止めておこうと思ったのかもしれない。

結果論だが、レナが告白しなかったのは正解だった。気持ちを伝えていたら、羽佐間も落ち込んだはずだ。

本当に羨ましいです、と弘が大きく伸びをした。

「あんなシェアハウスで暮らして、きれいな海や山に囲まれて、毎日楽しいだろうな。ぼくみたいなワンルームマンション住まいの人間にとっては、夢みたいな話ですよ。理佐から聞いたんですが、もともと金持ちの別荘だったそうですね」

静岡の老夫婦が建てたって聞いてる、とカズがうなずいた。

「すごい金持ちなんだってさ。サニーハウスは部屋数が多いんだけど、それも自分たちや息子、娘夫婦、孫なんかも泊まれるようにってことらしい」

世の中、金が余ってる奴はいるさ、と羽佐間が言った。

「五、六年前に息子夫婦がロンドンへ転勤して、老夫婦もついていったそうだ。だったら何のためにあんな別荘を建てたんだって話だけど、他に使い道がなかったんだろう。税金対策かもしれないな」

土地は安かったと思うんだよ、とカズが口を尖らせた。

「山の上の一軒家だし、とても便利とは言えない。だからプールを作ったり、シアタールームを設置したり、車を二台置けるだけのガレージが必要だったんだろうけど」

「大家さんは何ていう人なんですか？」

弘の問いに、柴山《しばやま》か柴田《しばた》か、と羽佐間が答えた。

「確か柴山だったと思う。最初にサニーハウスに来た時、どこかに名前が書いてあったような気がする。キッチンだったかな？　いつの間にか消えてたけど」

「でも、本人たちはロンドンに住んでるわけですよね。その間、管理は誰がやってるんですか？」

そりゃ不動産屋だよ、と笑いながらカズが答えた。

「何だよ、サニーハウスに住みたいのか？　ええと、何て言ったっけ、この前もメールが来てたよな。ほら、オートロックの件でさ」

カマクラハウジングの片貝さん、と理佐は思い出した名前を口にした。

「あたしがネットでサニーハウスを見つけて電話した時、その人がいろいろ親切に教えてくれたの。優しい人で、他にも申し込みが何件もあるけど、日額院の学生ですって言ったら、便宜を図ってくれて……片貝さんが担当じゃなかったら、あたしはサニーハウスに住んでいなかったかもしれない」

　オレが電話した時も、感じのいい人が出たよ、とカズがうなずいた。

「ちょっと色っぽい声の女の人だった。説明もわかりやすかったし……名前は覚えてないけど、彼女が片貝さんだったのかな？」

　片貝さんは男だよ、と羽佐間が言った。

「俺が連絡した時、やたらと甲高い声の男が出たんだけど、片貝って言ってた記憶がある。丁寧だったけど、ちょっと上からだったな。でも、仕事は早くて、申し込んだらすぐ書類が送られてきた。あの時はこっちも急いでたんで、助かったよ。便利になったよな、メールだけで全部手続きができるんだから」

　戻ってきたヨーコが、雨が止まないねとテラスの外に目を向けた。

「高瀬さん、これからどうするの？　理佐ちゃんと鎌倉デートをしたいかもしれないけど、この雨だと歩いて廻るのはちょっと厳しいかもね」

　ぼくは東京に戻ります、と弘が言った。

「来週、ぼくが入っているアナウンサー研究会の合宿があるんですけど、さっき先輩から連絡があって、準備があるから帰ってこいと……もうちょっと鎌倉にいたかったんですが、この雨だと動きようがないですからね。合宿はうちの大学だけじゃないんで、下っ端の一、二年生はいろいろやらなきゃならないことがあるんです」

もう帰るの、と思わず理佐は弘の顔を見つめた。何も決めてはいなかったが、夕方までは鎌倉にいると思っていたし、弘もそのつもりだったはずだ。

「先輩命令には逆らえないんだ」ゴメン、と弘が手を合わせた。「合宿が終わったら、またこっちに寄ってもいいかな。その時は晴れててほしいけど」

じゃあ鎌倉の駅まで送ろう、と羽佐間が残っていたコーヒーを飲んだ。

「理佐ちゃんも見送りたいだろ？　話もあるだろうし、こっちは三人で先にサニーハウスに戻るけど、それでいいかい？」

はい、とうなずきながら、理佐はコーヒーを飲んでいる弘の横顔に目をやった。いったい何のために鎌倉まで来たのだろう。何を考えているのか、まるでわからなかった。

5

鎌倉駅で理佐と弘を降ろしたワゴン車が遠ざかっていった。雨が降る中、助手席のカズが窓を開けて手を振っていたが、すぐに見えなくなった。

改札の方向に歩きだした弘に、理佐は並びかけた。午後一時になったばかりだった。

「本当に帰るの？　夜までに戻れば良かったんじゃなかった？」

そうだよ、とうなずいた弘が改札の前を通り抜けた。どこへ行くのと声をかけると、ジャケットの内ポケットから数枚のプリントアウトを取り出した。

「それは？」

来る前にネットでサニーハウス鎌倉について検索したんだ、と弘がスマホのグーグルマップを開いた。

「ぼくは今日初めて実際にサニーハウスを見た。住むつもりなんてないから、客観的に判断できるけど、いくら不便な場所といっても、所在地は鎌倉市梶乃町だ。離れ小島のコテージとか、僻地《へきち》に建ってるお屋敷じゃない。どう考えても、あれだけ設備が整っていて、家賃が四万五千円というのはおかしい。借りる側にとっては安ければ安いほどいいってことなんだろうけど、安過ぎて不気味なくらいだ」

「それは大家さんの事情で……」

確かめるべきだ、と弘がキオスクでビニール傘を二本買った。

「カマクラハウジングの住所はホームページにあった。ほら、これだ」弘がプリントアウトの欄外の一行を指さした。「グーグルマップに入力してみたら、駅のすぐ近くだった。とにかく行ってみよう」

理佐は渡された傘をさして、弘の後に続いた。スマホの画面を見ながらカマクラハウジングへの経路をたどっていた弘が立ち止まった。そこにあったのはコインパーキングだった。

住所はここで間違いない、と弘が辺りを見回した。

「ぼくは刑事でも探偵でもないけど、素人目で見てもこのコインパーキングは最近できたものじゃない。看板や精算機に錆《さび》が浮いてるだろ？　ここは前からコインパーキングだったんだ」

「でも、あたしはカマクラハウジングの仲介で、サニーハウスに住むことになったのよ？」

ネットで見つけた物件だ、と弘が傘を持ち替えた。

「ぼくも長野のワンルームマンションは不動産会社のホームページで見つけて、申し込んだ。免許証やパスポートのような身分を証明できる書類をファクスして、敷金礼金を払い込んだら、手続きはそれで終わった。エントランスのオートロックの暗証番号と、マンションの部屋のドアのパスコードを教えられたけど、不動産会社の社員とは直接会っていない」

「最近は珍しくないって聞いてるけど……」

「部屋のパスコードは自分で設定を変更するように、と説明されていた」それだって、今じゃよくあるやり方だと弘が言った。「ましてやサニーハウスはシェアハウスだ。君が初めて行った時も、住人の誰かが出迎えてくれたんじゃないか？」

あの時は綿貫さんとカズさんが待っててくれた、と理佐はうなずいた。

「確か、大家さんか不動産屋さんから、新しい入居者が来るとメールで知らせてきたって言ってた。だから待ってたって……」

「大家ってことはない。さっきの話だと、柴山とかいう老夫婦はロンドンにいるはずだ。管理は不動産屋に任せているんだろう。発信人が柴山という名前だったとしても、実際にメールを送ったのは、カマクラハウジングの社員だ」

だけどその実態はこれさ、とコインパーキングを弘が指さした。

「つまり、そんな会社はないんだ。ぼくの考えはこうだ。誰かがカマクラハウジングという架空の会社を作り、ホームページを開設し、破格の家賃を提示して、入居者を集めている」

「何のために？」

それがわかれば苦労しない、と弘が首を捻った。

「ただ、嫌な感じがする。君が三月末に入居した時、サニーハウスには君も含めて八人の人間が住んでいた。ところが、僅か三カ月で二人が死に、二人が去っている。君を不安にさせたくなかったから言わなかったけど、出て行った二人についても、おかしなことがある」

「おかしなこと？　綿貫さんとエミさんに何があったの？」

「君のスマホに、二人からそれぞれＬＩＮＥが届いていただろ？　そして君は返信している。でも、それに既読がついていなかった」

理佐は自分のスマホを取り出し、ＬＩＮＥのアプリを開いた。注意して見ていなかったが、弘の言う通り、理佐の返信に既読の文字はなかった。

「ぼくの考え過ぎかもしれない。二人は単に報告するつもりでＬＩＮＥを送り、返信は気にしていなかった可能性もある。君たちが一緒にあのサニーハウスで暮らしていたのは、二カ月ぐらいなんだよね？　それほど親しい関係とは言えないし、友達ってわけでもない。君も礼儀として当たり障りのない返事をしただけだろ？　だから、既読がついているかどうか確認しなかった。だけど、二人とも君の返事を見ていないのは、どう考えてもおかしい。返事を書くかどうかは別として、見るだけは見るはずだ。それなのに、既読はついていない」

「……どういうこと？」

誰かが二人のスマホを持っているんだ、と弘が小声で囁いた。

「サニーハウスを出た二人から連絡が一切ないのはおかしいから、北海道へ行くと君たちにＬＩＮＥした。でも、それで十分だと考えて、返信の確認はしなかった。おそらくだけど、君が綿貫さんやエミさんと会うことは二度とないと思う」

「高瀬くんは……綿貫さんとエミさんが死んだと考えてるの？」

その可能性が高い、と弘がうなずいた。

「もちろん、これは全部ぼくの想像だ。カマクラハウジングがホームページに記載されている住所になかっただけで、決めつけるのはおかしいと言うかもしれない。そうだとしても、理佐はあのハウスをすぐに出るべきだ。大学に友達はいないのか？　数日だけでも泊めてもらって、新しい部屋を捜せばいい。誰が、何を考えて、何のためにこんなことをしているのか、それがわからない以上、対処はできない。とにかく逃げるしかないんだ」

なるべく早いうちにサニーハウスを出るつもり、と理佐は言った。

「だけど、そう簡単にはいかない。服や荷物だってある。置きっぱなしにして、とにかく引っ越せって言われても無理よ」

それはそうだろう、と弘が空を見上げた。雨足が強くなっていた。

「今すぐってわけにいかないのはわかる。だけど、楽観視できる状況じゃないのも確かだ。ぼくは理佐の変死体なんか見たくない」

冗談だと笑ったが、弘の目は真剣だった。一度サニーハウスに戻る、と理佐は言った。

「荷物をまとめて、いつでも動けるようにする。大学の友達で、何人か泊めてくれる人がいるけど、都合だってあるだろうし、まずそれを確かめないと……」

「どうにもならなかったら、ネットカフェなりビジネスホテルに泊まるって手もある」何だったらぼくの部屋でもいい、と弘が微笑んだ。「明日の朝チェックアウトする予定だから、ベッドはあるんだ」

つまらない冗談は止めて、と理佐は首を振った。

「あなたは？　これからどうするの？」

「大家の柴山という老夫婦のことを調べる」静岡の資産家って話だけど、と弘が時計を見た。「そこから何かわかるかもしれない。とにかく、理佐はサニーハウスに戻って、引っ越すつもりで準備を始めた方がいい。何かわかったら連絡する。気をつけろよ、何が起きるかわからない」

バス停まで送る、と弘が言った。理佐は駅に向かって歩きだした。雨ではない何かが、背中を濡らしていた。

6

サニーハウスへ戻ったのは、二時半だった。パスコードを押して玄関のドアを開くと、そこに見たことのない黒の革靴があった。

リビングから男の低い声が聞こえた。ただいまと声をかけてから中に入ると、リビングのテーブルにヨーコ、羽佐間、そしてカズが並んで座っていた。向かいの席に、背広を着た中年男がいた。

見覚えがあった。サニーハウスに住むようになって一週間ほど経った頃、訪ねてきた西鎌倉署の刑事だ。

「そう言われても、ぼくたちも衣笠さんのことはよく知らないんですよ」

うんざりしたような顔で、羽佐間が説明している。お帰り、と小声で言ったヨーコが隣の椅子を指さした。

理佐はそこに腰を下ろした。西鎌倉署の野島刑事、とヨーコが囁いた。

「二年半ぐらい前から、ぼくはここで暮らすようになったんですが、衣笠さんはそれから一年半ほど後にここを出て行きました」羽佐間の説明が続いていた。「二人だけで話したことは、ほとんどありません。ぼくはサラリーマンですし、彼はバンドか何かをやっていて、時間帯が合わなかったんです」

事情はわかっています、と野島が理佐に目をやりながら薄い唇を動かした。

「ただ、こちらの立場もご理解いただきたいんですよ。三日前、こちらに住んでいた太田麗奈さんが亡くなられましたよね？　その前の鈴木さんの件もあります。サニーハウスについて、一度調べるべきだという意見が署内で上がっているんです。それには衣笠さんのことも含まれます。単なる失踪事件ではない可能性もあるんですよ」

前にも話したと思うんですけど、とヨーコが口を開いた。

「覚えているのは、衣笠さんが自分からここを出ると言ったこと、正確な日時は覚えてませんけど、それから一週間ぐらい後、黙って出て行ったことだけです。でも、その時彼はメッセージを書き残していました。お世話になりました、また会おうとか、そんな感じだったと思います」

あのホワイトボードですね、と野島が顔を向けた。

「自発的にここを出たというのは、衣笠さん本人も実家のご両親にメールで知らせています。疑っているわけではなくて、詳しい事情をお伺いしたいんですよ。何しろ、不明な点が多すぎるもので」

不明な点って何すか、と上目使いに野島を見ていたカズが言った。衣笠さんのことだけではないんです、と野島が感情のこもらない声で答えた。

「今月はじめ、こちらに入居していた綿貫信也さん、遠山英美さんがサニーハウスを出ていますね？　綿貫さんについてはフリーターということもあり、情報はほとんどないんですが、遠山さんに関しては勤務していた病院関係者から話を聞くことができました」

北海道へ行くって連絡してきましたと言ったヨーコに、病院の同僚たちにも彼女はLINEを送っています、と野島がうなずいた。

「ですが、遠山さんと直接話した方は一人もいませんでした。電話をした友人も数人いたのですが、いずれも出なかったと言っています。経理の担当者は、出勤簿が出ていないので未払いの給与や残業代について話したいとメッセージを残していますが、今日まで返事はありません。おかしいと思いませんか？」

面倒になったんじゃないすか、とカズが言った。

「エミさんにはそういうところがありましたよ。突然病院を辞めることにしたんだから、残業代なんかいらないとか、あの人だったら言いそうですけどね」

そういう人も世の中にはいるでしょう、と野島がうなずいた。

「ですが、少なくともお二人が北海道へ行っていないことは確かです。六月五日、綿貫さんと遠山さんはここを出たそうですが、その後一週間の国内線北海道行きの飛行機の搭乗者名簿を調べたところ、お二人の名前はありませんでした。偽名を使う理由はないでしょう。他の交通手段を使うとは考えにくいですから、結論として、北海道へは行っていないことになります」

それは決めつけが過ぎませんか、と羽佐間が口を尖らせた。

「新幹線で行ったのかもしれない。それに、夜行バスやフェリーなんかもあったはずです。飛行機を使ったとは限らないでしょう」

格安航空会社なら、東京－札幌《さっぽろ》の片道は一万円を切りますと野島が苦笑した。

「夜行バスとフェリーを乗り継いで札幌まで行っても、金額はほとんど同じです。だいたい、どうして北海道へ行くことにしたのか、それを説明できる人がいません。皆さんはどうですか？」

エミの性格ならあり得ると思います、とヨーコが言った。

「知っている人がいない土地でやり直したい、そんなことを話していたのを覚えています。本気で言ったのか、何をやり直すつもりなのか、それは聞いてませんけど」

エミにそういうところがあったのは確かだ。ある種の現実逃避願望なのだろう。

「仮に二人が北海道へ行っていないとして、それがどうしたっていうんです？」羽佐間が持っていたペットボトルに口をつけた。「衣笠さんとどういう関係があるんですか？　どうであれ、ぼくたちは衣笠さんが今どこにいて、何をしてるのか、知らないんですよ？」

あたしたちは衣笠さんとはほとんど話してませんでした、とヨーコがカズと羽佐間に目線を向けた。

「バンドだバイトだって、いつも飛び回っていて、ここへは寝に帰ってくるだけ……そんな人だったんです。詳しい事情を話してほしいと言われても、答えようがありません」

そうっすよ、とカズがうなずいた。困りましたね、と野島が顔をしかめた。

「まだ我々も動き始めたばかりなので、正確な事実を把握しているわけではありません。皆さんの話を聞けば、何かわかるかもしれないと思っていたのですが……今日のところは帰りますが、また寄らせてもらうことになるでしょう。その時はもう少し実《み》のある話ができるといいのですが」

では、と立ち上がった野島が足早に玄関から出て行った。何だよアイツ、とカズが呻いた。

「妙な目付きで見やがって……オレたちが衣笠さんに何かしたみたいなことを言ってたけど、そんなわけないだろって。気分悪いな、マジで」

何なんだろうな、と羽佐間が首を傾げた。ヨーコも同じだ。

理佐は二階へ上がり、自分の部屋に入った。何の根拠もないが、嫌な予感が胸の中に広がっていくのを、はっきりと感じていた。

第九章　雨

1

誰が言い出したわけでもなかったが、夜六時過ぎ、理佐たちはサニーハウスのリビングに集まっていた。

降り続いていた雨が強くなっていたためもあった。外出する気になれないのは、理佐も他の三人も同じだった。

目で探り合っているうちに、カズと二人で夕食を作ることになった。簡単でいいと羽佐間が言うと、簡単なものしか作れないっすとカズが笑った。

冷蔵庫にあった豚のバラ肉とキャベツを刻んで、肉野菜炒《いた》めを作り、インスタントのカップスープを添えた。大皿をテーブルに載せ、全員が箸を伸ばしたが、すぐ手が止まった。

あの刑事は何を調べているんだろう、と羽佐間が言った。

「衣笠さんのことだけじゃないみたいだ。鈴木、綿貫とエミ、そしてレナ……何か関係があると考えてるのかな」

あまりいい感じはしない、とヨーコがマグカップのスープに口をつけた。

「嫌な目付きだった。何かを疑ってるみたいな……」

そんなこと言われても、とカズが頭をがりがりと掻いた。

「オレは本当に何もわかんないですよ。あの刑事は衣笠さんやワタさん、エミさんのことを捜してるみたいですけど、オレらに聞かれてもね……。同じシェアハウスで暮らしてるからって、何でも知ってるわけじゃないんだし、出て行った後のことまではわかんないっすよ」

野島という刑事が何を考え、疑っているか、理佐の中で答えは出ていた。

鈴木もレナも事故死ではない。そして衣笠や綿貫、エミも、単にサニーハウスを出て行ったのではない。

三人とも死んでいる、と野島は考えているのだろう。そして、鈴木とレナも含め、彼らの死に誰かが関わっている。

だが、それを口にすることはできなかった。他の三人も野島の考えに気づいている。それに触れないのは何かを認めたくないからで、ひと言でも口にすれば、トラブルになると感じているのだろう。

コーヒーでもいれるかと言った羽佐間を手で制したヨーコが、立ち上がってコーヒーメーカーのセッティングを始めた。手伝いますと言った理佐に、座ってなさいと微笑んだ。

「疲れたでしょ。これぐらいあたしがするから。カズくん、砂糖とミルクを出してくれる?」

へいへい、とカズが冷蔵庫から牛乳のパックを取り出し、そのままテーブルに置いた。しばらく待っていると、コーヒーのいい香りが漂ってきた。

ヨーコがカップに注いだコーヒーを四人で飲みながら、今後のことを少し話したが、会話は宙ぶらりになった。

明日からまた仕事か、と憂鬱そうに言った羽佐間が空になったカップをシンクに置いて、そのまま自分の部屋に戻っていった。

「結局、あの人はああなんだよな」カズがコーヒーにミルクを入れて、スプーンでかき回した。「レナのことも、他のみんなのことも、どうでもいいんだ。自分のことしか考えてないんだよ」

最近、ちょっと変わったと思ってたんだけど、とヨーコがため息をついた。

「でも、他人って言えば他人だから。レナがあんなことになったからって、喪に服すってわけにもいかないでしょ。寂しい話だけど、わからなくはない」

あたしも部屋に戻ります、と理佐は自分と羽佐間のカップを軽く水で流して、食洗機に入れた。弘に電話をしてみようと思っていた。

大家の柴山という老夫婦について、調べてみると言っていたが、何かわかったかもしれない。

階段を上がりながら、何となく下に目を向けた。ヨーコとカズが小声で話し続けていた。

2

部屋の鍵を閉め、ベッドに座ってスマホを取り上げた。電話、メール、ラインの着信はない。弘の番号をタップしたが、留守番電話に繋がるだけだった。

連絡してほしいとメッセージを残し、そのまま横になった。レナが亡くなってからのことが、頭を過ぎっていく。どうしてあんなことが起きたのだろう。

しばらくそのまま考えていたが、不意に体を起こした。スマホをジーンズのヒップポケットに突っ込み、そのまま静かに部屋を出た。リビングから、ヨーコとカズの話し声がかすかに聞こえている。

理佐はレナの部屋のドアを開けた。羽佐間とカズが押し破って入った時から、ドアは壊れたままになっていた。

年齢が同じということもあり、何度かお互いの部屋に入ったことがあった。内装やレイアウトが同じなのはわかっている。違うのは、レナの部屋の窓が庭に面していることぐらいだ。

　理佐はまっすぐ窓に近づいた。八時近い時間で、外は真っ暗だった。

　雨脚が激しくなっているのが音でわかった。ネットのニュースで、神奈川県一帯に大雨警報が出ていたのを思い出した。

（どうしてレナは窓を開けていたんだろう）

　レナが蜂に刺されたのが、木曜の夕方以降なのは間違いない。最後に話したのは理佐で、お喋りにひと区切りついて部屋に戻ったのは五時頃だ。

　あの日は過ごしやすい日だった。昼間は二十度を超えていたが、湿気もなく爽やかな天気で、夕方からは急に涼しくなり、カーディガンを羽織ったことを覚えている。

　レナもそれは同じだったはずだ。暑さのために窓を開けたとは思えない。空気を入れ替えようとしたのか。

（でも、それなら網戸を閉じていたはず）

　サニーハウスの各部屋の窓には網戸がついている。山の上の一軒家だから、虫が飛び込んでくることがある。それを防ぐための網戸、とホームページに書いてあった。

　換気のために窓を開けたとしても、網戸まで開ける必要はない。多くの女性がそうであるように、レナも虫が苦手だった。理佐も同じで、そんな話で盛り上がったこともある。

　窓を開けていても、網戸を閉めていれば、蜂は部屋に入ってこなかった。レナが刺されることはなく、死なずに済んだはずだ。

レナが自分で網戸を開けたのではない、と直感していた。間違いないという確信もあった。

では、どうして蜂がレナの部屋に入り込んだのか。答えはひとつしかない。誰かがレナの部屋に、意図的に蜂を入れたのだ。

いきなり着信音がして、思わず理佐はその場にしゃがみ込んだ。ヒップポケットからスマホを取り出すと、画面に弘という表示があった。

「今、どこにいる？」

前置き抜きで弘が聞いた。電車に乗っているようだ。

サニーハウス、と理佐は小声で答えた。

「レナの部屋にいる。聞いて、何かがおかしい。あの子が自分で窓や網戸を開けたはずがない。きっと――」

わかってる、と低い声が聞こえた。

「誰かが彼女の部屋に蜂を放したんだろう。そして、それは君以外の住人の誰かだ。特定することはできないけど、わかったことがある。例の柴山という資産家の老夫婦のことだ」

「サニーハウスのオーナーね？　どうやって調べたの？　ロンドンに住んでるんでしょ？」

アナウンサー研究会の合宿だ、と弘が早口になった。

「全国からいろんな大学の連中が集まってくると言ったのは覚えてるだろ？　それなりに大規模な合宿だから、事前の準備がある。静岡の私大から、国友《くにとも》って奴が来ていた。当てにしていたわけじゃないけど、何か知っていればと思って聞いてみたら、柴山家は静岡県の浜松《はままつ》じゃ有名な大金持ちで、誰でも名前は知っているそうだ。明治のはじめに製紙会社を興して、今の社長は五代目だと柴山製紙のホームページに載ってた。サニーハウスを建てたのは前の社長だ。十年以上前、経営から身を引いて、鎌倉に大きな別荘を建てて悠々自適に暮らしているのは、地元でも有名な話らしい。国友の親が柴山製紙の子会社で働いていたんで、詳しいことを知ってたよ」

「それで？」

「五、六年前、ロンドンで輸入雑貨の会社を経営している次男と一緒に暮らすと言って、イギリスへ渡ったそうだ。でも、すぐに帰国して、この数年は日本中の温泉地を夫婦で巡ってると市報か何かで読んだ覚えがあると話していた。柴山製紙の現社長、つまり長男や娘たちとはメールで定期的に連絡を取っているし、電話もたまにあるようだけど、誰も老夫婦と会っていない」

どういうことなのと尋ねた理佐に、それ以上はわからないと弘が答えた。

「サニーハウスは柴山製紙の保養所のひとつになっている。実際には老夫婦の別荘だけど、税金対策なんだろう。だから固定資産税や光熱費なんかは、会社が払っているはずだと国友が言っていた」

「そんなことできるの？」

ぼくにわかるわけないだろう、と弘が言った。

「ただ、柴山製紙は創業者の柴山一族の同族会社だ。うちの親父が勤めてるのも、似たような会社だから、何となくわかる。公私の区別はかなりアバウトなはずだ」

「まさか……」

ぼくの想像では、と弘がかすれた声で言った。電車の走行音に紛れて、声が聞き取り辛かった。

「老夫婦はもうこの世にいない。誰かが老夫婦の名前を騙《かた》って別荘を乗っ取り、シェアハウスにしている。いろんな手段を使って、怪しまれないようにしているんだろう」

サニーハウスの管理に、柴山製紙は直接タッチしていないようだ、と弘が少し声を高くした。

「前社長の別荘だから、口出しはできないさ。定期的に連絡も入っているし、箱根《はこね》だ由布院《ゆふいん》だと写真も送ってくる。現社長としては、経営についてあれこれ言われたくないだろうし、親子関係もうまくいっていなかったみたいだから、元気で暮らしてるならそれでいい、ぐらいに考えているのかもしれない」

「だけど、親子でしょう？　年に一度ぐらい会うとか、そういうことはないの？」

そこは個人の問題だからね、と弘が舌打ちした。

「他人にはわからないこともあるさ。ネットで調べたんだけど、柴山製紙は静岡県に本社を置く会社としては五指に入る規模の大企業で、グループ会社も多い。同族会社だから、内部の人間関係も複雑なんだろう」

だけど、何かおかしいと弘が言葉を継いだ。

「老夫婦の携帯電話を使ってメールを送るのは、誰にだってできる。画像ソフトを使えば、老夫婦と箱根駅の写真を合成するのは簡単だ。声を真似して電話すれば、親がそんなことをするはずないと先入観を持っている息子や娘は納得する。オレオレ詐欺の逆だよ。ボイスチェンジャーを使った可能性もある。鈴木やレナを事故に見せかけて殺したのも、なりすましている奴なんだろう。綿貫さんとエミさんは、自分の意志でサニーハウスを出たんじゃない。というより、そこから出ていないのかもしれない」

「……どういう意味？」

サニーハウスのどこかに死体が隠されてるってことだ、と弘が重い声で言った。

「確証はない。思いつきと言われればその通りだ。でも、間違いないだろう。今、鎌倉へ電車で向かっている。あと一時間ほどで着くけど、このままだと何が起きるかわからない。君のことが心配だ」

「警察に電話する」

もうした、と弘がまた舌打ちした。

「西鎌倉警察署の刑事に事情を話したけど、それだけではどうすることもできないと言われた。警察としては、そう答えるしかないんだろう。何の証拠もないし、鈴木とレナの件は事故死として処理されているからね。ただ、野島という刑事が何度かサニーハウスへ行っているそうだ。前にそこで暮らしていた人が行方不明になって、捜索願が出ている。その関係で調べていると……」

衣笠さんとつぶやいた理佐に、名前は教えてくれなかった、と弘が言った。

「野島刑事と話したいと頼んだけど、連絡を取ってみると言われただけで、あれから一時間近く経っている。とにかく、ぼくがサニーハウスへ行く。鎌倉駅からタクシーを飛ばせば、三十分もかからないだろう。理佐、二時間待っててくれ。部屋の鍵を閉めて、ぼくか警察が行くまで絶対に開けないように――」

悲鳴が聞こえた。サニーハウスの中だ。かけ直すとだけ言って、理佐はレナの部屋を飛び出した。

3

階段を駆け降りると、カズが辺りを見回していた。

「声がしなかったか?」

聞こえました、と理佐はうなずいた。男ではなく、女性の声だ。自分とヨーコ以外、サニーハウスに女性はいない。

「羽佐間さんはどこにいるんですか？」

羽佐間の部屋のドアを何度か叩いていたカズが戻ってきた。

「鍵がかかっている。部屋にはいないみたいだ」

「ヨーコさんは？」

声は下から聞こえた、とカズが地下へ続く階段を降りていった。照明をつけたが、シアタールーム、そしてラウンジには誰もいなかった。

ガレージかな、とカズが左右に目を向けながら歩を進めた。その肘を理佐は強く摑んだ。

「どうした？」

あれを、と目を伏せたまま手を伸ばした。どうして自分の喉から悲鳴が出ないのか、信じられなかった。

腰を抜かしたカズが激しくえずいた。蓋が開いたままのランドリールームの洗濯機に、ヨーコの体が足から突っ込まれていた。

背中を反らし、のけぞった首に紺の縞《しま》が入ったネクタイが巻き付いている。舌は長く伸び、鼻から血が垂れていた。

「ヨーコさん！」

駆け寄ろうとした理佐の手を掴んだカズが、よろよろと立ち上がった。

「触っちゃ駄目だ。死んでるよ。警察を呼ばないと……スマホは持ってる？　オレ、部屋に置いてきちゃって……」

誰がこんなことを、とつぶやいた理佐に、羽佐間だとカズが呻いた。

「あいつがヨーコさんを殺したんだ。まさか、鈴木やレナも？　でも、どうしてそんな……」

警察に電話します、と理佐はヒップポケットからスマホを引っ張り出した。同時に二つのことが起きた。

照明がいきなり消え、辺りが真っ暗になった。そして、理佐のスマホが鳴り出していた。

ハザマ、と表示があった。液晶画面だけが光っている。タップして耳に当てたが、何も聞こえない。

「羽佐間さん、どこです？　電気をつけて！」

スピーカーホンに切り替えて、理佐は大声で叫んだ。

「いったいどこにいるんです？　何か言って！　どうしてこんなことを？　ヨーコさんを殺したのは、本当に羽佐間さんなんですか？」

返事はなかった。警察を、とカズが怒鳴っている。

理佐は羽佐間の着信を切って、電話機能を呼び出そうとしたが、すぐにまた羽佐間から電話がかかってきた。これでは110番通報ができない。

「どうなってる？　奴はどこだ？」

何度着信を切っても、間を置かずスマホが鳴る。羽佐間だけではない。登録していない番号からもかかっていた。

上へ、と顔を両手でこすったカズが理佐の腕を引いた。

「オレのスマホがある。部屋に戻って、警察に電話しよう」

そのまま階段へ向かった。辺りは闇だが、鳴り続けている理佐のスマホが光源になっているので、ぼんやりと周りが見えた。

手探りで階段を上がったカズが、誰かいるかと囁いた。理佐はスマホを高く掲げた。リビング、キッチン。誰もいない。

冷蔵庫の上にあるブレーカーを照らすと、本体が壊されていた。電気をつけることはできない。

理佐の左手を握ったまま、カズが自分の部屋へ向かった。ノブに手をかけたが、ドアは開かなかった。

「何でだ？　オレは鍵を閉めてないぞ！」

鳴り続けているスマホをヒップポケットに突っ込み、理佐もノブを握ったが、空回りするだけだった。

羽佐間だ、とカズがドアを拳で叩いた。

「オレがドアを閉じたら、開かなくなるように細工をしたんだ。くそ、どうすりゃい い？」

逃げましょう、と理佐は囁いた。羽佐間がどこにいるかわからない。サニーハウスの中にいるのは危険だ。助けを呼ぶためには、外へ出るしかない。

駄目だ、とカズが首を振った。

「羽佐間はブレーカーそのものを壊している。照明が全部消えてるのはそのせいだ。サニーハウスは停電状態になると電子ロックがかかって、玄関や他のドアが開かなくなる。外に出ることはできない」

窓ならと叫んだ理佐に、シャッターが降りてるとカズが足元のソファを蹴りあげた。

「あれも停電だと開かない。畜生、どういうつもりだ。何のためにこんなことを？」

高瀬くんがここへ向かってます、と理佐は腕時計に目をやった。デジタル数字がかすかに光っている。八時四十五分。スマホが鳴り続けている。

「彼から連絡があったのは、十分ほど前です。二時間でサニーハウスに着くと言ってました。警察に通報したとも……二時間後には助けが来ます。もっと早いかもしれません」

隠れよう、とカズが小さな声で言った。その顔も見えない真の闇だ。

リビングにいるのは不利だ、と理佐もわかっていた。四方が開いているので、羽佐間が近づいてきてもわからない。

あたしの部屋に、とスマホで階段を照らした。

「ドアはひとつだけだし、鍵をかければ誰も入ってくることはできません」

わかった、とうなずいたカズが先に立ち、階段を上がっていく。理佐は後ろからスマホの微弱な光でその背中を照らした。

手の中で、スマホが着信音と共に震えている。そして、理佐の手も激しく震えていた。

4

鍵は、とドアの前に立ったカズが囁いた。かけてません、と理佐はうなずいた。

「気をつけて。羽佐間さんが待ち伏せしてるかも……」

マジかよ、と頭を抱えたカズに、ちょっと待ってと声をかけてから、理佐は向かいのレナの部屋に飛び込んだ。

ダイエット用のダンベルをレナは持っていた。あれなら武器として使える。

デスクの下にあった二本のダンベルを摑んだ時、凄まじい雷の音に思わず窓に目を向けた。雷光に照らされ、一瞬だが庭全体が見えた。

後ずさるように廊下へ戻り、座り込んでいるカズにダンベルの一本を渡し、ドアを開けてくださいと小声で言った。

「気をつけて。羽佐間さんがいたら、これで殴れば……」

頼んだぜ、と言ったカズが手を伸ばし、ノブを廻した。音もなくドアが開いた。

理佐は部屋の中を覗き込んだ。

「カズさん、バスルームを確かめて」

そのまま屈《かが》み込んで、ベッドの下をスマホの光で照らした。誰も隠れていない。

バスルームのドアを開けたカズが、大丈夫だと戻ってきた。

「他に奴が隠れていそうな場所は？　クローゼットは？」

いません、とクローゼットの扉を開いて、理佐は首を振った。ひと安心ってわけだ、とベッドの端に腰を下ろしたカズが、鍵を閉めてくれと言った。

「羽佐間の奴、いったいどこにいるんだ？」顔を両手で覆ったまま、カズがつぶやいた。「警察に電話を……駄目か」

理佐のスマホは、まだ鳴り続けている。複数の携帯電話を使い、着信を切られると別の電話が自動的に接続する設定にしているのだろう。

ボリュームを下げてくれ、とカズが言った。

「頭が痛くなってきた。しつこい奴だ」

理佐はサイドボタンに触れて、ボリュームを最低レベルにした。

「いったいどうなってる？　どうして羽佐間はヨーコさんを殺した？　鈴木も、レナも奴が殺したのか？」

スマホを向けると、カズの顔が真っ青になっていた。

「三人だけじゃないのかもしれません。綿貫さんも、エミさんも、そして姿を消した衣笠さんも」

それにサニーハウスのオーナー夫妻、と理佐は言った。

「理由はわかりませんけど、殺されたんだと思います」

「何でそんなことを？　そりゃ、羽佐間はサニーハウスで浮いてたさ。だけど、本人もそれぐらいわかっていただろう。居心地が悪けりゃ、出て行けばよかったんだ」

何かがあったんだと思います、と理佐は腕時計に目をやった。九時ジャスト。

「それは本人にしかわからないことなんでしょう。何でもないような、些細《ささい》なことがずっと心に引っ掛かっていたとか……誰にとっても意味がないとしか思えないようなことを恨んでいたのかもしれません」

ずいぶん冷静だな、とカズが頬を伝っていた涙を拭った。

「何なんだよ、オレらが羽佐間に何をしたっていうんだ？　あいつが嫌われてたのは、本人のせいだ。オレらのことを逆恨みするのはともかく、殺すことはないだろう。ヨーコさんの顔を見たか？　あんな惨《むご》いことしやがって……許せねえよ」

「今は待つしかありません。必ず弘が助けに来ます。警察もです。あと一時間半、それまでここにいれば助かります」

早く来てくれ、とカズが腰を浮かせた。

「ドアに鍵はかけたな？　でも、頑丈ってわけじゃない。レナの部屋のドアを破ったのは、オレと羽佐間だ。何か道具があれば、簡単に壊せる。どうする、バリケードでも作るか？」

家具は動かせません、と理佐は首を振った。

「デスクもベッドも固定されています。カズさんだってわかってるでしょう？　落ち着いてください。羽佐間さんがドアを破ろうとすれば、必ず音がします。スマホの電源を切れば、この部屋は真っ暗になります。羽佐間さんにも、あたしたちの姿は見えません。その隙に逃げるんです」

うまくいくとは思えない、とカズがぼそりと言った。

「奴はオレたちのことも殺すつもりだ。ブレーカーを壊したり、理佐ちゃんのスマホもそうだけど、全部準備してた。懐中電灯だって持ってるだろう。それじゃ逃げるといっても――」

静かに、と理佐は自分の唇に指を当てた。

「何か音が……聞こえませんか？　バスルームの方です」

聞こえないぞ、とカズがバスルームに顔を向けた。

「それに、中はもう見た。誰もいなかったよ」

確かですか、と理佐はカズにスマホの光を向けた。

「全部見ましたか？　バスタブの中は？」

見てない、と顔をしかめたカズが立ち上がった。隠れてるんです、と理佐は囁いた。

「羽佐間さんはバスルームにいます。ダンベルを持ってください。あたしが後ろから照らします」

しばらく黙っていたカズが、やるしかねえか、とダンベルを手にバスルームの前に廻った。ドアは閉まっている。

背後に立ち、理佐はスマホを向けた。開けるぞ、とカズがノブに手を掛けた。

理佐は右手で持っていたダンベルを、無防備なカズの後頭部に向けて振り下ろした。潰された蛙《かえる》のような悲鳴を上げて、カズが倒れた。

ダンベルを投げ捨てて、理佐は部屋の鍵を開けた。手が震えて、うまく動かせない。

待ってくれ、とカズが呻く声がした。

「理佐ちゃん、どうして……」

足首を摑んだカズの手を蹴り上げ、開けたドアから廊下に飛び出した。どうする、どこへ逃げればいい？

ヨーコを殺したのはカズだった。羽佐間もだ。

レナの部屋にダンベルを取りに入った時、雷の光が庭を照らし出した。植えられている松の木の太い枝に吊《つ》るされていたのは、羽佐間だった。

カズが羽佐間を殺し、庭の木に吊るした。自殺を装うつもりだったのだろう。

だが、それをヨーコが見ていた。気づかれたとわかり、ヨーコのことも殺した。素手で絞め殺したに違いない。

ヨーコの首に巻き付いていたネクタイは、羽佐間のものだった。羽佐間がヨーコを殺し、自殺したと見せかけようとした。

断末魔のヨーコの悲鳴を聞き付け、あたしが一階へ降りた時、カズはそこにいた。地下から上がってきた直後だったのだろう。

何があったんだ、みたいな顔をしていた。人殺しのくせに。騙《だま》されていた。カズがすべての犯人だった。

ドアの向こうで、カズが動いている気配がした。夢中で殴りつけたが、どこかで力をセーブしていた。カズは人殺しだが、殺すことはできなかった。

頭蓋骨は折れているかもしれない。それだけの感触があった。

でも、カズは生きている。最後に残ったあたしを殺そうとしている。隠れなければ。

でも、どこに？

サニーハウスから出ることはできない。弘、あるいは警察が助けに来るまで、動きは取れない。

考える前に体が動いた。摑んでいたスマホのボリュームをサイレントにしてから、履いていたスリッパを階段に向かって投げた。何度か段にぶつかって、音を立てながら転がり落ちていく。

そのまま、隣のヨーコの部屋のノブを廻した。鍵はかかっていない。中に滑り込み、静かに鍵を掛けた。

カズはスリッパの音を聞いて、あたしが下へ降りたと考えるだろう。子供だましの小細工だが、あたしを捜すために、一階、そして地下へ降りていくはずだ。

深手を負ったカズは、移動に時間がかかる。今、何より重要なのは時間を稼ぐことだ。

暗闇の中、理佐はヨーコのベッドの下に潜り込んだ。他に隠れる場所はない。ヒップポケットに押し込んだスマホが、無音のまま震え続けている。

カズはなぜ羽佐間とヨーコを殺したのだろう。闇の中で目を見開いたまま、考え続けた。

あの二人だけではない。鈴木、そしてレナもだ。

おそらく綿貫とエミ、衣笠も殺害しているのだろう。だが、動機がわからなかった。

初めてサニーハウスへ来た日のことは、よく覚えている。迎えてくれたのは綿貫とカズだった。

サニーハウスでの生活を一番楽しんでいたのはカズだ。遊ぶにしても、食事や酒の席でも、カズの提案に他のメンバーが乗ることが多かった。

カズは自分のポジションをわかっていたし、気を遣いながら、自分も楽しんでいた。世話好きな性格だったし、リーダーではないが、場を回す術《すべ》を心得ていた。

盛り上げ役のカズに任せておけばいい、と誰もが思っていたはずだ。そんなカズが、どうして人を殺すようなことをしたのか。

心の中に鬱屈が溜まっていたのだろうか。年上の綿貫やヨーコを立てていたし、羽佐間にも表面上は従っていた。

それは、都合のいい後輩として使われていたということでもある。そんな自分が嫌になり、殺人を続けたのか。

信じられない、と首を振った。そんな陰険な男だとは思えない。むしろ、何も考えていなかったから、毎日あれだけ陽気でいられたのではないか。

震え続けているスマホを取り出した。絶え間無く着信が続いている。

電源を切った方がいいかもしれない。バイブ音にカズが気づけば、この部屋に入ってくるだろう。

血に染まったダンベルが怖くて捨ててしまったので、武器になる物はない。重傷を負っていてもカズは男だ。力で勝てるとは思えなかった。

この部屋に何かないか、と理佐はスマホをベッドの外に向けた。ヨーコの部屋には入ったことがなかった。

それはシェアハウスのルールだ。許可がなければ、他人の部屋に入ることはできない。

ぼんやりした光で照らすと、自分やレナの部屋とレイアウトが違うのがわかった。長いスチールの机があり、そこに数台のパソコンが載っている。

ウェブデザイナーのヨーコにとって、パソコンは必需品だし、仕事をするために便利な配置にしているのだろう。

だが、それより気になる物があった。壁に九枚の写真パネルが掛けてある。ヨーコの家族写真だ。

そこに写っている家族たちは父親、母親、兄、妹のようだ。真ん中に写っているヨーコと、どこか面影が似ていた。

ただ、違和感があった。背景が違っていても、家族たちは全員同じ表情、同じ服装、同じポーズだ。

そして、ヨーコだけが年齢を重ねている。小学生のヨーコ、中学の制服を着ているヨーコ、成人式なのか、着物姿のヨーコ、リクルートスーツ、モードファッション、そして今のヨーコ。

ベッドの下から這《は》い出し、写真パネルに近づいた。手を伸ばすと、リクルートスーツのパネルが外れて床に落ちた。目の前に八インチサイズのモニターがあった。

気配を感じて、振り返った。ドアノブが動いている。後ずさったが、すぐ壁に背中が当たった。

目を見開いたままの理佐の前で、ドアがゆっくり開いた。

5

スマホを向けると、床にカズが倒れていた。息をしていないのがわかった。

「もう死んでる」

声がした。ぼんやりとしたスマホの光の中、立っていたのは、首にネクタイを巻き付けたままのヨーコだった。

この部屋にもブレーカーがあるの、と顔をしかめたヨーコが右手で壁のスイッチに触れると、明かりがついた。

「ずっと伸ばしていたから、舌の付け根が痛い……どうしたの、理佐ちゃん。そんな怯えた顔をすることないでしょ」

理佐は壁に目を向けた。モニターに映像が映っている。あたしの部屋、とつぶやきが漏れた。

うなずいたヨーコが他のパネルをすべて外した。隠されていたモニターに、六つの部屋とリビング、そして地下のラウンジが映っていた。

「あたしたちを……見張っていた？」

最初からずっと、とヨーコがうなずいた。

「何のためにこんなことを？　ここは柴山さんという資産家の老夫婦の別荘で……」

別荘だった、とヨーコが手近の椅子に腰を下ろした。

「十年前、あたしは不動産会社のカマクラハウジングと契約して、賃貸物件のウェブデザインを請け負っていた。その頃、柴山さん夫婦と知り合ったの。ロンドンに住んでいる間、自分たちの別荘をシェアハウスとして貸し出したいと話していた。物件紹介のためにあたしが作ったデザインを気に入ってくれて、それで親しくなったの。奥様もとてもいい人で、年の離れた友達って感じかな」

二人といろんな話をした、とヨーコが微笑んだ。

「個人的なこともね。柴山製紙は静岡県下で有名な大企業だけど、同族会社だから、本当は難しい問題もあった。今の社長は柴山さんの長男だけど、折り合いが悪くて、次男に継がせたかったとか、そんな愚痴を聞かされたことがある。血が繋がっているからトラブルも多いんだって……柴山さんが経営から身を引いたのは、そういう争いに疲れたからだって言ってた。もっと細かいことも聞いた。節税対策で会社名義にしているけど、前社長の別荘だから、社員はサニーハウスに立ち寄らないとか、そんな話よ」

「それで……ヨーコさんがここを乗っ取った？　二人を殺した？」

カマクラハウジングは八年前に倒産した、とヨーコが横を向いた。

「柴山さんに頼まれて、あたしが管理人になったの。その後、二人は次男と暮らすためにロンドンへ行ったけど、お嫁さんとうまくいかなくて、すぐ日本に戻ってきた。

乗っ取ったなんて、そんなつもりはない。だけど、ここは不便だから売りたいとか、あたしのやり方に柴山さんが口出しすることが多くなって、そういうの嫌だなって思ったの」

「口出しって……どんなことを？」

それには答えず、あたしはあの二人を本当の家族のように思っていた、とヨーコが言った。

「でも、それは間違いだった。パパでもないし、ママでもない。家族じゃない人と一緒に暮らすなんて無理。だから、いなくなってもらった。それに、お兄ちゃんもカナコもいない。それじゃ、家族なんて言えないでしょ？」

理佐は落ちていたパネルに目を向けた。そこに映っていた若い男の顔に見覚えがあった。

一度だけ見た、ヨーコのスマホの待ち受け写真。

うちは仲のいい家族だったの、とヨーコが笑みを濃くした。

「パパとママはすごく愛し合っていたし、あたしたち子供のことも可愛がっていた。五歳上のお兄ちゃんは高校のサッカー部のキャプテンで、バレンタインデーには何十個もチョコレートをもらうぐらい人気があった。カナコは七歳で、うちのアイドル。あんなに可愛い子、他にいない」

「カナコって……妹さん？　何があったんですか？」

ごくありふれた、つまらないこと、とヨーコが言った。

「毎週日曜日、お兄ちゃんはカナコを後ろに乗せて、自転車で公園に行く。小さい頃はあたしの指定席だったけど、自分で自転車に乗れるようになっていたし、お姉さんだから妹に譲らないいきゃいけないってわかってた。もちろん、パパとママも一緒。仲良いと思わない？　お兄ちゃんとカナコの自転車が前を走って、あたしはその後ろ。パパとママはそれを見て笑ってる。ステキでしょ？」

何があったんですか、ともう一度理佐は聞いた。だからつまらないことよ、とヨーコが不愉快そうに頬を膨らませた。

「公園から家に帰る途中、あたしはお兄ちゃんの自転車を追い抜いた。お兄ちゃんは意地っ張りだったから、逆に抜き返そうとスピードを上げた。そしたら、反対車線から馬鹿な年寄りが運転する車が突っ込んできたの。ちょっとでもタイミングがずれてたら、あんなことにはならなかった。ね、よくあることでしょ？　たったそれだけのことで、お兄ちゃんとカナコは天国に行っちゃった」

それでうちは壊れちゃった、とヨーコがため息をついた。

「パパとママは、お前のせいだ、あなたのせいだって、毎日大ゲンカ。そんなの、家族じゃない。二人は離婚して、あたしは親戚に引き取られた。それだけの話」

「ヨーコさんは何をしようとしていたの？」

理佐の問いに、簡単なこと、とヨーコが答えた。

「ここでなら、すべてをやり直せるって思った。こんなステキな家、見たことある？　大きくて、広い庭があって、プールやシアタールームまでついていて、車も二台。理想的だと思わない？　だから、シェアハウスにしようって思った。最初は柴山さんもそれを望んでたわけだし、ここでなら、みんな家族になれるってわかってたから」

でも意外と難しかった、とつまらなそうにヨーコが首のネクタイを外した。

「パパみたいに優しくてハンサムな人も、ママみたいにキレイでオシャレな人も、お兄ちゃんみたいにカッコいい人も、カナコみたいに可愛い女の子もなかなか現れない。ルックスはもちろんだけど、性格も良くないとね。気に入らない人は、すぐ追い出した。メンバーを揃えるために、結構苦労したのよ」

なぜサニーハウスの住人が全員整ったルックスの持ち主だったのか、ようやく理佐はわかった。

最初に来た日、全員と挨拶したが、まるでテレビの番組のようだと思ったことを、今もはっきり覚えている。

テレビ番組のようではなく、テレビ番組そのものだったのだ。

サニーハウスの住人になるためにはオーディションがあった。番組と違うのは、審査するのがヨーコだけということだ。

基準を決めるのもヨーコ。合格不合格を決めるのもヨーコ。

何人もここへ来た、とヨーコが欠伸《あくび》をした。

「そりゃ来るわよ。これだけのハウスなのに、家賃は激安なんだもの。多少交通の便が悪くたって、それぐらい我慢できる。理佐ちゃんだってそうでしょ？」

大学生にとって、家賃は安ければ安いほどいい。社会人でもそれは同じだ。だからといって、四畳半一間の安アパートには住めない。バストイレ別なのは、今では常識だ。

できれば、オシャレな部屋がいい。誰でもそう思うはずだ。

でも、理想と現実は違う。それもまた、誰もがわかっている。

もし、格安の家賃で住むことができるシェアハウスがあるとわかれば、誰だって飛びつく。すべてはヨーコの計算だった。

大家族っていいよね、とヨーコが微笑んだ。

「あたしのうちは五人家族で、お兄ちゃんとカナコしかいなかったけど、弟やお姉さんがいたらいいなって、いつも思ってた。一人ずつじゃなくてもいい。何人いたって構わない。だって、その方が楽しいでしょ？　理佐ちゃんはどう？　そう思わない？」

ヨーコの視線が左右に揺れている。質問しているのではない。答えを欲しているのでもない。自分だけの世界に入り込んでいるのが、理佐にもわかった。

でも、なかなか思い通りにいかなかった、とヨーコが深く息を吐いた。

「家族だから、ケンカすることだってある。理由もなく嫌いになったり、顔も見たくないって思ったり……だけど、本当は心が繋がってる。愛し合い、信じ合っている。それが家族。だけど、そうじゃない人もいた。嫉妬、悪口、陰口、グルーピング、マウンティング。たった八人の家族なのに、そんなことをするなんて信じられる？」

「まさか……陰口を言っていたから殺したってこと？　でも、あの人たちは家族なんかじゃ……」

ヨーコの首がゆっくり動き、理佐に顔を向けた。目の焦点が合っていない。カマキリのように、首が上下に揺れていた。

「家族を殺す？　そんなことするわけないじゃない」

他人だから殺したの、とヨーコがゆっくりと首を傾げた。

あなたの悪口を誰かが言ったかもしれない、と理佐は囁いた。

「でも、それだけの理由で殺すなんて……」

一度や二度なら、あたしだってそんなことしない、とヨーコがモニターを見つめた。

「理佐ちゃんは文系だから、コンピューター関係は強くないでしょ？　でも、あたしはウェブデザイナーだから、その辺の男の人よりよっぽど詳しい。柴山さんたちがいなくなってから、いろいろ改造したの。ブレーカーをこの部屋につけたのもそうだし、停電になるとあたしが指定した部屋以外はドアにロックがかかるようにしたり、全部の部屋にカメラを仕込んだり……」

毎日ずっと見てた、とヨーコが言った。

「会社に行くふりをして、ネットカフェから、遠隔操作のカメラでリビングやダイニング、ラウンジでみんなが話しているところをチェックしてたの。部屋で独り言を言ったり、電話しているのもモニタリングした。人間って汚いよね。誰かがいなくなると、それを待っていたように悪口を言う人もいた。笑い者にしたり、馬鹿にしたり……酷いと思わない？　陰口なんて、最悪よ。そんなの、許せない。許せるわけないでしょ？」

でも、と言いかけた理佐に、他にもあるのとヨーコが手のひらでデスクを強く叩いた。

「家族なのに、兄妹なのに、いやらしいことをする人たちがいるの。信じられる？　どこの世界に、妹と付き合いたいって考えるお兄ちゃんがいる？　ラノベじゃないんだから、笑っちゃうわ」

「だけど、サニーハウスでは恋愛も自由だと……」

家族同士の恋愛は駄目って、法律でも決まってる、とヨーコが手についていた血を服で拭った。

「あたしはみんなと家族になりたかっただけ。昔みたいに遊んだり、ふざけ合ったり、笑ったり、時には悩みを打ち明けたり、励ましたり慰めされたり……でも、ダメだった。家族って難しいよね」

サニーハウスで暮らし始めた時から、理佐には気になっていたことがあった。どこからか聞こえてくる、何かがこすれ合うような音。

窓の外から聞こえているると思ったが、そうではなかった。室内に仕掛けられたカメラが動く時の音だった。

「鈴木さんを殺したのはなぜ？　優しい人だったのに……」

彼はお兄ちゃんにそっくりだった、とヨーコが口を尖らせた。

「背こそ低かったけど、運動神経が良かったし、性格も優しかった。でも、可愛さ余って憎さ百倍ってあるでしょ？　彼、あたしのこと何を考えてるかわからない、不気味な女だ、そんなこと言ってたのよ。お兄ちゃんはそんなこと言わない」

「……どうやって殺したの？」

あの日、彼が大学で朝練しているのは知ってた、とヨーコが言った。

「あそこの大学はキャンパスの敷地の裏手に部室があるから、部外者でも入れるの。あたしが入っていったら、どうしたんですかって驚いてた。応援しに来たって言って、彼がバーにバーベルを戻そうとした時、頭の後ろに回って、ちょっと押しただけ。そしたら、落ちたバーベルが喉に食い込んで……かわいそうだった。すごく苦しんでたもの」

レナの部屋に蜂を入れたのもあなたね、とつぶやいた理佐に、だってしょうがないじゃない、とヨーコが短く舌を出した。子供のような仕草だった。

「ちょっと年上だからって、オバサン扱いされたら腹が立つわよ。あの子が昔、蜂に刺された話は聞いていた。スズメバチって、ネットでも買えるのよ。知ってた？　一酸化炭素ガスで眠らせて送れるの」

あたしが帰ってきた時、レナは寝ていたとヨーコが言った。

「あたしは全室の合鍵を持ってる。ドアを開けて、隙間からスズメバチを部屋に放しただけ。刺されるかどうかもわからないし、確実に死ぬってわけでもない。どっちだってよかった。結果的にあの子は死んでしまったけど。みんながドアを破って部屋に入った時、窓と網戸を少しだけ開けたの。混乱していたから、誰も気づかなかった」

綿貫くんとエミのことも話しておいた方がいいよね、とヨーコが舌で唇を湿らせた。

「あの二人、部屋でいやらしいことしてたでしょ？　あの夜もそうだった。モニターで全部見てた。終わると、二人とも馬鹿みたいに爆睡するの。明け方、部屋に入ってロープで首を絞めただけ」

「……二人の死体は？」

それは秘密、と立ち上がったヨーコが理佐に近づき、じっと顔を見つめて、あなたは違うと天使のように優しい笑みを浮かべた。

「理佐ちゃんは誰のことも悪く言わない。カナコもそうだった。最初から、理佐ちゃんは他の人と違ってた。ずっと捜していたカナコだってわかったの」

息がかかるほど、ヨーコの顔が近づいてくる。何も言えないまま、理佐は強く目をつぶった。

「あなたの部屋に何度か入ったけど、他の人の悪口や不平不満をパソコンに書き残したり、そんなこともしていなかった。あなたは本当の妹。だから、理佐ちゃんに意地悪しようなんて思ってない。ホントだよ」

理佐の肩に軽く触れたヨーコが、元の場所に戻った。どうするつもりですか、と理佐は囁いた。

ひとつだけチャンスがある。ヨーコは家族を殺さない。

派手にやり過ぎちゃったのは、認めるしかないとヨーコが肩をすくめた。

「理佐ちゃんの彼氏がここへ来るんだよね？　事故だって言っても、信じるわけがないし、あの人は頭が良さそうだった。警察にも通報しているはず。だから、あたしは逃げる」

自首しろなんて言わないでね、とヨーコが片目をつぶった。もちろんです、と理佐は大きくうなずいた。

「家族を、お姉さんを警察に逮捕させたくありません。弘はもうすぐここへ来ます。だから早く逃げて！」

カナコならそう言ってくれると思ってた、とヨーコが椅子から立ち上がった。

「ゴメンね、こんなことに巻き込んじゃって。でも、大丈夫。あなたには何の責任もない。またすぐ会える。そうね、一年ぐらい後かな？　カナコが二年生になったら、お祝いしないと。だから、ちょっとだけバイバイ」

手を振ったヨーコが部屋を出て行った。階段を降りていく足音。玄関のドアが開き、そして閉じる音がした。

理佐はその場に崩れるようにしゃがみ込んだ。助かったのか。本当にヨーコは逃げたのか。

スマホが震え続けている。耳を澄ませたが、何の音もしない。人の気配もない。それでも不安で三十分ほど様子を見ていたが、何も起きなかった。

慎重に階段を降りた。逃げたと見せかけて、ヨーコが隠れているかもしれない。あの女は異常だ。心の中は妄想で一杯なのだろう。猜疑心《さいぎしん》も強いに違いない。

足音は偽装で、あたしを見張っていてもおかしくない。とっさに妹のふりをしたが、それでごまかせる相手ではないだろう。

電気がついたので、一階フロアがすべて見渡せた。いつもと変わらない。ヨーコはいなかった。

カズの部屋の前に立ち、もう一度左右に目をやった。ヨーコの姿がないのを確かめてから、ノブに手を掛けた。

空回りすることなく、ドアが開いた。電気が通じると、鍵が開くようにセットされているのだろう。

中に入り、まずバスルームを確認した。誰もいない。そのまま、カズのデスクを捜した。

どこかにスマホがあるはずだ。自分のスマホが使えない以上、カズのスマホで警察に通報するしかない。

充電器に繋がったコードの先に、スマホがぶら下がっていた。ホームボタンに触れたが、ロックがかかっている。

スマホには緊急用の電話をかける機能がついているはずだが、理佐とは違い、カズはアンドロイドスマホユーザーだった。どこに緊急用のボタンがあるのかわからない。

足首に激痛が走り、悲鳴を上げてその場に倒れた。思いきり金属バットで殴られたような衝撃。足元に血溜まりができていた。

ベッドの下から、ダガーナイフを握ったヨーコが這い出してきた。

「理佐ちゃんを信じてたのに！　妹だと思ってたのに！　どこへ電話するつもりだったの？」

アキレス腱《けん》をダガーナイフで切られていた。歩くことはおろか、立つことさえできない。

違うの、と叫ぼうとしたが、声にならなかった。馬鹿ね、と不意にヨーコが微笑んだ。

「本当にいけない子。スマホはオモチャじゃないの。子供が触ったらいけないって何度も言ったよね？　お仕置きしなきゃね」

体を押し倒され、後ろ手に両手を縛られた。出血のため、意識が霞《かす》んでいく。

許して、と理佐は唇だけで言った。

「お姉ちゃん、ゴメンなさい。怒らないで。カナコ、もうイタズラしないから。お願い、もう止めて」

馬鹿な子、と優しく頭を撫でたヨーコが理佐を背負った。リビングに戻り、ベランダから外へ出る。凄まじい雨に、一瞬で全身がずぶ濡れになった。

「お姉ちゃん、寒い。お部屋に戻ろう」

必死だった。何を言っても無駄だとわかっている。それでも、妹のカナコの言葉なら、ヨーコの耳に届くかもしれない。

「ホントだね、台風みたい」ヨーコがはしゃいだ声を上げた。「お庭で遊ぼう。何をする？　かくれんぼ？」

わからない、と理佐は首を振った。本当に何もわからなくなっていた。

じゃあ、お姉ちゃんが鬼、とヨーコが理佐を背負ったまま歩きだした。

「可愛いカナコに、鬼は似合わないもんね。どこに隠れる？　いつものあそこ？」

一瞬、意識が途切れ、気がつくと地面に横になっていた。ヨーコがプレハブの鍵を外し、ドアを大きく開いた。

「ほら、隠れて」ヨーコが理佐の体をプレハブに引きずり込んだ。「ちょっと寒いけど、すぐ見つけてあげる。十数えたら、探しにいくから」

暗いと怖いよね、とヨーコが壁のスイッチに触れた。小さな電球に明かりが灯《とも》る。

理佐は喉が張り裂けるほど大きな悲鳴を上げた。

プレハブの中は冷凍庫になっていた。四段の大きな棚がいくつも並び、そこに凍りついた死体が押し込まれている。

目の前の棚に、切断された綿貫とエミの首が乗っていた。

「静かにしないと、すぐ見つかっちゃうよ」ヨーコがハンカチを理佐の口に押し込んだ。「それじゃつまんないでしょ？　十数えて。お姉ちゃん、すぐ見つけちゃうから」

甲高い声で笑ったヨーコがプレハブのドアを閉ざし、鍵をかける音が聞こえた。助けて、と叫ぼうとしたが、口を動かすことができない。

刺すような冷気が全身を襲っている。このままでは凍死してしまうだろう。どうすればいいのか。

ヨーコさん、と叫ぶ声が聞こえた。弘だ。弘の声だ。

弘、助けて。あたし、ここにいる！　プレハブの中よ！

「高瀬さん？」ヨーコが叫び返した。「助けてください！　理佐が、理佐が……」

「理佐がどうしたんです？」

弘の声が近づいてくるのがわかった。二人はプレハブの前にいる。

雨がプレハブの屋根を叩く音に、弘の声が重なった。

「カズくんがいきなり理佐をナイフで刺したんです。どうしてあんなことをしたのか……追いかけたんですけど、この辺りで見失ってしまって……」

「理佐はどこに？」

地下のガレージです、とヨーコが答えた。

「警察と救急には通報しました。十分以内に到着すると言ってましたけど……」

「彼女は無事なんですね？」

生きています、とヨーコが涙交じりの声で言った。

「でも、意識がなくて……助けてください、理佐ちゃんを上へ運んで！　あたしの力では無理なんです。救急車が来たら、すぐに診てもらわないと……」

理佐は強引に体を起こし、膝だけで立った。意識はほとんどない。できることはひとつしかなかった。

綿貫の凍った頭に、自分の額をぶつけた。鈍い音がした。

お願い、弘。気づいて。あたしはここにいる。助けて。

「理佐ちゃんを助けてください！」

ヨーコが悲鳴のような声で叫んでいる。今、音がしませんでしたか、と弘が怒鳴った。

「何かを叩いているような、そんな音です。どこから……」

理佐は夢中で自分の額を綿貫の頭部に叩きつけた。額が割れ、血が目に入ってくる。

凍りついた綿貫の顔が砕けていた。

「今の音は……」

もういい、とヨーコが叫んだ。

「高瀬さんは理佐のことなんかどうでもいいんですね。あたしが理佐ちゃんを助けます！」

ヨーコの足音が遠ざかっていく。理佐は並んでいたエミの頭を目がけて、自分の頭を振り下ろした。不快な音と共に、血が飛び散っていく。

「待ってください、ぼくも行きます！」

激しい雨音に重なるように、弘が走り去る足音がした。理佐はそのまま前のめりに倒れた。

もうダメだモウダめだもウ駄目だもウダメダもうダ目だモウダメダモウダメ
最後に脳裏を過ぎったのは、弘の笑顔だった。あの人も死ぬ。あの女に殺される。止めることはできない。

ごめんなさい、とつぶやいた唇が動きを止めた。そして、何も見えなくなった。

エピローグ

パソコンのモニター上でデザイン作業をしながら、ヨーコは問題点をメモしていった。

壁や天井に埋め込んでいる極小カメラの位置を変えることはできないから、各部屋のベッドその他家具を固定するのは仕方ない。勝手に家具を動かされたら、モニタリングできなくなる。

現状を維持するしかないが、バスルームの蛇口に取り付けているライオンのカバーは外した方がいいだろう。

デザインが古いし、部屋の雰囲気にそぐわない。カメラが仕掛けてあると気づく者がいるかもしれなかった。

問題はカメラの角度を変える際に発生するノイズだ。木の枝がこすれ合う音だと思う者ばかりとは限らない。カメラをすべて新型のものに取り替えた方がいいだろう。

結局、また誰もいなくなってしまった。最初からやり直しだ。今度こそ、理想の家族を作らなければならない。

お互いを理解できる関係が理想の家族だった。悪口や陰口は最低だ。そんなの、家族じゃない。

口にしなくても、パソコンやスマホに同居者の欠点をメモしている者もいた。

みんな、どうしてあんなにセキュリティ意識が低いのだろう。ロックしているつもりでも、パスワードに使う暗証番号は誕生日かその数字の順番を置き換えただけだ。いちいち調べる必要さえなかった。

ホームページを更新すれば、また入居の申し込みが殺到するだろう。免許証の写真でルックスは判断できるし、電話で話せば人柄もわかる。

ボイスチェンジャーを使えば、男の声でも女の声でも出せるから、電話での応対も可能だった。男の声だと、やや甲高くなってしまうが、それを変だと思う者などいるはずもない。

不動産業者が物件の内覧に立ち会うのはひと昔前の話で、今ではどんどん減っている。シェアハウスだと、そこで暮らしている人がいるから、案内する必要もなかった。

必要な写真や書類をメールに添付して送れば、それだけで手続きが完了し、サニーハウスで暮らすことができる。

その後、不動産会社に問い合わせをしてくる者がいたとしても、適当に答えればいいし、会社そのものがどこにあるか、確認する者は今まで一人もいなかった。

とにかく、すべてが終わった。野島という刑事が何度か来て、いろいろ聞かれたけど、あたし以外の住人は事故物件だといって出ていきましたと答えたら、仕方ありませんねと言っただけだった。

何かを疑ってはいるのだろう。どうしてあなたはここを出ないのか、そんな顔をされたけど、別に気にならない。

だって、ここはあたしの家だから。

ヨーコはデザインした写真にコピーをレイアウトした。新入居者求むと入れるべきか、そこだけ迷っていたが、他は完璧だ。

また家族に出会える。頰に笑みが浮かんだ。

鎌倉の地に
南フランス風洋館の
シェアハウス

緑濃い庭園、プライベートプール、
シアタールーム……広々とした部屋、
そしてプライベートを確保された空間と、
友人たちとの語らいの場。
一人だけど、寂しくない。
そう、ここはシェアハウスという名の
「家族が集う家」。
あなたをお待ちしています。

サニーハウス鎌倉

Sunny House Kamakura

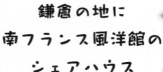

二〇一九年三月実業之日本社刊

本作はフィクションです。登場する人物、企業、学校名、店舗名その他は実在するものと一切関係ありません。

（編集部）

実業之日本社文庫　最新刊

蒼山 螢
後宮の宝石案内人
輝峰国《きほうこく》の皇子・皓月《こうげつ》が父の後宮で出会ったのは、下働きの風変わりな少女・晶華《しょうか》。彼女の宝石への知識と愛は常軌を逸していて……。痛快中華風ファンタジー！
あ26 1

梓 林太郎
津軽龍飛崎殺人紀行　私立探偵・小仏太郎
長崎の旅から帰った数日後、男ははるか北の青森・津軽龍飛崎の草むらで死体となって発見された。殺された男の足跡をたどると、消えた女の謎が浮かび——。
あ3 16

五十嵐貴久
マーダーハウス
希望の大学に受かり、豪華なシェアハウスで暮らすことになった理佐の平穏な日々は、同居人の不可解な死で壊れていく。予想外の結末、サイコミステリー。
い3 6

津本 陽
深淵の色は　佐川幸義伝
大東流合気武術の達人、佐川幸義。門人となった著者が天才武術家の生涯をたどり、師の素顔を通して神業に迫った渾身の遺作。（解説・末國善己、菊池 仁）
つ2 6

西村京太郎
十津川警部捜査行　東海特急殺しのダイヤ
犯行時刻、容疑者は飯田線に乗っていた!?　十津川警部が崩す鉄壁のアリバイ！　名古屋、静岡、伊勢路など東海地方が舞台のミステリー集。（解説・山前 譲）
に1 26

花房観音
ごりょうの森
平将門、菅原道真など、古くから語り継がれてきた日本の「怨霊」をモチーフに、現代に生きる男女の情愛の行方を艶やかに描く官能短編集。（解説・東 雅夫）
は2 7

南 英男
邪欲　裁き屋稼業
社会派ライターの真木がリストラ請負人の取材中に殺害された。裁き屋の二人が調査を始めると、事件の背景には巨額詐欺事件に暗躍するテロリストの影が…。
み7 23

睦月影郎
母娘と性春
独身の弘志は、上司に誘われて妖艶な母娘が住んでいる屋敷を訪れる。そこには、ある役割のため家の女と交わる風習があった。男のロマン満載、青春官能！
む2 16

実業之日本社文庫　好評既刊

五十嵐貴久
年下の男の子
37歳、独身OLのわたし。23歳、契約社員の彼。14歳差のふたりの恋はどうなるの？　ハートウォーミング・ラブストーリーの傑作！（解説・大浪由華子）
い31

五十嵐貴久
ウエディング・ベル
38歳のわたしと24歳の彼。年齢差14歳を乗り越えて結婚を決意したものの周囲は？　祝福の日はいつ？　結婚感度UPのストーリー。（解説・林　毅）
い32

五十嵐貴久
可愛いベイビー
38歳課長のわたし、24歳リストラの彼。年齢、年収、キャリアの差……このカップルってアリ？　ナシ？　大人気「年下」シリーズ待望の完結編！（解説・林　毅）
い33

五十嵐貴久
学園天国
新婚教師♀と高校生♂はヒミツの夫婦!?　平和な学園生活に忍び寄る闇にドタバタコンビが立ち向かう。懐かしくて新しい！　痛快コメディ。（解説・青木千恵）
い34

五十嵐貴久
あの子が結婚するなんて
突如親友の結婚式の盛り上げ役に任命？　複雑な心境で準備をはじめるが、新郎の付添人に惹かれてしまい――!?　アラサー女子の心情を描く、痛快コメディ！

い35

実業之日本社文庫　好評既刊

池井戸 潤
空飛ぶタイヤ
正義は我にありだ――名門巨大企業に立ち向かう弱小会社社長の熱き闘い。『下町ロケット』の原点といえる感動巨編！（解説・村上貴史）
い11 1

池井戸 潤
不祥事
痛快すぎる女子銀行員・花咲舞が様々なトラブルを解決に導き、腐った銀行を叩き直す！ テレビドラマ「花咲舞が黙ってない」原作。（解説・加藤正俊）
い11 2

池井戸 潤
仇敵
不祥事を追及して職を追われた元エリート銀行員・恋窪商太郎。彼の前に退職のきっかけとなった仇敵が現れた時、人生のリベンジが始まる！（解説・霜月 蒼）
い11 3

伊坂幸太郎
砂漠
この一冊で世界が変わる、かもしれない。一瞬で過ぎる学生時代の瑞々しさと切なさを描いた一生モノの傑作長編！ 小社文庫限定の書き下ろしあとがき収録。
い12 1

伊坂幸太郎
フーガはユーガ
優我はファミレスで一人の男に語り出す。双子の弟・風我のこと、幸せでなかった子供時代のこと、「アレ」のこと。本屋大賞ノミネート作品！（解説・瀧井朝世）
い12 2

実業之日本社文庫　好評既刊

今野敏
臨界　潜入捜査〈新装版〉
原発で起こった死亡事故。所轄省庁や電力会社は、暴力団を使って隠蔽を図る。元刑事が拳ひとつで環境犯罪に立ち向かう熱きシリーズ第5弾！（解説・関口苑生）
こ 2 18

今野敏
終極　潜入捜査〈新装版〉
不法投棄を繰り返す産廃業者は、テロ・ネットワークの中心だった。元マル暴刑事が、拳ひとつで環境犯罪に立ち向かう熱きシリーズ最終弾！（対談・関口苑生）
こ 2 19

周木律
不死症《アンデッド》
ある研究所の瓦礫の下で目を覚ました夏樹は全ての記憶を失っていた。彼女の前に現れたのは人肉を貪る異形の者たちで!?　サバイバルミステリー。
し 2 1

周木律
幻屍症　インビジブル
絶海の孤島に建つ孤児院・四水園――。閉鎖的空間で起こる恐るべき連続怪死事件に特殊能力「幻屍症」を持った少年が挑む！　驚愕ホラーミステリー。
し 2 2

周木律
土葬症　ザ・グレイヴ
探検部の七人は、廃病院で肝試しをすることに。そこには死んだ部員の名前と不気味な言葉が書かれた卒塔婆が立っていた……。恐怖のホラーミステリー！
し 2 3

実業之日本社文庫　好評既刊

知念実希人
仮面病棟
拳銃で撃たれた女を連れて、ピエロ男が病院に籠城。怒濤のドンデン返しの連続。一気読み必至の医療サスペンス、文庫書き下ろし！（解説・法月綸太郎）
ち11

知念実希人
時限病棟
目覚めると、ベッドで点滴を受けていた。なぜこんな場所にいるのか？　ピエロからのミッション、ふたつの死の謎…。『仮面病棟』を凌ぐ衝撃、書き下ろし！

ち12

知念実希人
リアルフェイス
天才美容外科医・柊貴之。金さえ積めばどんな要望にも応える彼の元に、奇妙な依頼が舞い込む。さらに整形美女連続殺人事件の謎が…。予測不能サスペンス。

ち13

知念実希人
レゾンデートル
末期癌を宣告された医師・岬雄貴は、不良から暴行を受け、復讐を果たすが、現場には一枚のトランプが……。最注目作家、幻のデビュー作。骨太サスペンス!!

ち14

知念実希人
誘拐遊戯
女子高生が誘拐された。犯人を名乗るのは「ゲームマスター」。交渉役の元刑事が東京中を駆け回るが…。衝撃の結末が待つ犯罪ミステリー×サスペンス！

ち15

実業之日本社文庫 い36

マーダーハウス

2022年4月15日　初版第1刷発行

著　者　五十嵐貴久《いがらしたかひさ》

発行者　岩野裕一
発行所　株式会社実業之日本社
〒107-0062　東京都港区南青山5-4-30
emergence aoyama complex 2F
電話 [編集]03(6809)0473 [販売]03(6809)0495
ホームページ https://www.j-n.co.jp/
DTP　ラッシュ
印刷所　大日本印刷株式会社
製本所　大日本印刷株式会社

フォーマットデザイン　鈴木正道(Suzuki Design)

ISBN978-4-408-55722-9（第二文芸）